Otto F. Walter

Der Stumme

Roman

Rowohlt

«Der Stumme» erschien zuerst 1959
im Kösel-Verlag, München
Schutzumschlag- und Einbandgestaltung
Klaus Detjen

1. Auflage dieser Ausgabe September 1983
Copyright © 1959 by Otto F. Walter
Alle Rechte vorbehalten
Gesamtherstellung Clausen & Bosse, Leck
Printed in Germany
ISBN 3 498 09462 9

Dem Vernehmen nach hatten mit dieser Sache die zwölf Mann der Baugruppe III zu tun, ferner zwei Frauen, ein Junge, ein Hund, ein Benzinkanister und ein junger Hilfsarbeiter, der stumm war. Aber das waren zunächst Gerüchte. Fest stand nur eins: ein Mann war getötet worden, am 21. Oktober, auf einer Straßenbaustelle in den Wäldern vor dem Paß nach Fahris, Bezirk Morneck, rund neunzehn Kilometer nordwestlich von Jammers [Jura].

DIE ERSTE NACHT

Nicht einmal, daß ein Neuer ankommen würde, wußte man. Man wußte es noch nicht einmal an jenem
Tag selber, an jenem Donnerstagvormittag; keiner
wußte davon, außer vielleicht Kahlmann; Kahlmann
hatte vor ein paar Tagen irgend so eine Meldung gesehen, aber er hatte sie wahrscheinlich schon wieder
vergessen, und keiner jedenfalls wußte, was mit dem
Neuen los war und wo er herkam.

Gleich nach dem Start, noch während der Neue sich
von der Rückwand der Ladebrücke weg nach vorn bewegte, hatte er im Wind seinen Hut verloren. Er hatte sich umgedreht und ihm nachgeschaut. Dann war er
weiter nach vorn gegangen, und dort hatte er diese
ganze lange Zeit über dann fast unbeweglich gesessen,
auf einem zusammengerollten Seil, hinter der Lenkerkabine im Windschatten; vielleicht hatte er dort geschlafen oder er hatte die Gegend angeschaut, das
Band der frisch geteerten Straßenfläche, das verwischt
und glänzend unter der Rückwand der Ladebrücke
hervor stetig davonfloß und erst viel weiter unten zu
fließen aufhörte und wirklich ruhig wurde und fest;
den Wald rechts und links, braunrotgescheckte Buchen und Eichen und wenig Ahorn, und ab und zu
Tannen und Fichten und mit der Zeit immer mehr
Tannen, und Kiefern, alle im Sturm; später die Partien, die nicht mehr geteert, nur erst geschottert waren, und immer weiter Wald und darüberhin die rasch
nordostwärts fahrenden Wolken, und noch später

dann, als der Mann vorn in der Kabine in den Ersten ging, nur noch die langen Kehren und die langen gestreckten Züge aus nacktem Steinbett und immer noch Wald, – gesessen und geschaut und gewartet und sich gewundert, wie weit diese Fahrt wohl noch ging.

Irgendwann hatte der Wagen dann angehalten. Der Neue hatte gehört, wie der Mann im Führersitz sich aus dem Fenster beugte und zu ihm nach hinten rief, er solle sein Gepäck mitnehmen. Die Baracke! schrie er und zeigte zwischen die Stämme hinab. Der Neue kletterte hinunter. Der Sturmwind keuchte jetzt in der Luft, er jagte seinen traurigen Sprühregen über diesen neuen Mann und über den Frontlenker und die Baracke, die da rechts neben der Rampe in den Bäumen stand, und irgendwo knatterte eine Fahne, jedenfalls ein festes Stück Tuch. Der Neue schaute zu dem Mann im Wagenfenster hinauf. Der machte ihm mit der Hand ein Zeichen, nur ruhig hinabzugehen. Er verstand. Langsam setzte er sich mit seinem Rucksack in der einen und mit dem kleinen, schnurumwickelten Koffer in der anderen Hand in Bewegung, ein sehr junger Mann, fast ein Junge noch, siebzehn, höchstens siebzehn Jahre konnte er alt sein, über die drei Stufen die Rampenböschung hinunter und auf die Baracke zu, blieb stehen, schaute wieder zu dem Mann im Fenster hinauf, – ja, ja, nickte der, und jetzt ging er hinein. Da war der Vorraum. Hier war's ziemlich dunkel. Er wartete ein wenig, bis seine Augen sich an die Dunkelheit gewöhnt hatten. Draußen wartete der Mann mit dem Frontlenker. Er stellte das Gepäck unter das kleine Fenster, und eben als er sich wieder aufrichtete und sich umdrehen wollte, um wieder hinauszugehen, sah er das Motorrad. Das heißt, er sah dahinten die Sackleinenstücke und wie darunter ein leicht abgedrehter Pneu hervorschaute. Es war ein ziemlich großes Stück Reifen, und ein paar Speichen glänzten kühl im Dämmer dahinter.

Er blieb stehen. Er hätte später keinesfalls zu sagen gewußt, – davon, daß er stumm war, abgesehen – wie er dazu kam, da stehen zu bleiben und das Pneustück und die Speichen anzublicken, er wußte wohl auch nicht, wie lange er stehen blieb und was dabei in seinem Kopf, seinem ein wenig zu großen Kopf, von dem die Ohren rot abstanden, vorging, aber wie oder was auch immer, er bewegte sich erst nach einer recht langen Weile näher, blieb wieder stehen, er sah, wie die groben Umrisse der Lenkstange und des Sattels unter den leeren Jutesäcken sich abzeichneten, und dann zog er langsam den einen dieser Säcke weg.

Die NSU, dachte er. Das ist die NSU, die er hatte. Noch ein Stück Decke nahm er weg. Das ist sie, dachte er, er dachte es langsam und noch ohne dabei heiß zu werden oder schon zu zittern, er spürte höchstens, wie in seiner Kehle sich etwas verengte und spürte dann, wie hier für ihn etwas ungeheuer Wichtiges zu passieren begann und wie eine wahnsinnige Angst und vielleicht sogar auch eine wahnsinnige Hoffnung von diesem Motorrad her auf ihn überzusetzen im Begriffe waren: – verdammich, dachte er weiter und wußte, daß er das nicht hätte denken dürfen, und er dachte es dennoch, weil er kein anderes Wort wußte, das ihm

Mut und Festigkeit hätte geben können: verdammich, dachte er, mehrere Male langsam hintereinander in seinem ein wenig zu großen Kopf mit den so komisch weit abstehenden Ohren, dachte es und konnte gar nicht glauben, daß er hier die Spur fand. Es war die Spur, die es, wie er wußte, zwar todsicher stets irgendwo gegeben hatte und die er, wie ihm jetzt einfiel, gesucht hatte, vielleicht schon immer, von jenem Anfang an, den er da drin trug. Er ging noch einen Schritt näher. Als er dann noch ein Stück des groben Sacktuches fortnahm, sah er auch den breiten Tank und den schwarzen Sattel dahinter, und hinter dem Sattel rechts und links die zwei hohen Kofferkisten, und auf dem Tank selber die schrägen Buchstaben: NSU. Es kam ihm nicht in den Sinn, daß das möglicherweise nichts weiter als eine sehr ähnliche Maschine war, vielleicht nur eben eine Maschine aus der selben alten Serie; mit seinem sicheren Gefühl für die Dinge aus jener früheren Zeit erkannte er das Motorrad wieder, das er früher immer gesehen und auf dessen Soziussitz er immer gesessen hatte, und es trug noch, das sah er jetzt auch, die gleiche Nummer und noch den selben faustgroßen Fleck, wo die Farbe abgesplittert war, am vorderen Schutzblech unter der Lampe, rechts. Willst du eigentlich schon übernachten, schrie der Mann draußen.

Man hörte den Wind, wie er auf dem Dach umhertrampelte. Schnell, wenigstens so schnell, wie er es konnte, deckte er die Säcke wieder drüber. Die Bremskabel sind neu, dachte er, und die Ölleitung hat er auch ersetzen müssen in all diesen Jahren, und neue

Griffe für das Handgas hat er seither gekauft, aber sonst. Er ging hinaus.

Tür zu, brüllte der Mann.

Da ging er zurück und schloß die Tür zu. Jetzt fahren wir dort hinauf, ging es ihm durch den Kopf, als er die Rampenböschung wieder hinanstieg. Man konnte die Baustelle von hier aus sehen, und für einen Augenblick war das Tackern der Motoren zu hören. Die Preßluftbohrer. Er stieg wieder über die Rückwand ein, er setzte sich wieder auf das zusammengerollte Seil, und der Wagen fuhr langsam weiter, und man spürte das Zittern der Kabinenwand im Rücken.

Er ist da oben. Ich werde ihn jetzt gleich sehen, dachte er. Er war zwar nicht sicher, daß er ihn erkennen würde, und noch während er an ihn dachte, kam die alte Angst in ihm hoch, sie stieg aus dem Brustkasten herauf und heiß bis in den Hals, bis in die Kehle, bis auf die Lippen, und die Lippen begannen sich zu bewegen, lautlos und doch so, als könne er mit einem Mal nun wieder vor sich hinflüstern, er spürte, wie sie brannten, weil sie nicht flüstern, nur stumm sich bewegen konnten, so wie seine Zunge sich jetzt zu regen begann: Angst war plötzlich in ihm, und alle Kühnheit, all die Tapferkeit, die er sich durch alle die Jahre auf diesen Augenblick hin zusammengespart hatte, war nicht mehr da, nur das Gefühl, das alte Gefühl der Furcht vor diesem Mann da oben füllte ihn in allen Gliedern aus. Ja, er war fortgegangen aus dem Haus des Onkels, aus der Garage, die der Onkel hatte, er war alles zu Fuß zurückgegangen nach Jammers, und nur Benni hatte wahrscheinlich gewußt, wo er hinging, und Benni hatte geschwiegen. Er hatte gewußt, daß er ihn einmal finden würde, er war bei der Frau gewesen, bei der Frau mit der pfefferfarbenen Haut, und sie hatte gesagt: Irgend auf so einer Baustelle wird er wohl sein... Einmal war er kurz da, frage nach ihm, nein, such ihn, du wirst ihn schon finden. Ein Mann geht doch nicht verloren, und sie hatte leise gelacht. Da war er wieder gegangen, und als er ihn nirgends sah, begann er wenigstens auf eine NSU zu achten, vor den Wirtshäusern und in den Hinterhöfen jenseits des Flusses in Jammers drunten, in der Umgebung der Baustellen und auf den Parkplätzen der Fabriken. Nachts war er wach geworden, weil er verschwommen dieses Gesicht sah, und er hatte sich gegen den Schlaf gewehrt, denn er wollte wach sein, er wollte nicht schlafen, wenn die betrunkene Stimme an der Tür draußen laut würde, er wollte keine Gelegenheit verschlafen und er wollte wach sein und immer bereit.

Er hatte sich alles ausgedacht. Wie er vor ihn hintreten würde und ihn auf irgend eine Weise fragen und vielleicht sogar ihm drohen, er, ein damals elfjähriger oder vierzehnjähriger Junge, einer, der zwar jetzt stumm, aber keineswegs ängstlich, zwar damals klein war, aber keinesfalls nicht tapfer wäre, und nun saß er da und wußte, daß der Augenblick, auf den er so sehr lange gewartet hatte, nicht mehr aufzuhalten war, weil der Frontlenker auf die Baustelle einfuhr, rechts tauchten die Schienen einer Rollbahn auf und die Bretter dazwischen, die Motoren tackerten auf, da gab's einen Raupentrax, und Männer, die er nicht anzuschauen wagte, und der Frontlenker hielt.

Er wartete. Er hörte, wie die Männer Tag, Samuel, sagten, und er dachte in seinem Kopf, daß der Mann, der ihn heraufgebracht hatte, Samuel hieß. Die Männer kamen heran. Der Mann mit dem Namen Samuel war durch den Lärm des Windes zu hören, er gab Briefe aus und die Zeitung. Die Rückwand rasselte hinunter. Aussteigen, rief jemand. Da ging er hinunter. Samuel stand neben ihm; er legte die hohle Hand an den Mund und schrie: Kahlmann! Da kam auch Kahlmann nach hinten; wenigstens nahm der Stumme an, dieser große Mann sei Kahlmann, der jetzt auf sie beide zutrat und fragte: Warum hat er keinen Hut auf.

Samuel gab Kahlmann das zusammengefaltete Stück Papier. Es war das Stück Papier, das, wie der Neue sich erinnerte, der Mann im Büro der Bauleitung gestern abend beschrieben hatte. Er wollte nicht um sich schauen, und so heftete er seinen Blick fest darauf. Ob *er* wohl schon da steht, davorn bei der Gruppe dieser Männer, die neben der Kabine des Frontlenkers standen und rauchten. Er schaute nicht auf. Er sah, wie das Stück Papier vom Sprühregen naß wurde in Kahlmanns Hand und wie es heftig im Wind flatterte, als Kahlmann es ausbreitete und zu lesen begann. Der Neue wußte, was darauf geschrieben stand. Es stand alles das drauf, was der Mann im Baubüro von ihm hatte wissen wollen. Einen Moment lang sah er diesen Mann wieder vor sich, wie er manchmal Fragen stellte beim Aufschauen und wie er dann wieder in schnellen Buchstaben mit der Maschine schrieb, was er selber ihm in seinem Ausweis zu lesen gab: FERRO, LOTHAR, 17. 2. 1941, Hilfsarbeiter, ledig,

Jammers [Solothurn]. Sprachgehemmt. 68.– pro Woche. Dann hatte der Mann seine Hose angeschaut, den zerrissenen Pullover, die alte, durchgescheuerte Jakke, die er von Paul her noch hatte. Wir haben da noch so Überkleider, hatte er gesagt. Das war dieser braune Anzug, ein alter Monteuranzug, den er, Loth, jetzt trug und der ihm nur wenig zu groß war, und auch den Hut hatte er ihm zuletzt gegeben, aber der war schon fort.

Kahlmann hatte fertig gelesen. Er steckte das Papierstück ein. Man sah, daß er jetzt glaubte, alles zu wissen. Aber er wußte nicht alles. Nicht einmal das Wichtigste wußte er und nicht, wie es kam, daß man nicht sprechen konnte. Nicht, warum Loth hier heraufgekommen war, mit dieser wilden und wenig begründeten Hoffnung, daß alles anders würde. Oder nicht, warum er plötzlich diese Angst wieder spürte, als er mit Kahlmann jetzt nach vorn ging, dem mächtigen Leib des Frontlenkers entlang nach vorn, – Angst vielleicht nur, weil alles hier so fremd war und weil er wußte, daß er dem Mann begegnen würde, dem Vater, oder Angst nur einfach, weil dort unten irgendwo diese Fahne oder was das war wild in der Luft knatterte, oder weil die Bäume da zornige Ungetüme waren, riesengroß aufgerichtete Tiere, und sie schlugen schwer mit ihren zottigen Pranken in das Wolkennetz hinauf; – Angst, weil davorn diese fremde Baustelle war: eine in die breit ausgeholzte Waldschneise hineingelegte, hineingefressene Straßenbaustelle, an ihrer Frontseite von Sprengschutt überlagert, von aufgerissenen Wurzelstöcken, von Schotterzeug

und von diesen mächtigen, gelblichen Kalksteinbrok-
ken, die so unbeweglich, so schwer aussahen und so,
als wollten sie keinesfalls die Dinge, von denen sie
vielleicht wußten, preisgeben, – oder Angst vor dem
Gelächter in den Gesichtern dieser Männer, auf die
man mit Kahlmann jetzt zuging, Gelächter, weil sie
gewiß von Stummheit nichts wußten und es nicht verstehen würden, daß er höchstens ein rauhes Lallgeräusch mit der Zunge erzeugen konnte. Er schaute nicht
auf.

Er sah den lehmigen Boden, die kleinen Tümpel, in
die der Regen feine Ringe legte, die Rinnsale, die sich
durch die Erdkrumen fraßen. Und plötzlich sah er die
Schuhe, schwere, schmutzbedeckte Nagelschuhe, vier,
fünf, sieben Paare oder noch mehr in unregelmäßigem
Halbkreis; die Krempen der schwarzen und braunen
Hosenbeine sah er, sie waren dreckverspritzt bis zu den
Knien, grob geflickt und nicht geflickt, und dann Hände,
Kittel, breite Schultern, und in diesem kurzen Augenblick spürte er, hier stand der, den er kannte, unter diesen Männern, der vierte von unten. Und plötzlich wußte er wieder haarscharf, wie sein Gesicht, noch ehe er
es anschaute, aussah. Seit Jahren hatte er es fast vergessen, und diese ganze Zeit über hatte er vergeblich
versucht, es sich vorzustellen: den großen Schädel auf
dem breiten Hals. Die rote Haut, die schwarzen Poren
im Gesicht. Die Säcke unter den Augen, diese braunen, wässerigen Augen mit ihren Brauen darüber, die
schwarz und in Büscheln abstanden, sie und die breite
Nase und den Mund mit seinen schweren Lippen, – alles hatte er eine Sekunde lang deutlich vor sich, und
zwar so, wie es damals, in jener Nacht im Flur zu

Hause gewesen war: genau so schrecklich und mit der laut fluchenden Stimme darüber, die durch den alten, nur spärlich erleuchteten Flur fortging, und sogar das Gesicht der Mutter, von Entsetzen geöffnet, tauchte dahinter auf, tauchte herauf – aber da waren dann schon ihre Stimmen da, die sagten Tag zu ihm, und die Hände, die er zur Begrüßung schüttelte, eine rasch nach der anderen, ohne aufzusehen, und er wußte nicht mehr, was in seinem Kopf vorging, er hatte jetzt alle diese Gesichter vor sich, die Gesichter der Männer, in die er aufschauen mußte. Eins nach dem anderen zogen sie rasch vor seinen Augen vorbei, und auch das eine Gesicht war darunter, das Gesicht des Mannes, der damals sein Vater gewesen war und es vielleicht sogar heute noch immer war; er streifte es mit den Augen und ging rasch weiter zum nächsten. In seinem Kopf setzte langsam das Denken wieder ein – er kennt mich nicht, er nicht, wie viele Jahre, er weiß vielleicht nicht mal, daß ich stumm bin, er nicht, – er dachte es unaufhörlich und langsam weiter, schon als die Männer, die nicht lachten, sich wieder abwendeten und wieder zusammen redeten; er dachte es, als einer ihm auf den Oberarm schlug und etwas sagte und ihn dabei ansah; er nickte, weil er ihn nicht verstand, und dachte es gleichwohl weiter und hörte nicht, was er sagte, und daß Kahlmann im Wind herüberrief: Ferro, bei dir kann er aushelfen, – nein, er hörte nicht einmal, daß Kahlmann sich zu ihm umdrehte und näherkam und sagte: Beim Sprengtrupp, bei Ferro. Er dachte es, er blieb immer noch an seinem Platz stehen, dachte es und schaute den Männern nach, wie sie zu ihren Plätzen zurückgingen. Und dann dachte er mit einemmal noch etwas dazu: er sieht ganz anders aus. Er ist alt. Die Stoppeln im Gesicht. Graue Stoppeln. Furchen im Gesicht. Er ist klein. Viel kleiner, als ich gedacht habe. Er sieht anders aus. Er ist alt.

Da sah er, wie der Vater sich dort vorne nach ihm um-drehte und ihm winkte mitzukommen. Neben ihm sagte Kahlmann laut zu Samuel: Er heißt gleich wie der alte Ferro. Warum nicht, sagte Samuel, Loth hörte es und er sah, wie Samuel aufs Trittbrett stieg, ein-stieg und die Tür der Kabine zuschlug. Als er den Kopf wieder drehte, winkte der Vater wieder, oder noch immer. Und jetzt hörte Loth, und er war von diesem Sprühregen schon bis auf die Haut herein naß, wie Samuel über ihm aus dem Kabinenfenster nach vorne rief: Nicht taub, Ferro. Stumm.

Bei der Ankunft des Stummen war einer nicht dabei gewesen. Er war vielleicht zehn Minuten vorher von der Baustelle aus über die Rampe in den Wald hinunter gegangen, er hatte einen Spaten, einen Pickel und eine Schaufel auf der linken Schulter getragen, und mit der rechten Hand hatte er hinter sich her einen ziemlich schweren Sack geschleift. Er hatte etwa sechzig Meter unterhalb der Baustelle zwischen den Bäumen angehalten, den Sack liegengelassen, Schaufel und Pickel an eine Buche gelehnt, er hatte mit den Augen ungefähr die Größe des Lochs, das er hier ausheben mußte, abgeschätzt, und dann hatte er mit dem Spaten sechsmal nebeneinander in der Länge und viermal in der Breite eingestochen, die Humusziegel mit all dem nassen Laub darauf sorgfältig abgestochen, herausgehoben und schön links vom Loch nebeneinander gelegt. Er hatte von dem Neuen nichts gewußt, er hatte mit dem Aushub begonnen, keineswegs eilig, ein Mann von leichtem, fast zartem Bau, schmales Gesicht, das Haar dunkel, wie es unter seinem Regenhut hervorschaute, er war schlechtgelaunt, und erst als er zufällig zwischen den Baumstämmen herab sich etwas bewegen sah, hielt er inne und richtete sich auf. Dieser Mann war Filippis.

Es war der junge Filippis, Gino, und wahrscheinlich weißt du noch gut, wie das an jenem Donnerstag war, Filippis. Du hattest dich aufgerichtet, du erinnerst dich, und als der Neue also herunterkam, wußtest du noch nicht einmal, daß das der Neue war. Du wußtest nur, da kam einer, den du bisher nie gesehen hattest. Über der Schulter trug er einen Spaten. Er war ein nicht sonderlich großer, in den Schultern kräftiger Bursche, einen großen Kopf, und Ohren hatte er, porca miseria. Und wenn man ihn jetzt anschaute, so hatte er ein breites, schweres Gesicht, das Haar klebte ihm in die Stirn hinunter, das mußte ein ganz junger Kerl sein, ein komischer Vogel, er kam einfach so an, blieb neben dem Sack stehen, schaute das Loch an, dich an, den Sack, wieder dich, kam dann noch zwei Schritt näher und streckte dir die Hand herüber.

Du fragtest: Ein Neuer? Hat Ferro dich hergeschickt? Aber der nickte nur und begann, nachdem ihr euch eine ganze Weile lang angeschaut hattet, mit dem Spaten an der hinteren Kante Humus zu stechen. Man hörte das Stöhnen in der Luft, das war der Wind.
Wart einmal, sagtest du. Das Loch ist schon groß genug. Aber tief noch nicht. Wir müssen tiefer kommen. Beginn da vorne. Da kam er nach vorn, das Loch war fast zu wenig lang für zwei, und so mußte man nahe nebeneinander graben.
Hat er's dir erzählt?
Wahrscheinlich hattest du zu wenig laut gefragt, und der Wind johlte ja auch wie verrückt da oben, auf alle Fälle: der Neue reagierte nicht, er stieß eifrig den Spaten hinein und schaute nicht einmal auf. Nach nassem Laub roch's wieder, es roch anders als oben auf der Baustelle, nichts von diesem Geruch nach heißgeschlagenem Stein, nach Schweiß und Scheddit und dem Preßluftmotor, der einen dort ständig auf Tou-

ren hielt, nein, nasses Laub, nasses, schwarzes Erdreich, und man wurde ganz schlapp davon in den Gliedern.

Dann sagtest du: Drecksarbeit, nicht?
Er schwieg, und nur für einen Moment schaute er mit diesen traurigen, braunen Augen, die er hatte, zu dir herüber, dann machte er wieder voran. Nichts als manchmal das Gestöhn in den Baumkronen da oben, wenn der Sturm wieder einfiel, oder, wenn er für ein paar Sekunden aussetzte, das trockene Tackern des Preßluftmotors von der Baustelle her, dieses rasche, harte Zweitakttackern, das hier tönte wie ein ferner Husten.
Chavaz fiel dir ein. Das wäre eine Arbeit für Chavaz gewesen, nicht für dich, und Chavaz drückte sich ohnehin immer; dabei war er daran schuld. Zumindest hätte er wissen müssen, daß der Hund, als man in Deckung ging, noch immer angebunden war. Ferro hätte ruhig ihn schicken können, warum schickte er immer den Jüngsten, du hattest mit dieser Sache eigentlich überhaupt nichts zu tun. Auch wenn's nur ein Grab für einen Hund war, ein Grab da unten im Wald, vielleicht sechzig Meter unterhalb der Baustelle im Wald –
und laut sagtest du: Das hätt' ich auch nicht gedacht, daß ich noch in meinem Leben ein Grab schaufle.

Hoch über euch hatten die Bäume sich mit den Ästen eingehakt, damit sie im Wind besseren Stand zusammen hatten. Dabei rieb sich ihr Holz aneinander, und das gab dieses ständige Gestöhn in der Luft. Das hörte man jetzt. Aber das war auch so ziemlich das einzige, was man außer dem Gejohle noch hörte. Der Neue jedenfalls tat seinen Mund nicht auf. Schön. Dann also nicht. Du hattest Zeit. Und wenn das auch keineswegs nach deinem Geschmack war, diesen Hund da vergraben, du legtest den Pickel zur Seite, du begannst mit der Schaufel den Dreck wegzuschippen und dachtest: das war also einer, der annahm, ein anständiges Wort unter Kollegen sei nicht mehr nötig. Gut. Wahrscheinlich wurde er von alleine gesprächig. Man mußte nur warten, zum Beispiel warten auf die Kuppengeschichte, und wenn's dann mal soweit war und Kahlmann sagte zu ihm, du gehst also hinauf, dann tat der seinen Mund bestimmt noch ganz automatisch auf.

Jetzt hielt der Neue neben dir inne. Wahrscheinlich Spätzündung. Er heftete seine Augen auf dich, sah dich an, und in diesem Augenblick geschah etwas Merkwürdiges, und du konntest dir nachher gar nicht vorstellen, wie das hatte kommen können; soviel du dich wenigstens erinnern konntest, war dir nie vorher mit dieser jähen, dieser unglaublichen Wucht und Deutlichkeit die Ebene, in der daheim euer Haus stand, jemals eingefallen wie jetzt: sie, das Haus selber, fast gleichzeitig das Innere des Hauses, die schwarzgeräucherte Küche mit dem Kaminfeuer und dem lauten Schnaufen der schwarzen Kühe von nebenan aus dem Stall, der dunkle Flur, der Tisch mit den tonerdigen Tassen drauf, wieder draußen die riesige Ebene, die Silberoliven, die ganze silbergraue, heiße Ebene unter der Sonne, die Mutter mit dem Maultier, hinten in den schwarzen Oliven, alles mit einemmal und so deutlich, daß man den Wacholderduft roch, Thymian, hohes, dürres Gras, die sirrende Grillenhitze und zur genau gleichen Zeit noch die tönende Sodbrunnenkühle, der dunkle, metallene Klang, wenn man einen Stein in die Brunnentiefe hatte fallen lassen: die Sekunde des leeren Falls vorher, dann, wenn der Stein in den schwarzen Spiegel da unten einfiel, der metallene Klang – alles in diesem einen Augenblick vor dir mit einer Deutlichkeit, die schmerzte, in diesem Augenblick, da der Neue dich also ansah, fragend jetzt und erstaunt, bis er sich wieder abwandte, bis alles zurücksank, auslöschte und bis wieder wirklich die Bäume da waren, das Stöhnen in der Luft, der Sprühregen und dieser Neue, der sich umschaute. Aus. Vorbei. Der Neue blickte die Baumstämme an, das nasse, welke Laub am Boden, die Unterholztannen und die Büsche, die da umher standen, und dann fiel sein Blick neben der schweren Buche auf den Sack. Er steckte den Spaten neben dem Loch in den Humus und ging hinüber, und neben dem Sack blieb er stehen. Er warf einen Blick herüber, dann kauerte er sich davor nieder, und langsam zog er den Sack fort. Da wußtest du, er hatte von allem, was an diesem Morgen geschehen war, ja gar keine Ahnung.

Der Hund lag genauso da, wie ihr ihn schon oben im Sprengschutt angetroffen hattet: nicht verletzt, nicht sichtbar irgendwo getroffen, nicht einmal mit aufgesträubtem Fell; er lag gelöst im Laub, man hätte annehmen können, er habe sich hier zu kurzer Ruhe ein wenig hingelegt, die Läufe lose angewinkelt, die Schnauze vorgestreckt und ins Laubbett gekuschelt, und wenn die Zunge, die schräg heraushing, noch immer in ihrem hellen Mennigrot, sich bewegt hätte, es wäre klar gewesen, daß dieser schwarze, schmale Schäfer nur schlief.

Der Neue schaute ihn im Kauern an. Ab und zu fuhr er mit der Hand über das noch immer glänzende Fell, und obgleich er sich also anscheinend nicht darum kümmerte, wie das gekommen war, und obgleich es schon fast Zeit war, um Mittag zu machen, sagtest du und nicktest: Aus, ja. Vor zwei Stunden ist's passiert. Wir waren heute morgen eben wieder so richtig dran, – du zündetest eine Parisienne an und gabst dem Neuen auch eine, und der nahm sie wortlos und zündete sie auch an, – da kam der Hund daher, er war auf einmal auf der Baustelle und bellte und spielte herum und kam einem zwischen die Kabel. Wir versuchten ihn fortzujagen. Weiß der Himmel, wo der hingehört. Kahlmann meint, er gehört vielleicht zum hinteren Erlenhof, das ist da drüben, dem Paß zu, tiefer. Aber er ließ sich nicht wegjagen, er bellte weiter in der Gruppe umher, und dann, fuhrst du fort, hieß Ferro einen von uns, es war Chavaz, den Hund mit einer Schnur auf der Böschung an einen Busch binden. Dort konnte er ruhig kläffen und uns zuschauen, wie wir unter ihm in den Fels die Sprenglöcher trieben.

Der Neue war aufgestanden. Da er dich nicht anblickte und nur immer auf den Hund, den er wieder zugedeckt hatte, hinunterstarrte, sah man nicht, ob er zuhörte oder nicht. Sein Gesicht war geschlossen. Auf das Hornzeichen hin ist alles in Deckung gegangen, sagtest du weiter. Vorher hatten wir, das heißt: ich, Ferro, Kahlmann und Chavaz, – hatten wir die Sprengfrösche angezündet, jeder zwei Zündschnüre, du weißt, wie das geht: wichtig ist, daß alle kurz hintereinander gestaffelt zu brennen anfangen, und eben wie wir also angezündet haben, ruft einer von der Rollbahn dahinten halt und zeigt auf den Hund. Aber wir denken uns da nichts weiter und nehmen an, der Hund wird schon rechtzeitig loskommen, oder irgendeiner wird sicher noch rasch auf die Böschung klettern und ihn losmachen. Doch wie wir also in Deckung waren, da wurden plötzlich alle unsicher. Bald wurde laut durcheinander geschrien, Kahlmann brüllte Ferro an, denn Ferro ist es ja gewesen, der Chavaz geschickt hatte, und Ferro ist schließlich für die Einhaltung der Sprengvorschriften verantwortlich. Er hatte mit dem Horn zu früh Sprengalarm gegeben.

Aber Ferro, sagtest du weiter, Gino Filippis, Ferro konnte den Hund praktisch gar nicht sehen, als er Sprengalarm gab. Er stand zu tief unten, dicht an der Wand bei den Sprenglöchern. Jedenfalls wollte er dann, und wahrscheinlich war er noch nicht ganz nüchtern, über die Deckung wieder nach vorne. Er war schon oben, und Kahlmann mußte ihn direkt von der Deckung herunterholen. Ein riesiges Gerede gab es da unten, dann, plötzlich, war's ruhig.

Alle schauten wir, die Helme in der Stirn, flach über die Deckung weg auf den Hund hinüber. Er saß still neben seinem Busch. Nur mit der Schnauze schnupperte er jetzt über die Böschung hinab, wahrscheinlich bekam er Wind von diesem süßlichen, scharfen Geruch. Du kennst ihn, Zündschnurgeruch. Oder vielleicht hörte er auch unter sich in der Wand das leise Knistern. Wir sahen, wie er unruhig wurde. Und dann legte er sich mit einemmal hin und: jetzt, dachte man, müssen die Ladungen hochgehen, jetzt, – aber er sah aus, als habe er sich zum Schlafen eingerichtet. Du weißt, wie das ist: acht schwere Doppelfrösche, Vierhunderter-Ladung: wenn das einmal alles gut eingedichtet ist und tief genug und es geht dann zusammen los, so reißt's einen ziemlich breiten Fetzen Fels heraus, und Kraut wächst da keines mehr. Wir gingen vor, und als wir wieder vorne waren und als der Sprengrauch sich verzogen hatte, lag der Hund noch immer da. Er sah aus, als schliefe er, nur daß um ihn her jetzt die schweren Kalksteinbrocken und die aufgerissenen Wurzelstöcke lagen und das Schotterzeug. Ferro hieß mich den Hund da so schnell wie möglich hier unten vergraben. Sonst gibt's noch Scherereien, sagte er.

Und, Filippis, du wiederholtest mit deiner übelgelaunten Stimme: so schnell wie möglich, dann sagtest du zu dem Neuen, er solle den Hund herbringen, ihr legtet ihn in das Loch, das war jetzt tief genug, dann noch den Sack darüber, und Erde, nasser, schwarzer Waldhumus, nasses Laub, und am Schluß noch ein wenig festgetrampelt.
Jetzt hat er wenigstens seine Ruh. Meinst du nicht? sagtest du.

Der Regen schlug allmählich auch dir bis auf die Haut durch. Aber der Neue tat seinen Mund nicht auf. Mochte er weiter schweigen, wenn's ihm so besser paßte, die Hauptsache, es gab oben in der Baracke endlich eine

rechte Mittagssuppe und dann stapftest du mit dem
Spaten, dem Pickel und der Schaufel auf der Schulter
davon, waldaufwärts, der Neue hinterher, es regnete immer weiter, und im Gehen erst merkte man,
wie's jetzt kühl war.

Es müßte hier einen sicheren Platz geben, dachte Loth.
Da, sagte Kahlmann. Er reichte ihm einen Schutzhelm
über den Tisch. Da bist du wenigstens vor dem Regen
geschützt.
Loth nahm ihn. Ja, dachte er, vor dem Regen.
Paßt er? fragte Kahlmann, und jetzt schauten auch die
andern am Tisch herüber. Ihre Gesichter glänzten im
weißen Karbidlicht. Er setzte den Helm auf.
Stummer, sagte Breitenstein, mach's wie Borer, der hat
sich zum Schutzhelm einen Kopf geben lassen. Der
paßt jetzt. Sie lachten.
In Ordnung, sagte Kahlmann.

Loth stand auf und ging zu seinem Khakifeldbett. Es
war das drittletzte gegen die hintere Wand. Er hängte
den Helm an einen der Nägel darüber. Langsam ging
er dann dem Tisch, an dem sie saßen, entlang und
hinaus. Er hörte noch, wie sie die Karten zum ersten
Spiel ausgaben. Es müßte hier einen Platz geben, dachte er, wo man allein sein konnte. Aber es gab nur die
kleine Küchenbaracke; sie stand, soviel er wußte, etwa
dreißig Meter rampeabwärts auf der Bergseite, und
dort war der Mann, er hieß Kehrer und richtete das
Essen her, und wenn er nicht dort war, war sie wahrscheinlich verschlossen. Es gab außerdem, soviel er
wußte, den Frontlenker mit der Kabine. Er stand
vor der Küchenbaracke parkiert, aber in den Frontlenker wagte er sich nicht hinein. Dann gab es nur
noch diese große Wohnbaracke; in dem langen Raum,

da saßen sie am Tisch und tranken und spielten Karten, und hier draußen im Vorraum war die NSU, da mochte er auch nicht sein. Der Sturm drückte ihm die Tür entgegen, als er sie öffnete. Wohin willst du? fragte in diesem Augenblick eine Stimme, und da erst sah er, daß er in der Tür fast mit dem Vater zusammenstieß.

Es regnet schwer, sagte der Vater. Gib acht, Stummer. Die Tür schlug hinter ihm zu.

Er mußte sich zuerst ein wenig an die Dunkelheit gewöhnen. Vorsichtig bewegte er sich dicht an der Barackenwand von der Türe fort. Aber er konnte sich noch so nah an die Wand halten, der Wind jagte ihm den Regen in den Nacken. Langsam ging er weiter, am ersten Fenster vorbei. Die Läden waren geschlossen. Von innen festgemacht. Am zweiten und wenig später am dritten Fenster vorbei, es war hier stockdunkel, und als er die Ecke erreichte, bog er ab und tastete sich mit den Schuhen noch drei Schritt die Barackenwand entlang. Da blieb er stehen, an die Wand gelehnt. In der Brusttasche seines Hemdes mußten die Zigaretten sein, die er gestern abend in Jammers noch gekauft hatte. Er zog sie heraus. Als er eine ansteckte, sie war ein wenig feucht, sah er am Streichholz, das ziemlich ruhig brannte, daß er hier wirklich geschützt war. Er tat einen tiefen Zug und versuchte, den Rauch durch Mund und Nase gleichzeitig ausströmen zu lassen. Samuel konnte das. Aber der Rauch biß ihn im Hals, er mußte husten. Gib acht, dachte er, als der Husten vorüber war, denn er wollte nicht, daß man herauskam, um nachzusehen, wer da hinten an der Wand hustete. Vorsichtig versuchte er weiter. Doch der Husten kam wieder, beißender als vorher, Tränen brannten ihn in die Augen, und da drückte er die Glut sorgfältig an der Wand aus, steckte den noch ziemlich langen Stummel ins Paket zurück, versorgte alles wieder in der Brusttasche und blieb dann stehen, Rücken und Kopf hinten an die Holzwand gelehnt. Er blickte in das dunkle Rauschen. Er horchte auf die Geräusche, die es gibt, wenn Sturm und Regen scharf durch schon halb entlaubten Nadelmischwald gehen, – dieses vielstimmige Pfeifen; kurzes Aufprasseln der schweren Tropfen, Stöhnen der Stämme und Äste, die aneinandergerieben werden; unterdrücktes Aufglucksen der Tümpel; verwehtes Schreien verspäteter Krähen, kühles Auf und Nieder, hohles Gelächter; fernes Hundegebell, Köhlergesang und das Pochen der Hufe fliehender Pferde; Flügelschlag in der Luft. Die Füchsin. Rufen uralter Hörner. Nacht. Nicht ein einziger Stern, oder wenn es da oben in den Baumkronen noch einen gab, war er längst erloschen. So schwarz hatte er noch nie eine Nacht gesehen. Er stand ihr reglos gegenüber. Ihn fror, aber er achtete nicht darauf. Er lauschte immer weiter auf das dunkle Lärmen, das er vor sich hatte.

Hinter sich hatte er die Holzwand. Und hinter der Holzwand, er wußte es, den Vater. Er wartete noch ein wenig, dann tastete er nach hinten und zog den Geldbeutel, ein altes, abgegriffenes Portemonnaie, aus der Tasche seiner Hose. Er öffnete mit bedächtigen Bewegungen den Knopfverschluß und griff mit den Fingern hinein. Der Schlüssel. Er erkannte ihn tastend unter den paar Münzen. Er nahm ihn heraus, versorgte den Geldbeutel und umschloß den kleinen Schlüssel sorgfältig mit der Faust. Mit den Fingerspitzen befühlte er die feinen, scharfen Konturen, langsam, und in seinen Gedanken wurde der kleine, alte Zündungsschlüssel mit allen seinen winzigen Zacken und Rillen und dem kleinen Loch und dem schwärzlichen Glanz wieder gegenwärtig, er sah ihn eine Weile lang deutlich vor sich, das Zeichen, dachte er, und weiter: Ich werde ihm den Schlüssel zeigen. Das Zeichen. Er wird es erkennen. Es wird nicht nötig sein, daß ich dazu sprechen kann. Ich werde das Reden dazu nicht brauchen, kein Wort.

Vorsichtig, damit der Schlüssel nicht zu Boden fiel in den Schmutz, wo er verlorengehen könnte bei dieser Dunkelheit, nahm er ihn herauf und schnupperte mit der Nase darüber. Er roch den Geruch der Hand und des Leders und den feinen, süßlichen Geruch des warmen Metalls, der ihn jetzt plötzlich und ohne jeden Übergang fortversetzte, zurück in das enge Estrichzimmer, in dem er geschlafen hatte oder wach gelegen oder im Dunkeln an der Tür gestanden und gelauscht hatte, zitternd in der Nachtkühle, und alles war da, und er war mit dem Vater wieder unterwegs. Unterwegs, dachte er: in dem kleinen Hinterhof eine halbe Runde, ums Haus herum, dann hinaus; am Rand der Straße hielt der Vater, dann fuhren sie los, er sah im Zurückblicken die Mutter, wie sie am Fenster stand, ohne zu winken. Er hob eine Hand, mit der anderen klammerte er sich am Rocktuch unter Vaters Arm fest, die NSU ratterte unter ihnen auf, weil der Vater vorne das Handgas hochschraubte. Der Lärm und der Fahrtwind und die Schlagschatten der hohen Gaswerkkessel, durch die sie fuhren. Er beugte sich noch weiter vor und schloß die Augen, den Kopf jetzt fest an Vaters Rücken gelehnt, eine Weile lang war alles toll in ihm, und er wünschte, diese Fahrt würde nie aufhören. Er spähte zwischen den zitternden Wimpern hinaus. Noch immer die kleinen, weißen und grauen Häuser, die hohen Gitterzäune des Güterbahnhofs, dann das Stellwerk mit dem General in den funkelnden Scheiben hoch über den Gleisen, endlich die Unterführung, der Vater fuhr langsamer, sie legten sich auf die Seite und sie fuhren donnernd unter der Eisenbahn durch und wieder drüben ins heiße Licht hinauf, es roch nach Asphaltstraße und NSU und Vater, und die hohen Kofferkisten, zwischen denen er dahinten saß, rumpelten, als sie über die Brücke kamen und zwischen den stummen Häusern, die er nicht kannte, durchrollten. Der Vater bog ab, und sie kamen an Fabriken vorbei, immer steiler gings jetzt abwärts, dann war wieder der Fluß da, diese träge vorüberschwimmende Aare, und der Vater bog nochmals ab, zwischen die Häuser hinein, sie hielten. Er half dem Vater die schwarzen Koffer abschnallen. Warte hier, sagte der Vater. Wie lange, dachte er, aber er wagte nicht zu fragen und sagte ja. Er sah den Vater davongehen; die eckigen schwarzen Koffer mit der Ware gingen rechts und links schwankend neben Vaters Hosenbeinen mit. Es war schade, daß der Vater die NSU nicht da unten am Fluß parkiert hatte. Am Fluß hätte man spielen können, es hätte Schiffe gehabt, die vorüberfuhren, und Möven oder Enten und Schilf, und mit den Steinen hätte man Landungsstege bauen können für die langen Schleppkähne aus Schilfblättern und Holzrohren, und vielleicht wäre ein Schwan gekommen oder ein Strandläufer. Aber hier, in dieser engen Seitenstraße, da gab es nichts außer den geschlossenen Fensterläden in der Sonne und dem Wind, der zwei gelbe Papierfetzen vorüberwirbelte und sie plötzlich liegen ließ und schlafen ging. Und in der anderen Straße, in die der Vater um die Ecke fortgegangen war, war auch nichts los, höchstens, daß etwa einmal ein Fahrrad vorbeifuhr oder ein Lieferwagen, ein Dodge oder ein BMW-Lieferwagen. Und die Tankstelle, die man von hier aus eben noch sah, war schon zu weit weg. Es sah aus, als seien dort zwei Männer daran, einen schweren Tanker zu reparieren, aber sie waren wirklich zu weit weg, etwa sieben Kilometer, soviel er schätzte, und da hatte es erst gar keinen Sinn, mit Zuschauen von da aus überhaupt anzufangen. Er ging zur NSU zurück, die sie am Randstein parkiert hatten, und machte ein wenig eine Kontrolle an den Bremsen und an den Speichen am Vorderrad. So konnte er nicht einmal sehen, daß fünf Fahrräder die große Straße heraufkamen und scharf in die Seitenstraße hereinbogen und bremsten, und einer von ihnen sagte: Was ist mit dem los.

Er stand rasch auf. Sie stiegen von ihren Rädern, und er sah, daß sie größer waren als er, drei von ihnen gingen vielleicht schon in die vierte Klasse oder sicher in die dritte, und er wunderte sich, weil der Kleinste von ihnen, der wahrscheinlich kaum so groß wie er selber war, schon ein Fahrrad hatte. Sie stellten ihre Räder hintereinander mit den Pedalen an den Randstein, dann kamen sie heran.

Ich warte, sagte er.

Wem gehört das da? fragte einer von ihnen, der zweitgrößte, ein Kerl mit einem bleichen Gesicht.

Uns, sagte er. Mir und dem Vater.

Ein schönes Motorrad, sagte der Kleinste.

Paul, sagte der mit dem bleichen Gesicht. Da schaute der Kleinste gleich weg.

Wo ist er, fragte der Bleiche, und er, Loth, sah, wie es in dem spitzen Gesicht schmale Augen hatte.

Auf der Tour, antwortete er. Da vorn in den Häusern von dieser Straße.

Er ging an die Ecke und zeigte es ihnen. Er war froh, nicht mehr allein zu sein.

Die Straße war leer. Sie verlief lange geradeaus und bog weit hinten, an ihrem untersten Ende, wo die Häuser klein und ineinandergeschachtelt waren, scharf gegen den Fluß hin ab. Da kam der Vater vorn aus einem Haus. Er war noch ziemlich nahe. Er sah sie nicht. Er trug die Koffer ein Haus weiter. Sie blickten ihm nach, und als er anhielt und bei einer Tür läutete, fragte der Bleiche: Was macht er.

Loth drehte sich ein wenig zu ihm um. Er verkauft die Ware, sagte er.

Wie?

Er verkauft die Ware.

Was für eine Ware, fragte der Bleiche. Er hatte ein Gesicht wie ein Maulwurf.

Bürsten, sagte Loth. Bürsten und Knöpfe und Zahnpasta, und Zahnbürsten, und ein prima Mittel für Holzböden, sagte er zu ihnen.

Man sah, wie der Vater vorn in die Straße zurücktrat und zu einem Fenster hinauf etwas sagte.

Dem sein Alter hausiert, erklärte der Größte, der bisher nichts gesagt hatte.

Ein breiter, hellgrauer Wagen kam die Straße herauf. Er funkelte in der Sonne, die jetzt von vorne in die Straße hereinbrannte, er sah wunderbar neu aus, und der Bleiche sagte: Der neue Mercedes.

Es war eine Weile lang still. Der Vater war inzwischen weiter gegangen. Wieder läutete er. Hausieren verboten, murmelte der Große, Loth spürte seinen kühlen Atem im Nacken. Er hörte, wie sie lachten. Der Vater dort vorne verschwand jetzt mit seinen Koffern in einer Tür. Loth hatte noch nie eine so leere Straße gesehen. Vielleicht führte sie nicht zum Fluß, dachte er und schaute die leeren Pflastersteine entlang; vielleicht führte sie nach Graubünden, dachte er weiter, und es war sogar möglich, daß sie nirgendwo hinführte, es gab vielleicht nur diese eine Kurve darin, die Kurve dort unten. Und dann nichts mehr als eine schnurgerade Straße, und sie führte nirgendwohin, und wenn man einmal auf ihr fuhr, kam man nirgends an, kam nicht einmal mehr in ein Dorf, nicht einmal heim oder zu einer Brücke, man fuhr und konnte überhaupt nicht mehr aufhören, im flimmernden Licht nirgendwohin zu fahren –

Rasch drehte er sich zu ihnen, die noch immer hinter ihm standen, um und sagte: Wohin fahrt ihr denn? Red du nur, wenn du gefragt wirst, gab der Bleiche

zurück. Kommt, sagte er dann und ging ihnen voraus
wieder zur NSU.

Der Hausierer hat den Zündungsschlüssel steckenlas-
sen, sagte Paul.

Nicht, rief Loth, als er sah, daß der Junge mit dem
bleichen, spitzen Gesicht den Schlüssel herauszog.

Der Junge steckte den Schlüssel in die Tasche. Kommt,
sagte er. Hausierer sollen zu Fuß gehen. Wozu brauchen die zu fahren.

Und erst jetzt begriff Loth, was geschehen war und
was geschah, wenn diese Jungen da mit ihren Rädern
irgendwohin davonfuhren, wo man sie vielleicht nie
mehr finden würde, jetzt, da sie die Fahrräder bei der
Lenkstange nahmen, alle hintereinander, zwei, drei
Schritte weit anstießen, sich auf die Sättel schwangen,
eine Kurve über die schmale Straße fuhren und noch
einmal an ihm vorbei: nicht schnell, der Bleiche vorne,
und Loth spürte, daß sie nie Angst vor ihm hätten,
auch wenn er jetzt noch so laut zu rufen anfangen
würde, – nicht schnell und alle hintereinander an ihm
vorbei, in die sonnenglühende Straße hinein und, noch
immer langsam, davon. Er hätte weinen können oder
er hätte sie von ihren Rädern reißen mögen und schreien
und sie vor Angst zittern machen oder doch wieder
weinen, aber er stand nur immer noch da und sah zu,
wie sie verschwanden, einer nach dem andern, ohne
ihn nochmals anzusehen. Hausierer, dachte es in ihm,
und die Glut sengte sein Gesicht von innen her. In
seinen Ohren begann das rasche, dumpfe Pochen immer lauter zu werden. Hausierer, dachte er und blickte auf das Motorrad, alles in der einen, kurzen Zeit,

39

in der die fünf Räder in der Hauptstraße ohne Hast verschwanden, der letzte von ihnen noch immer nicht mehr als sieben, acht Schritte von ihm entfernt, er sah das leere Zündungsschlüsselloch und er verstand, daß er und der Vater nun zu Fuß nach Hause gehen mußten. Nein, dachte er und sah einen Augenblick lang das große, wütende Gesicht des Vaters vor sich, nein, und er ging los, lief bis zur Ecke, sah sie, begann wieder zu laufen, sie schauten zurück, sie lachten, und er lief, was er konnte.

Sie fuhren keineswegs schneller. Und er war selber erstaunt, als er sie plötzlich eingeholt hatte. Er lief langsamer. Der Bleiche mit diesem Maulwurfsgesicht ließ sich ein wenig zurückfallen und kam nahe an den Randstein heran und fragte, während er langsam die Pedale weiterdrehte: Was ist los, Hausierer. Weißt du nicht, daß hier bei uns Hausieren verboten ist? Geht heim, du und dein Alter. Er redete noch immer in dem selben wenig lauten Ton, und Loth, der nebenher trabte, brachte zuerst wieder kein Wort heraus, – hier ist die Tür, ging es ihm durch den Kopf, hier etwa die Tür, in der er verschwunden ist, in diesem Haus – und erst als der Große auch neben ihm war und fragte: Was hat der Kleine, was ist denn mit dem los, keuchte er: Der Schlüssel.

So, der Schlüssel, sagte der Bleiche und fuhr mit schräg gehaltenem Kopf eine kleine Kurve auf die Straße hinaus und kam wieder nahe heran: Habt ihr etwa den Schlüssel verloren? He, rief er, hat von euch einer dem seinen Schlüssel gesehn? Huh, rief der Kleine, er war kaum so groß wie Loth, und alle brachen in Gelächter aus.

Hier, sagte der Bleiche dann, komm, Hausierer, trab noch ein bißchen, hier ist dein Schlüssel, du kannst ihn dir holen, und er hielt den Schlüssel jetzt in der hohlen Hand, die er herstreckte, während sie noch immer so die Straße hinabzogen, Loth in seinem Trab, die anderen auf ihren Rädern: Komm, sagte er und fuhr etwas schneller, komm nur, komm, zeig, was du kannst. In seinem Gesicht stand jetzt das spitze Lachen. Er bremste plötzlich und setzte den Fuß auf den Randstein. Alle hielten an. Auch Loth. Und in diesem Augenblick flog ihm der Schlüssel ins Gesicht. Hier, nimm, sagte der Bleiche. Das Lachen verschwand. Man hörte den Schlüssel, er klirrte über den Boden. Loth keuchte. Er starrte das spitze Gesicht an, keuchte, verstand nicht und spürte noch nicht einmal den schmalen Schmerz, der unter seinem linken Auge in die Wange zu stechen begann, und nicht mehr das Pochen in den Ohren, er blieb stehen, blickte das Gesicht an und dachte: Jetzt wird er mit mir kämpfen, und: Ich schlag ihn in sein Maulwurfsgesicht, auch wenn sie mich alle zusammen niederhauen, ich schlag ihn, für den Schlüssel, für den Vater, wo ist er, warum kommt er nicht, mir zu helfen, – stand da und war plötzlich bereit und hoffte nur noch, daß alles jetzt schnell vorüberging.

Ein langweiliger Hausierer, sagte der Bleiche zu den andern und behielt ihn dabei nicht einmal mehr im Auge, so furchtlos war er, so wenig machte es Eindruck auf ihn, daß Loth jetzt bereit war. Ein langweiliger Hausierer, sagte der Knabe, der Paul hieß.

Jetzt verstand er.

Und regungslos schaute er ihnen nach, wie sie weiterfuhren, wie sie über die Straße kurvten und rasch die Straße wieder heraufgespurtet kamen, an ihm vorbei und davon, ohne noch einmal herüberzublicken; es sah so aus, als seien sie jetzt Rennfahrer und wollten sehen, wer von ihnen zuerst die Tankstelle erreichte, die Tankstelle, wo noch immer die zwei Männer mit weißen Mützen den Tanker reparierten, aber auch dort fuhren sie vorbei, ein Knäuel blitzender Räder und rasch sich auf und nieder bewegender Beine, immer kleiner, ferner, bis sie weit oben irgendwo in eine Seitenstraße, weitauseinander gezogen, verschwanden. Loth stand noch eine Weile da, mit der Schulter zur Sonne, die schräg von sehr weit oben in die Straße hereinfuhr. Seine linke Wange begann zu brennen, als hätte eine heiße Sonnenhand ihn geschlagen, der Vater, der jeden Augenblick aus einer der Türen hinter ihm kommen konnte, fiel ihm wieder ein, und er bückte sich, nahm den Schlüssel, der blitzte, vom Boden auf und lief so schnell er konnte zu seiner Ecke zurück, und als er wieder bei ihrem Motorrad war, steckte er den Schlüssel ins Zündungsloch; dann wartete er. Er hatte nicht gewußt, daß man ohne den Schlüssel nicht fahren konnte; er kannte fast alles an der NSU, aber daß man den Schlüssel zum Fahren brauchte, das hatte er bis jetzt nicht gewußt. Das nächste Mal werde ich besser aufpassen, dachte er.

Und ging an die Hauswand zurück in den schmalen Schattenstreifen, er lehnte sich mit dem Rücken an den Schatten, und die Grenze, wo die Sonne mit ihrem Schein den Schatten abgeschnitten hatte, lief dicht vor den Spitzen seiner Sandalen vorbei. Er schaute sie an.

Er blickte auf die NSU, die jetzt schwarz in der Sonne glänzte, und auf die geschlossenen Fenster gegenüber. Die Hitze strömte träge durch die kleine Straße vorbei zum Fluß hinab, und er sah, daß die Grenze von Schatten und Licht jetzt über seine Schuhe hinlief. Langsam kam sie näher. Sie kam stumm näher und sie war heiß. Sie brannte auf die Füße. Er wartete. Sie kroch langsam seine Schienbeine hoch, er spürte, wie die Hitze ihn von unten her zu brennen begann, Glut stieg in ihm hoch, über die nackten Knie, die Hüfte und den Gürtel herauf in Brust und Kehle und Wangen, und dann war er von der Glut ausgefüllt, sie brannte ihn in die Augen, und er fühlte plötzlich, wie ihre Tropfen heiß über seine Wangen herunter liefen, kühler wurden, alles flimmerte jetzt, – kühler und wild und salzig auf seine Lippen –

Unterwegs. Er hielt sich an dem Vater fest und preßte seine Wange an den warmen Rücken vor sich. Die Augen hielt er ganz geschlossen. Die Welt rauschte draußen. Er wußte, wie sie aussah. Aber er wollte nichts sehen. Er wollte nur still hier im Windschatten bleiben und wissen, daß sie heimfuhren, und ob auch die Sonne schon lange hinter die geduckten grauen Häuser gesunken war ins Flußwellenbett, ob auch offene Kartoffelfelder warm vorüberzogen und das Rattern der NSU unter ihnen herlief und es auch am Rand der Straße wieder Häuser gab und Hunde davor, die ihnen nachbellten, Pferde an der Tränke und einen Jungen, der ihnen etwas zurief, was man nicht verstand, und wieder die Eisenbahn mit dem raschen Geflüster ihrer vorbeiwischenden Masten nebenher, einen

Hirsch mit gewaltigem Geweih und ein paar Bären, die aus dem Schatten der Hinterhöfe hervorkamen und hinter ihnen hertrotteten, einen Kaminfeger mit seiner Leiter, mit der er nachts in die Zimmer stieg, den Stier, der wütend hinter ihnen nach kam, weil er Rot nicht mochte, und eine Königin und Zwerge und den schreienden Dampfhammer und Maulwürfe und die Bäume mit dem uralten Gesicht und Lokomotiven: er wollte still da sein und wissen, daß sie heimfuhren, er selber hier auf dem Rücksitz der NSU, und alles zog draußen vorbei, es rauschte, und er war froh, daß ihm hinter dem Rücken des Vaters jetzt niemand mehr etwas anhaben konnte –

– unterwegs, und er lauschte in das Rauschen hinein, das der Sturm und der Regen und die Nacht und die Bäume da vor ihm erzeugten. Hinter ihm waren jetzt Stimmen. Sie kamen aus der Holzwand der Baracke, an die gelehnt er noch immer stand, den alten, abgegriffenen Schlüssel in der Faust. Aber verstehen konnte man nichts. Der Lärm in der Luft war zu groß. Man konnte höchstens merken, daß die Stimmen laut geworden waren. Aber man wußte nicht, ob es die Männer da drin einfach lustig hatten, oder ob das ein Streit war.

Er lauschte. Die Stimme, die er kannte, war nicht dabei. Wieder kam ihm der Schlüssel in den Sinn. Er war froh, wenigstens den Schlüssel zu haben; auch wenn es ein alter Schlüssel war und er noch nicht wußte, was nachher geschehen würde: zeigen wollte er ihm den Schlüssel, zeigen bestimmt. Er müßte ihn wenigstens wiedererkennen, den Schlüssel und mit dem Schlüssel ihn selber. Aber er wußte jetzt, daß es nicht leicht sein würde, nicht so leicht, wie er es sich immer gedacht hatte. Er lauschte. Doch nur das Lärmen der Nacht war stetig da, keine Stimmen mehr, der Lärm und ab und zu dieses Knattern in der Luft. Das war alles.

Du hocktest auf der hinteren Bank, zuoberst, unweit der Innentür, vor dir das leere Glas Bier, und du konntest sehen, wie die kleinen, erloschenen Schaumfetzen immer mehr einsackten und die glasigen Wände hinunterkrochen. Langsam, träge drehten Stücke von Gedanken durch dein Gehirn, Gesprächsbrocken fielen dir ein, für einen Augenblick war das Takkern des Preßluftmotors wieder im Gehör, der Alarm von Ferros Horn; die Meldung kam dir in den Sinn: sie war nicht gekommen, heute nicht, und bis heute, spätestens bis heute mittag, hattest du sie erwartet. Der Plan fiel dir ein, und du hattest dann eine Weile lang sogar wieder diesen schmal gebauten Schäferhund von heute vormittag vor dir, du bewegtest dich kaum, warst wahrscheinlich ein wenig angeschlagen, hier oben am Rand des weißen Karbidlichtkegels, und der für dich nicht sichtbare Schatten der Blende – ein Stück Konservenblech, Grimm hatte es einmal angebracht – schnitt vom linken Ohr zur Nase die Helle aus der oberen Hälfte deines Gesichts. Du hörtest kaum, wie sie neben dir spielten, Kahlmann neben dir, nach ihm Grimm, gegenüber die Partner, der ältere der beiden Filippis und Muralt; Kehrer, Gino Filippis und Samuel saßen drum herum und schauten in die Karten. Heim saß noch weiter unten, und auch an ihn dachtest du nicht, nicht an diesen kleinen, ein wenig traurigen Mann mit seiner hohen, ein wenig aufgeregten Stimme und mit dieser randlosen Brille, durch die er gewiß auch an diesem Abend in dem komischen, abgegriffenen Buche las; du dachtest nicht einmal an Ferro, der da draußen wahrscheinlich wieder mit seiner N S U zu tun hatte; die Tür war nur angelehnt, und durch die schimmerige Ritze hättest du wenigstens Ferros Hand gesehen, wie sie die Feldflasche zu einem scharfen Schluck an Ferros Mund führte; aber auch halbrechts zur Tür hinaus also schautest du nicht, du dachtest jetzt auf einmal die Meldung: Arbeiten abbrechen. Unverzüglich aufpacken. Zurückkommen. Die Bauleitung, – etwa diese Meldung, und Samuel hatte sie nicht gebracht, es war also nicht so gewesen, wie man sich's vorgestellt hatte: Samuel, wie er aus dem Dämmerlicht der Rampe heraufkam, das Bulldoggengesicht des Frontlenkers, immer näher herauf, und Samuel winkte aus dem Kabinenfenster, er hielt an, er kam heraus und stolperte mit der Meldung in der Hand über die Rollbahnschwellen, die Tümpel und den Sprengschutt auf euch zu, mit dem Lachen, das er manchmal hatte, auf dem Gesicht. Nichts davon, und es wäre, dachtest du weiter, für deinen Plan jetzt die günstigste Zeit. Es war ein guter Plan. Man müßte nur noch die anderen dazubringen. Langsam vielleicht, in die rauchige Stille hinein zu reden beginnen, langsam, Chavaz, denen versuchen klarzumachen, wie das sein könnte: eine Baustelle nicht da oben, auf neunhundert Meter über Meer, im Wald, vielmehr ein richtiger, sauberer Bauplatz in der Stadt; wenig Sprengarbeit; Mauern, mit denen man rasch vorankam; zwei, drei schon eingedeckte Kellerräume, windgeschützt, trocken. In der Nähe irgend ein nettes, keineswegs teures Lokal, wo es etwas Warmes zu essen gab, heiße Wurst, Bier, und abends das gute Hemd auf dem Leib, die leichten Schuhe, dann glitzernde Straßen, neue, glänzende Schaufensterauslagen und Mädchen, wie sie langsam vor einem hergingen, ihre schmalen Fesseln über den Stipschuhen, diese Hüften, und irgendwo zum Abschluß ein Bierchen, bevor man nach Hause ging. Nicht dieses Pfeifen da draußen, das Knattern, das dieses Segeltuchstück unten an der Wasserstelle machte, und nicht das ungute Gefühl, wenn dir plötzlich wieder die Kuppe einfiel, oder wenn nachts im Schlaf auf einmal Kahlmanns Stimme da war, scharf: Chavaz, du übernimmst die Kuppe. Fünf, sechs Frösche, wo der Überhang anfängt, dann sind wir sie los. Klar? – Nichts von alldem, und jetzt doch nur immer weiter diese Barakkenstimmung, die dich einlullte, das leere Glas Bier mit seinem schalen Geruch vor dir und ab und zu dieses verhaltene Gelächter, wenn irgend einer dieser Witze gefallen war.

Das war Filippis gewesen, und sie lachten. Filippis fuhr fort: Daß der stumm ist, das hättet ihr mir schließlich auch vorher sagen können.
Und Breitenstein: Wo ist er eigentlich?
Borer: Wenigstens einen Hund vergraben, das hat er am ersten Tag ja nun immerhin gelernt.
Vor einer Stunde sah ich ihn hinausgehen, sagte Filippis wieder.
Und Breitenstein: Wahrscheinlich nachsehen, ob das wirklich auch ein Hund war, was ihr da zusammen eingelocht habt. Breitenstein lachte.
Muralt strich die Karten ein: War ein schönes Tier, sagte er.

Für einen Augenblick war's ruhig. Du warst jetzt auf einmal wieder hellwach. Du drehtest den Kopf zu Borer hinüber, und Borer sagte: Ihr hättet ruhig besser aufpassen können.

Was heißt das, fragte Kahlmann; er spielte die Karte, die er schon in der Hand hielt, nicht aus.

Borer lachte. Ich meine nur. Ist doch schade für einen Hund.

Was heißt: ihr? fragte jetzt auch Breitenstein. Kannst dich damit ruhig an Chavaz wenden. Chavaz war's, der ihn oben anband.

Und wer, fragtest du, hat dann den Sprengalarm so früh gegeben? Wie steht's damit? – Hört mir auf.

Du spürtest, noch ohne zur Tür halbrechts von dir hinüberzusehen, wie der kühle Luftzug dich traf. Das mußte Ferro sein. Nur weiter, sagte in diesem Moment eine Stimme; das war tatsächlich Ferro, er stand unter der Tür und hatte schon wieder seinen glänzlichen Blick. Nur weiter, Chavaz, sagte er, und plötzlich laut: Du willst also sagen, ich habe zu früh Alarm gegeben, wie?

Du sagtest nichts drauf. Dachtest: natürlich hat er. Hätte sich vergewissern müssen. Wozu sonst dieser Alarm. Aber erwidern tatest du nichts. Ferro wartete übrigens auch gar nicht lange auf deine Antwort, er fuhr fort: Herrgott, konnte ich ihn denn sehen!

Nach einer Weile sagte Kahlmann Dreiblatt und spielte aus. Obschon es jetzt für einen Augenblick so aussah, als werde das Spiel weitergehen und die döslige Stimmung zurückkommen, spürtest du deutlich das gefährliche Flimmern in der Luft. Ich nicht, nein. Nicht ich. Gut, gut, und schon setzte Breitenstein wieder ein:

Ja, sagte er gedehnt, wie ist das jetzt also genau: hätte Borer früher halt rufen sollen, oder lag's am zu frühen Sprengalarm, oder wär' es nicht doch die Sache von Chavaz gewesen, den Hund loszulassen? Ich meine doch, man müßte sehen – er lachte jetzt und schaute dich an –, an wem die Sache am Ende hängen bleibt. Nicht, Chavaz?

Schluß jetzt. Das war Kahlmann. Filippis, gib Farbe an.

Aber Filippis gab nichts an. Vielmehr er fragte: So ist's also keiner gewesen. Er schaute euch an, er lachte ein bißchen. Schade. Dann hätten wir wenigstens gewußt, wer die Kuppe übernimmt. Nicht, Kahlmann? Jetzt lachten alle. Das war kein schlechter Witz. Die Gefahr war vorbei. Filippis gab an, eine zeitlang wurde ein wenig durcheinander geredet, und nur Ferro stand immer noch mit seinem Glanz in den Augen halbrechts in der Türe, und du konntest sehen, wie er seine Lippen ein wenig bewegte. Jetzt schaute er dich sogar an. Wie meinst du? fragtest du halblaut, und da erst kamst du drauf, daß er gar nicht dich meinte, dich gar nicht eigentlich ansah, er murmelte nur irgendwas vor sich hin, du konntest auf einmal ein paar Worte auffangen, es klang wie: Visagen. Abhauen. Dreckvisagen. Hinüber. NSU – aber klug wurdest du nicht daraus. Nun gut. Wenigstens hatte auch er anscheinend keine Lust mehr, das Thema fortzusetzen. Hinter ihm tauchte der Neue auf, dieser Stumme. Er schaute mit seinem ein wenig zu großen Kopf

dem Alten über die Schulter, Ferro drehte sich halb
ab, und der Stumme kam herein. Besonders fein sah
er nicht aus, wie er jetzt langsam und ziemlich verregnet vorüber und nach hinten ging. Ferro drehte
ganz ab, ging hinaus, und die Tür fiel hinter ihm zu.

Wieder kam dir Samuel in den Sinn. Das war also
alles, was er heute gebracht hatte, diesen Stummen.
Kein Wort einer Meldung, und es blieb alles sich
wieder gleich, selbst die Hitze war wieder zurückgekommen, diese schwere, ein wenig verbrauchte Rauch-
lufthitze, und einen Augenblick lang wußtest du, daß
wahrscheinlich jetzt noch eine letzte Möglichkeit für
deinen Plan da war: man hätte nichts zu tun, als
langsam von dem Bauplatz in der Stadt zu reden anzufangen, zu sagen, ein Brief sei am besten, eine Art
gemeinsamer Erklärung, von euch allen unterschrie-
ben, und Heim würde die richtigen Worte dafür finden; – zu schreiben, es sei unmöglich, hier weiterzumachen. Der Regen, der Sturm; auch die Kälte habe
schon eingesetzt, man könne euch das nicht länger zumuten, und ihr wolltet auf einem Platz in der Stadt
eingesetzt werden, die Baugruppe drei wolle zusam-
menbleiben, und möglicherweise hinzufügen: sie ver-
pflichte sich, vollzählig im April die Arbeit hier fortzusetzen. So etwa. Heim würde die passenden Worte
finden, und morgen schon oder wahrscheinlich am
Samstag könnte man zurückfahren, hinten auf Samuels Ladebrücke, auf einen guten, sauberen Bauplatz in der Stadt, in Jammers zum Beispiel, ihr hättet wenig oder gar keine Sprengarbeit, und ein gut-
gefedertes Bett in der Nacht, kein Khakifeldbett, wie

sie da nebeneinander standen, vierzehn Khakifeldbetten, für jeden eins und nur eines war noch frei.
Es stand als zweitletztes in der Reihe, neben Ferros
Bett, das an der Wand gegen den Paß zu den Abschluß machte, als einziges noch frei, denn das drittletzte hatte seit heute der Stumme.

Aber vielleicht, Chavaz, war der richtige Augenblick
nun doch schon verpaßt. Das Spiel war eingeschlafen.
Kahlmann schrieb zwar noch mit der Kreide die Re-
sultate auf der Tafel aus, aber die Karten nahm keiner mehr auf. Du saßest wieder still auf deinem Platz,
die Stille rauschte über das Dach weg, und hinter deinem Kopf flüsterte der Regen seine Meldungen, die
nicht zu verstehen waren, ans Fenster. Schluß machen,
versuchtest du noch einmal zu sagen. Aufpacken und
diesen Brief schreiben, aber gegen dies träge Gemurmel, dieses Geflüster am Fenster, das dumpfe Knattern von der Wasserstelle her und gegen das Rauschen kamst du nicht an und bliebst still, die Augen
stur an Kehrers Kopf vorbei auf irgendeinen Sparren der talwärts stehenden Wand geheftet, du hörtest
schon kaum mehr, wie Breitenstein heiser lachte, du
warst auf einmal wieder in dein Dösen hineingekom-
men, du nahmst kaum mehr wahr, wie das Murmeln
vom unteren Tischende, wo Grimm mit Samuel über
schwere Fahrzeuge redete, und wo Muralt dem Stummen die Paßwanggeschichte erzählte, heraufkam, und
du beugtest dich nicht vor, um einen Blick auf Heim
zu werfen, auf Heim, der ganz unten neben dem Stummen ein wenig abseits saß und mit dem Lesen seines
komischen, abgegriffenen Buches beschäftigt war. Selbst

von hier oben aus hätte man sehen können, wie seine Lippen beim Lesen sich unablässig bewegten, und der alte Groll hätte in dir einen Moment lang wieder aufkochen können, der Groll über Heim, der alle eure Witze überdauert hatte, der sie euch nicht einmal übel nahm und Abend für Abend abseits dort las; immer weiter blicktest du also auf den Sparren hinüber oder ins Leere dahinter. Und sahst auch Kehrer nicht, dessen Kopf doch fast haargenau in deiner Blickrichtung war und in dessen Gesicht nun der Schlaf hockte und der dennoch sitzen blieb, weil er vielleicht noch Durst hatte und den letzten Schluck eine Weile lang noch hinausschob, oder es ging ihm wie dir, und er spürte, irgendeine letzte Gelegenheit, eine letzte Möglichkeit, alles könne sich ändern, war vielleicht vorbeigegangen, ungenutzt, und er blieb also weiter da, wach gehalten unter Umständen allein von der Hoffnung, die aus einer uralten Zeit, aus einem urvordenklichen und grauen Dasein stammt und an solchen Abenden wach wird, diese kaum begründete und gleichwohl beharrlich gehegte Hoffnung, daß irgendetwas geschehen würde, und alles wäre dann mit einem Mal schöner, größer und besser, und die nicht einmal später aufhörte wach zu sein, als der letzte Schaumfetzen den Boden des Glases erreicht hatte, als die letzten, schon schläfrigen Worte verstummt, die Karbidlampe ausgelöscht und die Geräusche, die es gibt, wenn zwölf Männer zur Ruhe gehen und in Khakifeldbetten zu schlafen beginnen, schon lange in der Baracke vergangen waren.

Vergangen bis auf das schwere, unruhige Schlafen der elf Männer, wie sie da im Dunkeln lagen, links von Loth, einer neben dem anderen und bis zum Hals in die Wolldecken gehüllt. Loth schaute ins Dunkel über sich. Nichts war zu sehen. Rücken und Arme schmerzten von Müdigkeit. Aber es war unmöglich, jetzt einzuschlafen. Denn nicht nur das erste Bett rechts von ihm war leer; auch in dem anderen, dem hintersten Khakifeldbett an der Wand, das dem Vater gehörte, schlief noch niemand. Er ist noch nicht da, dachte er, und er stellte sich einen Moment lang das leere Bett dahinten vor. Auf dem Khakifeldbett, das zwischen ihnen stand, und das niemandem gehörte, lagen die Schachtel, ein alter, großer Koffer, der kleine Jutesack und ein Rucksack. Das Gepäck des Vaters. Unter diesem selben Khakifeldbett standen jetzt seine, Loths, Sachen. Filippis hatte ihm den Sack hereingetragen und gesagt: Da unten, das ist am einfachsten; stell deine Sachen hierher, Ferro wird den Platz da unten nicht auch noch brauchen.

Loth spürte die Schläge in seinem Brustkasten; dumpf und rasch fielen sie auf eine harte Stelle dadrin. Er ist noch nicht da. Er drehte leicht den Kopf auf dem Kissen nach links hinüber, und ganz vorn konnte er die Tür sehen: drei schimmerige Schnitte im Dunkeln. Er drehte sich wieder um, auf die andere Seite, und blieb dann reglos liegen. Wo ist er, ist er da vorn im Vorraum, oder ist er wirklich draußen? Von draußen herein kam das Rauschen; bisweilen stieg es hoch und ging in dieses sausende Pfeifen über. Dann hörte man die Wände knistern, und man hörte das ferne Knattern der Segeltuchplane. Es war dumpf und wild.

Er ist draußen, dachte er. Was tut er. Es ist spät. Vielleicht sollte man gleich jetzt aufstehen, man sollte den Schlüssel mitnehmen und hinausgehen zu ihm. Aber dann, was geschah dann weiter? Es war dumm von ihm gewesen, darüber nicht besser nachzudenken. Vielleicht, dachte er, müßte ich ihn an alles, was geschehen ist, erinnern. Wieder stieg die Glut in ihm auf. Aber es war eine Glut, die nicht wärmte. Sie war nur eben heiß genug, um in seinem Kopf alles das auszubrennen, was er noch hatte denken wollen, und da hatte er wieder das alte Gesicht, wie er es heute wiedergesehen hatte, vor sich, mit diesen grauen Stoppeln darin, den Furchen und der Angst in den wässerigen Augen, und er wußte jetzt nur, daß er vielleicht überhaupt nie stark genug sein würde, um den Vater zu stellen und ihm alles auf irgend eine Weise zu sagen. Wenn der Vater noch das Gesicht von damals hätte, ja, aber nicht dieses viel kleinere, dieses noch immer schwere und jetzt auch furchtsame Gesicht, das Loth nicht erwartet hatte.

Im Vorraum krachte die Außentür ins Schloß. Das ist er, dachte Loth. Er wartete darauf, daß die Innentüre aufgehen und der Alte mit der Lampe hereinkommen würde. Aber niemand kam. Die Tür blieb zu, und man hörte, wie jemand sich im Vorraum zu schaffen machte; ein Stemmeisen polterte zu Boden. Er ist wieder betrunken, dachte er; Borer hatte so eine Bemerkung gemacht, als sie eben zu Bett gegangen waren. Man sollte ihn suchen gehen, hatte Filippis gesagt. Laßt ihn, hatte da vorne einer gemurmelt, der geht schon nicht verloren, und der Regen, der kann ihm nur gut tun.

Es war still gewesen, und nur Grimm hatte, bevor er die Lampe ausblies, noch gesagt: wenn der so weitersäuft, so wie heute –. Man müßte es ihm wieder einmal sagen. Sagen, dachte Loth, und es fiel ihm ein, wie er zum ersten Mal gemerkt hatte, daß mit dem Vater etwas los war. Und obgleich er sich dagegen wehrte und die Augen schloß und einen Moment lang versuchte einzuschlafen, stiegen die Bilder schwankend herauf, wurden deutlich, schwammen durcheinander und zogen wieder langsam und erbarmungslos klar heran, er hatte den gewaltigen Rücken wieder vor sich und er hörte mit dem Ohr, das er daran gelegt hatte, wie der Vater mit seiner heiseren Stimme sang, als sie über die Brücke rollten. Dann nahm der Vater vorne das Handgas weg, Loth merkte, wie die Häuser langsamer in der Dämmerung vorüberglitten. Und dann waren sie neben einem Haus, sie hielten, das Haus war eine Wirtschaft, sie ließen die NSU stehen, und der Vater sagte komm zu ihm. In dem ziemlich großen Zimmer, in das sie kamen, war Musik. Tische und Stühle standen da. Hinter der Theke war eine Frau. Sie drehte den Kopf und schaute zu ihnen herüber. Da lachte sie.

Loth war stehen geblieben. Er konnte nichts anderes tun als sie anblicken. Sie sah schön und schrecklich aus, ihr Mund war sehr rot, und ihre Zähne waren schneeweiß. Er sah zum erstenmal eine Frau, die so wie sie war, schrecklich und schön und lustig im Gesicht, und sie winkte ihm. Komm nur, rief sie leise. Die Stimme, die sie hatte, kam von weit her, aus der Erde, aus dem Wind oder aus der Aare, und er konnte sich, weil sie schön war, nicht rühren und konnte nichts in seinem Kopf mehr denken.

Komm endlich, rief der Vater. Da ging er ohne sie anzusehen an dem Glaskasten und dem hohen Theken-tisch vorbei und setzte sich auf den Rand des Stuhls, den der Vater, der jetzt gegenüber am Tisch saß, ihm zuwies.

Die Frau, dachte es in ihm; er spürte, wie sie leicht zum Tisch daherkam, er sah ihre Hand, eine lange, schimmernde Frauenhand, übersprüht von den winzi-gen Goldperlen, die aus dem Glas, das sie vor ihn hinstellte, heraufschäumten; Duft umgab ihn, Rauch und reife Äpfel und Frau, und eine Weile lang war es still. Seine Hand, die nach dem Glas auf der Tisch-platte tastete, zitterte. Da berührte sie ihn. Die Wärme ihrer Hand traf auf die Haut seiner Wange, noch ehe er ihr Fleisch spürte, und dann durchfuhr ihn die Hit-ze, die von ihr ausging, und machte ihn mit einem-mal matt in den Gliedern. Er rührte sich nicht. Von weit her kam ihre Fraustimme: Und du, du bist Lo-thar? Er rührte sich nicht.

Ja, sagte er.
Du, wie der schon groß ist.
Ja, sagte er.
In welche Klasse gehst du denn?
Und der Vater: Laß ihn. Der ist doch müde.

Sie: Wie alt ist er jetzt?
Und er: In die erste.
Und der Vater dann: Trink ein Glas mit. Und sie:
Also.

Der Vater lachte. Also, sagte er, und Loth schaute auf
und sah, wie sie davon ging auf ihren leichten Schritten, wie sie ein Glas herunternahm und zurückkam,
und er schaute schnell wieder weg, weil sie schön und
sanft und schrecklich war, er sah zum Vater hinüber,
und er hatte den Vater noch nie so gesehen wie jetzt:
gewaltig hinter dem Tisch, ein gewaltiger Vater, fast
ein Pilot, aber mit Augen, aus denen Funken sprüh-
ten, mit Lippen, die feucht vom Wein waren, und mit
einem Lachen voll Übermut, und als der Vater ihr
einschenkte und sein Glas in die Höhe hob und plötzlich mit seiner Stimme zu ihr hinübersagte: Martha,
da hob auch er zögernd sein Glas und trank mit. Der
Apfelsaft war gut. Er sah, daß auch der Wein gut war,
der Vater hatte sein Glas schon leer, und die Frau,
die den Namen Martha hatte, schenkte ein. Martha,
dachte er. Er schaute sie verstohlen an. Er sah, daß sie
eine gute Freundin des Vaters war. Sie hatte sich vor-
gebeugt und flüsterte dem Vater etwas ins Ohr. Aber
der Vater war damit nicht zufrieden. Er sagte schnell:
Ach was, er packte sie mit seiner Hand im Nacken und
schüttelte sie hin und her. Er lachte wieder. Bring
noch einen. Er schüttelte sie, bis sie aufstand, und man
sah, wie das Tuch ihres Kleides satt glänzte. Nicht
jetzt, sagte sie, und ihr Gesicht war auf einmal ernst.
Sie ging zur Theke und holte neuen Wein.
Willst du noch was? fragte ihn der Vater. Loth nickte.

Ja, er hatte Hunger.

Bring ihm eine Wurst, mit Brot, sagte der Vater zu Martha. Sie ging hinaus. Wahrscheinlich war dort die Küche. Und dann brachte sie ihm eine große Wurst auf einem großen Teller, sie lachte wieder, und er war froh, hier zu sein, und er aß, und es machte ihm nichts mehr aus, daß sie und der Vater von gegenüber, wo sie jetzt nebeneinander saßen, ihm zuschauten. Die Musik tönte sanft von der Theke herüber. Die Wurst und das Brot und alles war sehr gut, und auch der Wein war prima, jedenfalls hatte der Vater ihn gern, er sagte immer wieder in ihr Ohr: Martha, prost, sie tranken zusammen, und der Vater trank ein Glas aufs Mal leer, so daß sie bald wieder aufstand und wieder Wein brachte.

Das war das erste Mal, daß Loth allein mit dem Vater in eine Wirtschaft gegangen war. Das mußte er daheim Beth erzählen und der Mutter, wie gut er's hier hatte. Er aß langsam. Er machte dazwischen eine Pause, und der Vater und die Frau schauten ihm nicht mehr zu. Sie redeten halblaut, und manchmal lachten sie wieder, Loth aß weiter, er hatte gar nicht gewußt, daß sein Vater so gut aufgelegt sein konnte, er aß und war stolz darauf, daß der Vater so war wie jetzt: so gut aufgelegt, mit dunkel gerötetem Gesicht und mit diesen glänzigen Augen vor lauter guter Laune, den Arm um die Schulter der Frau mit dem Feuermund und der hellen, pfefferstaubfarbenen Haut und dem Haar aus dunklem Wind gelegt, und daß er mit ihr jetzt aufstand. Sie ging zum Schanktisch und drehte die Musik auf, und nun tanzten sie zusammen, so fröh-

lich war der Vater. Loth hätte fast vergessen, mit dem
Essen fortzufahren. Er nahm das Stück Brot und drehte
sich um; so konnte er gut zusehen, wie sie tanzten. Er
lachte. Der Vater sah fast aus wie der Mann, der einmal gekommen war und bei ihnen hinter dem Güter-
bahnhof auf dem kleinen Rasenfeld, das sie hatten,
Mundharmonika spielte und dabei seine Faxen machte, tanzte, sich drehte, auflachte und weiterblies, und
sie alle standen im Kreis darum her und schauten ihm
zu. Der Schweiß lief ihm übers Faxengesicht, er spielte
und tanzte vor sich hin, allein unter der Sonne, die
auf den fleckigen Rasen herunterbrannte. Dann ging
er, noch immer weiter mit tanzenden Schritten, auf
der langen Straße den Schienen entlang stadtwärts
davon, sie hatten ihm nachgeschaut, ohne ein Wort zu
sagen, bis er weit vorne nur noch klein war, ein ferner, tanzender Faxenmann, und plötzlich im gelben
Nachmittag verschwand. Ein Verrückter, hatte seine
Mutter gesagt. Daran dachte er jetzt. Der Vater wir-
belte herum, immer im Kreis. Er war so vergnügt,
daß er keuchte. Seine Schritte stampften laut auf den
Boden. Das Gesicht war dunkel und rot und naß von
Lustigkeit, von wilder, wirbelnder Lustigkeit. Die
Frau tanzte mit und rief ah nein, nicht so, ach, und
dann lachte sie wieder so sehr, daß sie überhaupt nicht
mehr tanzen konnte.
Die Musik hatte aufgehört. Sie kamen zurück. Der
Vater nahm, noch im Stehen, sein Glas und trank aus.
Aber noch bevor sie sich wieder Loth gegenüber hin-
setzten, begann die Musik etwas Neues zu spielen,
eine Musik, die ruhig und laut daherkam; der Vater
packte die Frau am Handgelenk, zog sie vom Tisch

mit sich fort, und als sie jetzt wieder tanzten, bewegte die Frau sich mit samtenen Bewegungen vor dem Vater her, und er hatte seinen Arm fest um sie gelegt. Loth sah, wie Martha, wie die Frau über die Schulter zu ihm herüber schaute. Sie lächelte ihm zu. Aber in ihrem Gesicht stand ein starres Gefühl von Trauer und Wachsamkeit. Ihre Augen leuchteten, aber dann wich blitzschnell ihr Kopf vom Gesicht des Vaters weg. Ihr weißer Hals bog sich zurück. Nein, sagte sie leise, und dann schlang sie ihre Arme auf einmal wieder um Vaters Hals und flüsterte ihm Worte, die Loth nicht verstehen konnte, ins Ohr. Sie suchte sich aus Vaters Armen zu lösen. Komm, hör auf, sagte sie laut. Sie schaute wieder herüber.

Hör auf, nicht jetzt. Ihre Stimme flatterte. Sie hatte ihre Hände gegen seine Brust gestemmt und wand sich los. Aber Loth wußte, sie würde unterliegen, er wußte, daß es niemanden gab, der stärker war als der Vater, der sie jetzt mit der einen Hand am Rücken und mit der anderen am Kleid auf der Schulter festhielt.

Martha, keuchte er, und drehte sie herum, nicht mehr im Takt der Musik: keine Geschichten! Komm, – er lachte wieder: komm, Kätzchen, schön jetzt, und er versuchte, sie zu sich hin zu ziehen.

Ihr Blick flog zu Loth herüber. Nicht: bitte nicht, du, hör auf, nein –

Das Kleid auf der Schulter zerriß. Sie war frei. Loth sah sie an, wie sie zum Schanktisch ging, sich umdrehte. Ihr Gesicht war rot. Die Haare, nicht mehr Wellen aus Wind, klebten steif in ihre Stirn, und auf einmal mußte Loth an ein Tier denken, ein großes gehetztes Tier, nicht feuerrot, nicht mehr Schnee, nicht schön und schrecklich: ein erschöpftes, gespanntes, noch immer geschmeidiges Waldtier, im Gestrüpp aus Brombeeren und Schwarzdorn, und ihre Augen äugten erschreckt zum Vater und zu ihm und schnell zum Vater zurück. Sie war bereit zum Fliehen.

Doch nein, wahrscheinlich gehörte das alles zu diesem Spiel, und Loth kannte es nur nicht? Er lachte ihr ein wenig zu. Tier und Jäger. Das war ein Spiel, und der Vater müßte sie jetzt fangen?

Der Vater. Loth erschrak, als er ihn anblickte. Es war hier drin jetzt fast dunkel geworden, und der Vater stand dort, ein riesiger schwarzer Mann zwischen den leeren Tischen, und man hörte, wie sein Atem ein und aus ging und leise pfiff. Langsam kam er nach hinten. Jetzt versucht er, Martha zu fangen, dachte Loth noch, und er wußte schon, daß das kein Spiel mehr war, noch ehe er merkte, wie der Vater nicht zu ihr hin ging, sondern langsam herankam auf ihn zu, kein gewaltiger Pilot mit lachenden Augen mehr: der riesige Mann mit den gefährlichen Bewegungen seiner Arme und Schultern und mit der Stimme, die Loth kannte von der Nacht her: Hau ab! brüllte sie, und sie war auf ihn gerichtet: Fort da! Kein Spionieren da herum, hau ab, du!

Loth war aufgestanden. Der Frost kam aus den Knöcheln herauf, mit seinem Zittern, über die Knie und den Gürtel und den Hals herauf und machte Loths Denken stocken. Er wußte, er mußte an ihm vorbei gehen, weil der Vater ihm sagte, daß er abhauen sollte. Aber er konnte sich nicht rühren. Der Vater war schon so nahe, daß man den Atem roch. Schweiß und Rauch und Wein. Der Schlag kam nicht. Fort, sagte der Vater heiser zu ihm. In diesem Augenblick spürte er die Hand an seiner Schulter.

Komm, sagte die Frau. Sie zog ihn fort. Sie schob ihn zwischen dem Vater und dem Tisch vorbei und, immer schneller, zur Tür. Komm, sagte sie. Sie waren in dem dunklen Flur. Eine Tür ging auf. Warte hier, sagte ihre Stimme hinter ihm. Das Licht ging an. Warte hier, sagte sie, hab keine Angst.

Das Zimmer, in dem er war, hatte zwei Fenster; ein runder Tisch, darum her Stühle, Stühle auch an den Wänden, an der einen Wand war ein großer Glaskasten mit starren Silberkannen und starren Silbertellern, in der Ecke hinter der Tür eine aufgerollte Fahne, rot, weiß. Das war alles. Loth ging an eins der Fenster. Draußen hing die Dämmerung vom Himmel und ein Lastwagenzug donnerte vorbei. Er ging zum zweiten Fenster. Auch hier war sandgraue Dunkelheit. Er rückte einen Stuhl heran, und als er darauf stand, konnte er den Fenstergriff erreichen. Er drehte ihn leise. Das Fenster ging auf. Man mußte darauf achten, beim Hinausklettern keinen Lärm zu machen. Und man mußte aufpassen, daß die Schuhe an der körnigen Hausmauer kein Geräusch gaben. Einen Augenblick lang tasteten seine Schuhe an der Mauer umher. Es gab aber nichts zum Draufstehen. Es gab nur den Geruch der noch immer warmen Hausmauer dicht vor seinem Gesicht, und nur die sandige Dunkelheit und den harten Fensterbalken, der in die Hände schnitt. Loth schloß die Augen. Er dachte an den Boden, der da unten sein mußte. Vielleicht war er nicht mehr da, ging es ihm durch seinen Kopf. Vielleicht war da unten nichts. Er preßte die Augen zusammen. Der Vater, dachte er. Er ließ sich fallen, gleichviel, wohin er fallen mochte. Aber viel schneller, als er gedacht hatte, kam er am festen Boden an. Er stand auf und blieb eine Weile stehen, doch seine Beine zitterten jetzt wieder, und er lehnte mit dem Rücken ein bißchen an die Mauer. Dann erst sah er wieder die NSU. Sie stand ein wenig weiter vorn gegen die Straße zu neben der Mauer; das Licht von der Straßenlampe spiegelte matt drüber hin. Er ging langsam der Mauer nach, bis er die NSU erreicht hatte. Hier konnte er warten, und wenn er sich hinter ihr auf den Boden setzte, würde man ihn von der Straße aus nicht sehen. Er roch die NSU und war froh, da hinter ihr einen Platz zu haben. Manchmal kam die Straße herunter der Wind, er war warm, und er schmeckte nach Bienen. Oder nach Fluß und nach Amselgesang. Auf der Straße kamen zwei Fahrräder; man sah, sie hatten schon Licht. Sie tauchten neben den Häusern hervor auf, und man hörte, wie ihre Dynamos sausten, als sie vorbeifuhren. Loth rückte noch ein wenig näher zur NSU hin. Aber so sehr er sich auch anstrengte, alle diese Dinge, die es hier gab, zu sehen und zu denken, es wollte ihm nicht gelingen, der lauten Stimme in seinen Ohren und der Frau, wie er sie in der sandgrauen Dunkelheit wieder vor sich hatte, zu entgehen. Sie waren beide dicht da, und nicht einmal mehr den Fluß konnte er denken, die Aare, die da unten vorbeizog. Nicht einmal die Aare. Martha, flüsterte er und erschrak dabei, so deutlich stand sie sogleich vor ihm. Ich muß an die Aare denken, dachte er und zog die Knie rasch herauf.

Daß er schlief, merkte er erst an den Stimmen. Sie kamen von weither, gedämpft: Loth. Loth, wo bist du. Er fuhr auf. Es war dunkel. Loth –
Die Frau, er hörte sie, und rasch sprang er auf und preßte sich an die Mauer. Er sah ihren Kopf. Sie beugte sich aus dem Fenster. Loth, komm, rief sie leise. Man hörte, wie auf der Straßenseite vorn die Tür ging. Der Vater: Loth! Da ging er von der Mauer weg und um die NSU herum nach vorne. Ja, sagte er, und seine Stimme hatte sich in seinem Hals festgesetzt, so daß er husten mußte. Ein Nachthauch zog vorbei. Vorne bei der Tür ging jetzt das Licht an, der Vater kam mit den Kofferkisten die Treppe herunter. Die Frau, Martha, blieb vor der Tür stehen und schaute ihm nach, wie er auf Loth zukam. Man sah, daß er schwankte. Denk daran! rief die Frau leise hinter ihm her. Aber der Vater achtete nicht auf sie. Komm, sagte er, und als sie die Kofferkisten festmachten, roch Loth wieder den Wein und den Rauch, und dann war noch einen Moment lang ein anderer Geruch da, ein fremder, schrecklicher, süßer Geruch, und dann fluchte der Vater, bis der Motor ansprang, sie fuhren im Bogen auf die Straße hinaus und donnerten davon, so schnell und laut, wie Loth noch nie mit dem Vater gefahren war. Etwa dreihundert Kilometer, und er klammerte sich an dem Sattelknauf fest und drückte die Augen so sehr zu, daß sie brannten.

Und er hielt sie geschlossen und geschlossen, und erst

als vorn die Tür ging und die Schritte hereinkamen, fuhr er auf. Aber es war noch immer stockdunkel. Man hörte, wie der Vater etwas brummte. Er machte sich an der Lampe zu schaffen, sie klirrte.

Draußen knatterte die Segeltuchplane auf. Ein Regen prasselte über das Dach hinweg. Als das Licht anging, blieb Loth still liegen, er hatte die Wolldecke bis unter den Hals heraufgezogen, und durch die halbgeschlossenen Augen sah er, wie der Lichtschein über die Wand torkelte. Dann sah er den Vater. Er stand links neben dem leeren Bett, seine Lampe schwankte, neben ihrem weißen Licht vorbei glänzten die zwei Augen herüber, und das Gesicht: glänzte, verregnet, graue Strähnen in die Stirn, die Lippen auf und zu in dem breiten Gesicht, das rot war, betrunken. Unter den gesenkten Lidern durch sah Loth, wie der Alte ihn mißtrauisch anschaute.

Schläft, der Stumme, brummte er jetzt. Schläft wie ein Hund. Hat sich zusammengerollt. Da, sagte er heiser. Er schwang mit der Linken ein unförmiges Paket auf das leere Bett. Loth konnte nicht erkennen, was es war; nur das ziemlich große, braune Packpapierpaket mit den wirren Schnüren drum sah er durch seinen Wimpernvorhang.

Schläft, der Neue, murmelte der Vater weiter. Was schaut er mich blöde die ganze Zeit an. Soll mich. Gut. Er stellte die Karbidlampe über seinem Bett auf den Schaft an der Wand. Soll ja nicht, brummte er, wenns ihm nicht paßt – der soll für sich, hab genug, Kahlmann.

Hörst du? Er beugte sich näher. Die Fäuste hatte er

auf das leere Bett gestützt, auf seinen Koffer, und beugte sich herüber. Das weiße Karbidlicht stand hinter ihm. Nur die Augen waren jetzt zu sehen, fiebrig im Dunkeln. Hörst du? Die heisere Stimme. Rauch und Schnaps. Schlaf nur. Hier, und jetzt klopfte er mit der einen Hand auf das verschnürte Paket, hier ist genug drin. Ihr könnt mir alle – er richtete sich wieder auf, ein mächtiger Schatten: alle zusammen, ohne mich. Ich fahr los, – weit wehte er mit dem Arm aus – nach Jammers, und dann hinüber oder alles auf einer Geraden gradaus, oder Fahris zu. Still. Weißt du, Stummer, hab ein bißchen getrunken. Schau nicht so blöd drein und schlaf. Und paß auf, du: schau mich morgen nicht wieder so an. Mag ich nicht. Hörst du.

Mit offenem Mund horchte er, plötzlich wieder mißtrauisch, zu Loth herüber. Schläft, sagte er dann. Ein Hund, zusammengerollt. Mit dem Kopf deutete er gegen die Baustelle hinauf. Dann nahm er das Paket wieder hoch und schob es, immer weiter mit dem Gemurmel auf den Lippen, unter das Bett, wo Loth seine Sachen aufbewahrte, schob es darunter und begann dann, immer weiter mit schwankenden Bewegungen, seinen Rock auszuziehen.

Die anderen schliefen. Einer weit vorne gegen die Tür zu schnarchte. Ab und zu stöhnte er laut auf. Dann flüsterten wieder die Wände. Weit draußen, hinter den Wänden im Rauschen knatterte manchmal die Segeltuchplane. Loth wußte, daß es jetzt keinen Sinn hatte, dem Vater den Schlüssel zu zeigen. Nein, es hatte noch keinen Sinn.

Der Vater löschte die Lampe. Sie klirrte leise. Man

hörte, wie der Vater sich auf sein Bett wälzte. Gleich darauf kam durchs Dunkel sein Atem, keuchend und unregelmäßig ein und aus.

Loth hatte die Augen jetzt weit geöffnet. Aber nichts war zu sehen.

Man kam gut voran. Die Kuppe rückte näher. Jeden
Tag ein rechtes Stück näher. Aber keiner, so machte es
nach außen hin den Anschein, achtete mehr auf sie.
Wilder Eifer hatte euch gepackt. Es war, als versuche
jeder, das Schlußstück so rasch wie möglich hinter sich
zu bringen. Die Hauptsache, es ging hier jetzt schnell
zu Ende. Noch zweihundertsiebzig Meter. Noch zwei-
hundertzwanzig, dann würde der alte Paßweg erreicht
sein.
Und doch wußtest auch du, daß die Frage, wie die
Sprengungen an dem Kuppenkopf durchgeführt werden sollten, jeden von euch, Borer, beschäftigte. Sie
war da, lautlos und immerwährend und jeden Tag um
eine Spur gewachsen. Nicht in den Gesprächen, aber
in den Zeiten dazwischen. Nicht auf den Gesichtern,
vielmehr hinter den Blicken, die ab und zu von der
Schaufel oder dem Rollwagen oder dem Preßluftbohrer weg und nach vorn gingen, in den kahlen Steilhang, den man von der Baustelle aus durch die lich-
tergewordenen Stämme der Bäume jeden Tag näher
und besser vor sich sah, in den Steilhang und aufwärts, zwischen den Baumkronen durch, an der brü-
chigen Kalksteinwand, die aus der Geröllhalde stieg,
hinauf, bis zum Kopf selber. Der Überhang allerdings
war hinter dem Vorhang aus vorüberwischenden Nebelfetzen und aus dünnem Regen kaum zu sehen.

Übrigens, dieser Regen: auch wenn du es damals nicht
wahr haben wolltest, er machte dir, auch dir auf dei-

nem sehr massiven Raupentrax zu schaffen. Für die da unten, für die vom Rollbahntrupp mit ihren Schaufeln und den Rollwagen, und für die Sprengtruppleute mit den Preßluftbohrern und den Ladungen, war er natürlich fürs erste zwar schlimmer. Aber auch für dich wurde er täglich ungemütlicher. Erinnere dich: ein komisches Gefühl machte dich allmählich benommen, wie du so dasaßest, eingeschlossen in die luftige Kabine aus Segeltuch und Leder, die Steuerung links, den schweren Schalthebel in der Rechten; es roch nach Benzin, und der Motor ratterte auf, wenn man mit dem Trax vorfuhr, die mächtige Schaufel direkt in den Sprengschutt hinein, und ab und zu war dir, als spürtest du, wie die rechte oder die linke Raupe ins Leere griff: in den Regen, in den vom feinen Sprühregen mulmig gemachten Boden, der auf einmal nachgab, so daß man auf die Seite geriet, und die Maschine wollte ins Kreiseln kommen, weil der Regen sich in die Raupen und in das Getriebe verfing, dieser sanfte, gefährliche Sprühregen, dieser Sprühregenvorhang, der nie zerriß. Er war vielleicht sogar nicht einmal ein Vorhang, vielmehr ein sanftes, feinmaschiges Netz, in dem sich der schwere Karren, den du führtest, verhedderte.

Dann aber merktest du, daß einer den Ersatz-Benzinkanister weggenommen hatte. Keine Frage. Er war weg. Besinnst du dich? – Zweifellos wirst du alles wieder, wie's an jenem stürmischen Regenvormittag im Oktober war, vor dir haben: dich selber, wie du in Deckung fuhrst, dann das Aussteigen hinten, während vorn sechs Frösche hochgingen, wie du hinunterstiegst vom heißgelaufenen Trax, um die Glieder zu strecken, und plötzlich die Gewißheit, daß an der gelbgestrichenen Raupentraxseite etwas nicht stimmte. Irgendetwas sah anders aus. Und dann hattest du's: die leeren Schlaufen. Sie hingen lose herab. Der Kanister war weg.

Samuel, dachtest du. Er hatte vielleicht am Morgen zu wenig Benzin für den Frontlenker gehabt. Aber schon gleich fiel dir ein, daß er gestern Abend aus dem Faß noch nachgetankt hatte. Nein, Samuel nicht. Von vorne kam das Horn: Sprengalarm aus.
Du stiegst wieder ein. Der verdammte Sturm riß dir dabei fast den Hut herunter. Wie du vorne ankamst, waren die anderen schon wieder dran, sie schauten nicht auf, als du den Trax mittendrin stehen ließest und herunterkamst. Man mußte über verschlammten Sprengschutt steigen, um bis zu Kahlmann vorzugehen. Kahlmann stand am Bohrer. Sein ganzer mächtiger Oberkörper erzitterte unter dem Rattern der Maschine. Er trieb sie mit beiden Fäusten schräg in den Fels. Erst als du ihn anrührtest, schaute er auf. Er stellte den Bohrer ab. Aber Filippis daneben, der bohrte weiter, und der Sturm ging obendrein da vorn wieder so scharf, daß man brüllen mußte, um von Kahlmann gehört zu werden. Er verstand nicht.

Was ist los, schrie er zurück. Und dann: Der Benzinkanister?
Er verstand noch immer nicht.
Weg, brülltest du.
Kahlmann: Verloren?

Nein, verloren konnte er nicht sein. Schließlich kontrolliertest du jeden Abend alles von oben bis unten durch. Die Schlaufen waren gestern in Ordnung gewesen. Auch jetzt noch: zerrissen war nichts. Sie waren in Ordnung. Nur daß sie jetzt eben offen waren. Von alleine ging eine Schlaufe nicht auf. Sie waren offen, und es hatte sie einer aufgetan. Nachts. Ein Dieb. Es mußte nachts ein Schwein von einem Dieb dran gewesen sein.

Da will dich einer auf die Rolle schieben. Kahlmann lachte. Hör auf jetzt. Nachher. Mittags. Sein Bohrer setzte wieder ein.

Etwas schief gelaufen? schrie Kehrer, als du zurück zum Trax kamst.

Der Kanister ist weg. Du zeigtest auf die leeren Schlaufen. Weiß von euch einer, wo der hingekommen ist.

Aber die Gesichter von Kehrer und Breitenstein und Heim und Grimm hinter den Rollwagen blieben leer. Weiß von euch keiner, wo der hingekommen ist?

Was heißt weg, rief Breitenstein herüber. Verliert mir nur nicht das Material. Er machte die Stimme Kahlmanns nach. Die andern lachten.

Einer hat ihn gestohlen.

Filippis kam hinter seinem Rollwagen her die Bahn herauf, Luigi Filippis. Sein Stoppelgesicht war naß von Regen und Schweiß. Vorn setzten die beiden Bohrer aus.

Kommt, diesen Rest noch, rief Filippis und unterlegte den Rollwagen mit dem Bremsbalken; er verschnaufte.

Was ist los, Borer, fragte er.

Breitenstein erklärte es ihm. Hier stiehlt keiner, Borer, das weißt du, sagte er dann.

Glaubte ich auch, gabst du zurück. Merkwürdig laut tönte das jetzt in die Stille hinein, in diese Stille, die euch, weil zufällig die Bohrer vorn ausgesetzt hatten und weil vorne und auch da bei euch keiner Schutt in die Rollwagen schaufelte, plötzlich umgab, und weil selbst der Wind sein Rauschen verhielt. Auch die Bäume machten keinen Lärm mehr. Übrigens hatte ihnen der Sturm in den letzten Tagen so ziemlich alles, was da an scheckigem Laub noch gehangen hatte, heruntergerissen. Sie standen dicht zusammen, fast nackt jetzt, und bergwärts hintereinandergestaffelt; mürrisch verdeckten sie ihre Blöße. Kalte Furcht kam von ihnen heran. Irgendwo weit unten, gegen die große Serpentine zu, war Donner zu hören. Steinschlag. Abermals die Stille. Doch da spürte man, daß noch immer etwas nicht aufgehört hatte; es war der Sprühregen. Er wob hastig seine Netze weiter um dich und den Trax.

Mach keine Geschichten, Borer, sagte Breitenstein. Überhaupt müssen wir jetzt weitermachen.

Und der Kanister?

Breitenstein lachte auf. Er schien den gefährlichen Ton in deiner Frage überhört zu haben. Vorne setzten die Bohrer wieder ein.

Kanister! schrie Breitenstein, und man sah, daß auch die anderen lachten. Hör doch mit dem verdammten Benzinkrug auf. Du hast ihn verloren, oder der Regen hat ihn weggeschwemmt. Jetzt liegt er hier irgendwo unter dem Dreck. Such noch ein wenig. Aber uns laß damit in Ruh.

Langsam gingst du um den Rollwagen herum. Über die Schiene. Man hörte, wie der Schlamm sich seufzend von deinen Schritten löste. Breitenstein war ein ziemlich schwerer Kerl, und noch immer blitzte es übermütig in seinen zusammengekniffenen Augen, als du vor ihm standest. Er hatte unter dem linken Auge eine lange helle Narbe.

Du fragtest: Hast du etwas dagegen, Breitenstein. Ist es dir nicht recht, wenn ich sage, es hat einer ihn gestohlen?

Breitenstein schaute erst dich an, dann die anderen an, die ein wenig näher gekommen waren, dann wieder dich. Er schien noch immer nicht sicher zu sein, ob du nicht doch nur einen Spaß machtest.

Wo ist der Kanister, fragtest du. Du warst jetzt überzeugt, daß Breitenstein mitsamt den anderen ein faules Spiel mit dir spielen wollte. Sie wußten, du warst für dein Material verantwortlich. Das war für dich so schon schwer genug, bei diesem Regen auf dein Material aufzupassen. Davon hatten die ja überhaupt keine Ahnung, was an einem Raupentrax alles verlorengehen konnte.

Du solltest uns jetzt mit dem Kanister in Ruhe lassen, Borer, sagte Breitenstein. Er sagte es merkwürdig leise. Wir haben hier noch zu tun. Weißt du, dumme Fragen –

Wo hast du ihn! Deine Stimme war scharf, zu scharf, wie man jetzt weiß, und wie du dich bestimmt erinnerst, Borer.

Breitenstein riß dir deinen Hut an der Krempe vorne herunter ins Gesicht. Für einen Augenblick hattest du nichts als Schwärze vor dir. Und spürtest, wie er deine Schulter packte, dich herumwirbelte und mit einem schweren Ruck von sich stieß. Neben dem Trax kamst du zum Stehen.

Seid ihr eigentlich besoffen! schrie Kahlmann nahe hinter euch. Los. Weitermachen. Weitermachen, sag ich, schrie er, als du ihm erklären wolltest, was Breitenstein sich da geleistet hatte. Und er schaute dabei so eiskalt aus, daß es wahrscheinlich für den Moment besser war aufzuspringen, einzusteigen und loszufahren, mit der Maschinenschaufel direkt in den Schotterhaufen hinein. Breitenstein, dachtest du. Du jedenfalls würdest auf die Sache zurückkommen. Und es war nicht nur das Rattern des Motors, nicht das rasche Gleiten der Raupenräder über den Sprengschutt allein, was dich da am Steuer jetzt zittern machte.

Der Sturm hatte wieder eingesetzt. Man spürte ihn, wie er kalt ins Gehäuse hereinblies. Wenn man im Rückwärtsgang drehte, um die vollgeladene Schaufel über die Rollwagen auszukippen, warf er sich, man fühlte es deutlich, mit aller Wucht gegen die Breitseite und brachte den Kasten fast ins Wanken. Da draußen hatten sie sich nun wieder, wie's schien, verbissen an die Arbeit gemacht. Ziemlich schnell wurden die Rollwagen hintereinander abgeschoben und kamen bald von unten leer wieder herauf. Und die Sprengleute vorne, die schauten überhaupt nicht mehr auf. Ferro und der Neue daneben, der Stumme, dem Kahlmann einen Helm abgegeben hatte, und, ein wenig tiefer schon, Kahlmann und der junge Filippis und Chavaz. Man hätte geradezu wieder denken können, denen wolle es gar nicht schnell genug gehen, bis sie sich an die Sprengarbeit am Überhang da vorn heranmachen könnten. Eines war sicher: diese Sache mit dem Benzinkanister würde so lange nicht in Ruhe gelassen, bis sie klar war. Dafür, Borer, konntest du jedem, auch Kahlmann, gutstehen. Wenn nur endlich dieser Sprühregen nachlassen würde. Der machte den Boden mulmig, und man war keinen Augenblick sicher, ob nicht eine Raupe plötzlich ins Leere griff und die Maschine ins Kreiseln brachte.

Aber der Sprühregen war vielleicht nicht das Schlimmste. Dieses komische, ziehende Gefühl irgendwo weit hinten im Gehirn, dieses Gefühl, daß alles seit ein paar Tagen schief zu laufen begann: mit der Hundegeschichte hatte es angefangen oder mit dieser sturen Kuppe, wie sie da in Sicht gekommen war, und sogar mit dieser blödsinnigen Spritkanistersache – dieses Gefühl also war wahrscheinlich schlimmer. Der Sprühregen hatte übrigens nachgelassen, er hatte kurz nach dem dritten Sprengalarm abgeflaut, und man konnte sogar da und dort einen schiefen Brocken finden, der schon fast trocken und jedenfalls sauber genug war zum Sitzen. Kahlmann hatte Gefechtspause gegeben. Man saß auf dem Sprengschutt herum, und schon fast jeder hatte sein Stück Brot in der Hand, Ferro rauchte schon, und nur der Wind und der Stumme hatten noch nicht aufgehört weiterzumachen: der Wind, der unablässig da hinten aus dem Wald in die Schneise hereinfegte, hatte vielleicht sogar noch etwas aufgedreht; er machte wieder mächtigen Lärm in der Luft; und der Stumme schlug seine Hacke weiter in die Vorderfront, um für Ferros Bohrer den nackten Fels freizulegen.

Nimmt's verflucht eifrig da drüben, meinte Chavaz.
Der junge Filippis: Ferro wird ihm das Signal nicht weitergegeben haben.
Mach zu, sagte Ferro.

Los, murmelte Kahlmann und kaute. Soll's einer ihm klarmachen.

Keiner stand auf. Chavaz gähnte. Das ist Ferros Sache, sagte er. Nicht? Er drehte sich, wie er da auf dem Ellbogen lag, halb zu Ferro herum. Ferro saß weiter oben, er hatte den Hut neben sich gelegt, und das schwarzgraue Haar stand struppig von seinem Kopf ab. Er rauchte.

Mach keinen Fehler, sagte er.

Jetzt schauten auch die anderen zu ihm hinauf, auch Kahlmann.

Ferro, sagte Kahlmann. Ist doch klar, wenn der Junge bei diesem Lärm nichts gehört hat, so ist's an dir.

Dachte, der ist nur stumm, rief Ferro herunter. Immerhin stand er auf; er kam zwischen ihnen herab und ging die zwanzig Schritt zu dem Stummen hin. Das war zwar auch wieder übertrieben; es hätte genügt, durch die Finger zu pfeifen, oder er hätte schließlich einen Stein hinüberwerfen können. Aber er ging also bis ganz hinüber. Er stieß den Stummen, der eben ausholte, an. Man sah, wie der Stumme zusammenfuhr. Und man sah, wie sein Gesicht sich blitzschnell komisch verzog und vielleicht auch, sofern man sich nicht täuschte, um eine Spur röter wurde.

Aber was in diesem Moment wirklich geschah, das sah man wohl nicht, das sah keiner von euch, und nicht einmal Ferro wußte es, und wahrscheinlich nicht einmal richtig der Stumme selber.

Er war nach der letzten Sprengung mit den anderen aus der Deckung zurückgekommen. Er hatte die Hacke aufgenommen und war hinter dem Alten hergegangen bis hierher. Und während der Vater oben mit dem Bohrer wieder die schwereren Stücke herausbrach, begann er das Geröll wegzuräumen, mit dem Pickel das Gröbste herunter, mit der Schaufel dann alles nach hinten; da hinten, er wußte es, würden die Traxschaufel und die Rollwagen den Schutt übernehmen. Rechts von ihm arbeiteten Chavaz und der junge Filippis, und manchmal kam auch Kahlmann nach vorn. Aber von denen hörte er nichts; der Sturm und bisweilen die beiden Bohrer, das gab zuviel Lärm. Er machte ruhig voran. Immer der gleiche, gelblich geäderte Kalkstein; Schotterzeug, dazwischen schwarzerdiges Wurzelwerk, das von oben herabgekommen war; und immer wieder die schweren Klötze, die man mit der Schaufel nicht wegschippen konnte. Er bückte sich und trug mit gespreizten Schenkeln den Brocken zurück. Und wieder das gleichmäßige Auf-und-Ab der Hakkenspitze, die Splitter spritzten funkend davon, und wenn der Vater mit dem Bohrer eines der schweren Stücke, die von der Sprengung gelockert im Stein saßen, herausgebrochen hatte, schrie er zu ihm herunter: zurück!, und der Brocken polterte ihm vor die Hacke und barst auseinander. Loth schlug drauf. Die Schuhe des Vaters, dreckverklumpt, da vor ihm. Die grünen Wickelgamaschen darüber. Die Stimme: zurück! Es war am besten, nicht hinzuschauen. Am besten, hart auf das Schotterzeug einzuhacken. Rascher. Der Bohrer, der aussetzte. Weiter; das Krack, Krack tat gut. Weiter. Die Arme schmerzten nicht mehr wie am Anfang. Die Hände, ja: die Schwiele, die nicht verheilen wollte. Gut, daß der Wind vom Rücken stand; Staub stieg jetzt aus dem angeschlagenen Stein, jetzt, wo's keinen Regen mehr hatte. Er trieb rasch ab, von einem weg zum Vater hinauf.

Wenn die Schuhe da herunterkommen – nein, das wollte er nicht zu Ende denken. Er hackte nur härter auf den Sprengschutt ein. Schweiß sickerte über die Schläfen herab. Nur nicht aufhören. Es wäre ein Unglücksfall: niemand wüßte später genau, wie's vor sich gegangen wäre. Ein Mann der Baugruppe drei auf der Baustelle tödlich verunglückt. Loth keuchte. Nein. Weiter. Nicht an ihn denken. Nicht an seine Schuhe, nicht an sein Gesicht. Oder seinen Nacken; einen Augenblick lang sah er haarscharf, wie es geschehen könnte: der Vater, der herunterkam, etwa um den Bohrer niederzulegen, um am Kompressor da hinten vielleicht die Ventile ein wenig nachzuziehen, und er würde zurückkommen, er bückte sich nach dem Bohrer, momentlang hing sein gebeugter Nacken hart vor Loth, dicht neben Loths Pickelspitze, die auf- und niederfuhr, und so würde es passieren –

Eine Angst spürte er in sich hochsteigen, und für eine Sekunde die wilde Hoffnung, daß es so kommen könnte, vielleicht jetzt, in der nächsten Minute, er würde kein Wort dazu brauchen, nicht einmal den Schlüssel, und mit diesem einen Schlag wäre dies ewige Gefühl in ihm tot, er wäre frei.

Was jetzt in seinen Ohren zu pochen begann, das war nicht mehr allein das Lärmen um ihn her, das waren nicht nur die Schläge, die scharf vom Geröll zurückkamen, es waren wieder die alten Schritte, und er hörte sie, ohne einzuhalten; er schlug schwer wie besessen auf den Stein, auf das Pochen, den Nacken und auf die Schritte ein, nächtliche Schritte, Schritte des Vaters in der Nacht, Schweiß lief ihm in die Augen, und er hielt nicht ein, hörte sie dennoch –

– hörte sie, wie sie drunten über den Hinterhof kamen, wie sie an der Türe, die ihr Haus hinten hatte, stehen blieben, sie kamen herein, und er, Loth, lag wach. Er hielt den Atem an. Wieder hörte er Beth, wie sie drüben im Bett in dieser Dunkelheit auffuhr und sagte: Horch, das ist er. Sie warf die Decke zurück. Ihre nackten Füße über die Holzfliesen am Boden. Man hörte, wie sie an der Tür stehen blieb. Sie lauschte, sie hatte den Mund offen, um jedes Geräusch aufzufangen, er wußte es, und ihr Atem ging schnell ein und aus. Loth hatte sich aufgesetzt. Draußen ratterte ein Zug vorüber. Seine grünen Blitze jagten über die Wand, sie knisterten; der Zug rief leise. Ob der General hinter den blitzenden Scheiben über den Schienen ihn hörte?
Er kommt herauf, sagte Beth. Hörst du?
Ja, sagte Loth. Auch er hatte jetzt plötzlich Angst, vielleicht nur, weil Beth so atemlos hörst du sagte. Es war schwarz im Zimmer. Die Tür war auch schwarz. Loth dachte daran, daß sie einen Spalt weit voller Licht gestanden hatte, als er eingeschlafen war; und auch der Schlaf, aus dem er jetzt kam, war voll Licht gewesen, voll schimmernder Farben und Gestalten. Diese Schwärze war ohne Licht. Sie drang auf einen zu, und man konnte noch so viel die Augen ausreiben, sie hing darin fest.
Er ist betrunken, sagte Beth. Still –

Was ist das? fragte Loth. Einen Augenblick lang sah er die Frau vor sich, wie sie Wein brachte: schön und schrecklich und mit dem Feuermund und der Pfefferstaubhaut. Sie lachte, und ihre Zähne waren schneeweiß. Was ist betrunken, fragte er. Man hörte in der Schwärze Beths Zähne leise aufeinander schlagen, so kühl war es. Still! flüsterte sie. Hörst du? Er kommt herauf.

Ein Poltern auf der Holztreppe. Himmel, flüsterte Beth, er ist beinah umgefallen. Er ist betrunken.

Du, warum fällt man um, wenn man betrunken ist?

Schweig doch, zischte Beth.

Nach einer Weile sagte er: Ich gehe zur Mutter. Komm, wir gehen. Er stand auf. Er tastete sich durch die Schwärze zur Tür hinüber. Plötzlich der warme Leib Beths. Sie schrie leise auf, als seine Hand sie berührte. Nein, nicht hinaus, flüsterte sie heiß. Er ist draußen. Er kommt herauf. Hörst du nicht? Wieder die Schritte auf der Treppe. Durch das Schlüsselloch blinzelte jetzt Licht.

Und mit einem Mal die Mutter: Mein Gott, wie siehst du aus. Es klang durch die Tür, als hätte die Mutter leise geschrien. In diesem Moment hörte man die laufenden Schritte der Mutter im Flur.

Komm her! Das war der Vater. Die Stimme klang weich und schwer: Komm –

Rühr mich nicht an!

Loth und Beth wagten nicht zu atmen.

Gott, wie du aussiehst. Und mach doch nicht so laut. Die Kinder – Beth tastete nach Loths Hand. Er fühlte ihre Hitze – wenn sie dich sehen, so, – so, wie du ausschaust.

Von weit her, von weit unten her kam die heisere, weiche Stimme: Komm, Kratzmädchen, komm her –

Er hatte den obersten Treppenabsatz erreicht. Man hörte es am Knarren der Stufe. Kratzmädchen, dachte Loth, so nannte er sie manchmal, und dann lachte die Mutter. Aber es war jetzt nicht lustig. Niemand lachte, und eine Weile lang blieb alles mäuschenstill. Dann wieder die tappenden Schritte, durch den Flur heran und über die Schwelle in die Stube. Da ging plötzlich die Tür auf: Licht fiel herein, und dann war die Mutter bei ihnen. Sie schob rasch mit der Tür das Licht hinaus und blieb stehen. Man sah sie nicht, man hörte nur, wie sie den Atem anhielt.

Er ist drüben, murmelte sie, und Loth merkte, daß sie nur für sich sprach. Nein. Nein, ich kann nicht. Niemand. Horch –
Komm endlich!
Die Stimme warf sich mit aller Wucht da draußen gegen die Tür. Ich kann nicht, flüsterte die Mutter, und: Jetzt fängt er an, und niemand ist da, –
Womit fängt er an? fragte Loth. Mit Rufen?
Sie hatte ihn nicht gehört: – und dann schlägt er auf die Vorhänge ein, auf die Stühle, wie er aussieht. Oder er kehrt um und fährt fort. In diesem Zustand. Er fährt sich zu Tod. Heute noch.
Ein heiseres Geräusch kam von ihrem Mund aus der Schwärze herab.
Der Vater: Komm jetzt.
Nein, du, geh nicht, flüsterte Beth. Loth stand ganz nahe zur Mutter. Sie horchten.

Oder ich geh. Verstehst du? Fort. Raus. Abhauen, mit der NSU. Er lachte plötzlich. Du meinst, ich nicht? Kann nicht, du? Komm. Oder wir gehn ab. Los –

Aber wenn er betrunken ist, fragte Loth, wie kann er da fahren. Betrunken fällt man. Und da fiel ihm der Schlüssel ein, das bleiche Rattengesicht, und der Junge zog den Schlüssel heraus und sagte: Hausierer sollen zu Fuß gehen. Ja, Loth wußte, daß man ohne Schlüssel nicht fahren konnte. In seinem Kopf drehten die Gedanken sich heiß ineinander. Er fühlte, es gab etwas, das er tun konnte. Der Vater würde nicht fortfahren. Nicht stürzen auf der Straße, sie brauchten nicht mehr Angst zu haben. Ich weiß, sagte er, der Schlüssel. Ich hole ihn, schnell. Er war froh, daß er helfen konnte, und er horchte schon nicht mehr auf ihre Stimme, ihre Worte kamen nicht durch die Tür, durch die er hinausschlüpfte, und erst als er über den Flur lief und durch die offene Stubentür den Rücken des Vaters vorn am Fenster sah, bekam er wieder Angst. Aber er durfte nicht stehenbleiben. Schnell ging er die Treppe hinab. Es war dunkel hier. Die Hintertür stand offen. Die Nacht: sie war da draußen heller, als er gedacht hatte. Den Kies auf dem hinteren Hof spürte er an seinen Füßen nicht, und als er beim Schuppen war, ging er hinein und dachte nicht einmal an die Marder, die es hier hatte, oben, weiter hinten, unter den Balken. Er dachte an die Mutter und an den Schlüssel, und dann war da die NSU, einfach schräg an die Schuppenwand gelehnt. Die Kofferkisten. Man sah nichts vor Schwärze. Es war auf einmal kühl. Seine Finger, er spürte an ihnen, wie vom Motor noch eine leise Wärme heraufkam. Aber der Tank, über den er hintastete, war kalt.

Er zog den Schlüssel heraus. Und als er zum Schuppen wieder hinaus lief, sah er unter der Tür die Mutter. Sie kam auf ihn zu, sie kam langsam näher, sie war ein großer Schatten, und als er stehen blieb, winkte sie ihm, und er merkte, daß sie nicht böse war.

Komm jetzt, sagte sie; sie gingen hinein, und auf dem untersten Treppenabsatz nahm sie seine Hand, und sie stiegen zusammen langsam hinauf. Ich habe ihn, sagte er. Hier.

Sie blieb stehen.

Komm endlich, rief der Vater. Was er da oben noch rief, konnte man nicht verstehen. Sie gingen weiter. Sie kamen hinauf, und dann sahen sie den Vater. Er hielt sich mit der Hand am Pfosten der Stubentüre fest. Er hatte den Kopf gesenkt. Aber aus dem Schatten seines Gesichts blickte er sie mit seinen Augen an. Geh hinein, sagte die Mutter leise, und Loth ging langsam am Vater vorüber und weiter zu Beth hinein in die Schwärze zurück. Die Schwärze brannte in die Augen, und er merkte, daß ihm davon die Tränen kamen.

Hast du ihn? fragte Beth. Da Loth vergessen hatte, die Tür wieder ganz zu schließen, konnte man Beth allmählich sehen, wie sie in ihrem Bett an der Wand saß und mit den Händen die Ohren zuhielt. Hast du den Schlüssel, sagte sie, sie konnte kaum atmen, und sie schaute ihn immer an. Er wollte ihr eben sagen, wie's damit gegangen war, als die Stimme plötzlich alles ausfüllte. Es waren die betrunkenen, schweren Laute einer menschlichen Stimme, keine Worte mehr, nur noch langsames Nacheinander laut herausgestoßener Fetzen von Flüchen und zornigen Wörtern, und nur bisweilen tauchten daraus Worte auf: – spioniert da, oder: – schlossen, und: – Hintertür, und: mich, und: tot –.

Loth stand noch immer da, und noch immer war Beths Gesicht, das sich nicht rührte, vor ihm. Er hörte die Laute, wie sie durchs Haus hallten, er spürte, wie sie draußen auf die Mutter niederfielen. Schwere, ungezielte Schläge. Stand da, hörte sie und fühlte sie seinen Leib starr machen, und starr drehte er sich um und ging ihnen ganz aufrecht entgegen, von Beth weg und auf die halbgeöffnete Tür im Dunkeln zu, ohne zu wissen, was ihn zwang zu gehen: – nichts sah noch hörte er, nicht die Tür, nicht das Licht, das schräg einfiel, nicht Beths Geflüster da hinten und nicht einmal die Stille, die dem Aussetzen der Bohrer jetzt folgte, die Worte, die jemand ihm zurief, das rasch Aufeinanderfolgen der Pickelschläge auf dem Steinzeug und die Luft, die am Rand seines Schutzhelms vorbeipfiff: nur die Stimme war da, sie füllte ihn aus und sie zwang ihn weiterzugehen, und als er bei der Türe ankam, nahm er die hocherhobene Hand des Vaters wahr und sah, wie sie niederfiel. Der Schatten, der das helle Gesicht seiner Mutter auslöschte. Der fallende Körper, der Schrei. Der Aufschlag auf der Treppe, das leise Nachpoltern. Die Stille, und das gerötete Gesicht, das Gesicht seines Vaters, wie es langsam sich ihm zudrehte. Ein Zittern durchlief ihn. Er schrie nicht. Er blieb stehen. Das Gesicht. Er las darauf, daß etwas Schweres geschehen war. Er ging vor bis zum Treppenabsatz. Da blieb er stehen, und nach einer Weile hörte er plötzlich den schweren Atem des Vaters neben sich. Er rührte sich nicht. Sein eigener Schatten, wie er unten in der Biegung der Treppe gebrochen wurde; daneben der andere, der Schatten des Vaters. Außerdem sah man dort nur noch einen Schuh der Mutter. Komm, sagte die alte Stimme, und da spürte er, wie der Vater ihn anstieß. Das war wie ein Schlag. Er fuhr herum. Aber der Schrei kam nicht. Nur ein leises Lallgeräusch kam aus der Kehle auf seine Zunge. Er starrte in dieses Gesicht, es war rot, wie damals, er sah die Stoppeln, die Stoppeln, die in all diesen Jahren grau geworden waren, er roch den Schnaps, er starrte in dieser einen Sekunde wieder die alten Augen an, die noch immer grau waren, halberloschene Blitze darin –

– und langsam ließ er den eben wieder erhobenen Pickel sinken. Die Hitze schoß ihm ins Gesicht. Komm, sagte der Alte. Was ist los, komm. Und mit dem Kopf deutete er zu den anderen hinüber, die dort auf den Blöcken und den Schienenschwellen umhersaßen. Loth schaute hinüber, sie verschwammen mählich vor seinem Blick; wie durch eine Wasserwand, eine mächtige Regenwand durch sah er noch, ehe alles um ihn auslöschte, wie ihre Gesichter herüberschauten. Langsam und ohne noch irgendetwas zu sehen oder zu vernehmen, ging er weg.

Nein, von all dem, von Loths alter Geschichte und wie er dabei seine Sprache verloren hatte, konntet ihr also in diesem Moment natürlich nichts wissen. Nicht einmal Ferro hatte im Augenblick davon eine Ahnung, oder wenn er sie hatte, so war's doch höchstens nur eben die dunkle Ahnung, als hätte er schon irgendwann einmal, in jener früheren schlechten Zeit, dies Gefrieren eines Jungengesichts gesehen. Aber Ferro sagte nichts, und es ging ja nun wohl auch alles zu rasch: der Stumme, wie er weg wankte, an der Bergseite am Fels stehen blieb; der junge Filippis und Grimm, die herbeikamen, und alle die anderen, und Kahlmann; Kahlmann, der sagte: Los. Stützt ihn. Hört, stützt ihn endlich. Dem ist doch schlecht. Bringt ihn herüber. Da, aufs Trockene.

Halb automatisch zog Ferro die Flasche heraus. Schnaps, sagte er und er merkte nicht einmal, wie heiser seine Stimme war, niemand merkte es, einer nahm die Feldflasche und hielt sie dem Stummen an den Mund, aber der Stumme trank nicht, und dann führten sie ihn, Grimm und der junge Filippis, – führten den Stummen in Richtung Baracke hinunter davon.

Da war dann auch schon die Zeit vorbei. Kahlmann stand noch eine Weile herum, dann sagte er: Weiter. Sie gingen zurück, und das Knattern hörte man nur eben noch so lange, als der Preßluftmotor noch nicht ansprang.

KAHLMANN. CHEF

Aus der Nähe waren deutlich die drei voneinander verschiedenen, lauten Geräusche des Bohrerlärms zu hören. Schon auf zwanzig Meter Distanz jedoch konnte das Puffern der Preßluft nicht mehr vernommen werden; je weiter man sich entfernte, um so mehr versank auch das Klirren, und aus der Entfernung von vielleicht fünfzig Metern hörte man allein noch das dumpfe hämmernde Tackern. Das mochte mit dem Sturmgejohle zusammenhängen, und möglicherweise mit diesen Nebelfetzen, die jetzt schon, kurz nach vier nachmittags, so tief wieder herunterhingen, daß sie buchstäblich über den Waldboden hinschleiften oder richtiger: hinschwammen, denn wenigstens der vordere der beiden Männer, die da hintereinander den roten Pfählen nach vorne folgten, hatte den Eindruck, als sähen diese grauen Nebelschwaden auf einmal wie Fische aus, wie riesige Fische, und sie bewegten sich mit den kaum merklichen Schlägen ihrer Flossen in Schwärmen zwischen den Bäumen vorbei. Eine Art von Schleierfischen, die diese Geräusche des Klirrens und der Preßluft verschluckten. Der vordere der beiden Männer war übrigens Kahlmann. Hinter ihm her kam Ferro, und sie erreichten jetzt den Rand des Steilhangs, und Kahlmann blieb stehen. Er horchte. Aber er horchte nicht mehr auf die Preßluftbohrer. Er drehte den Kopf ein wenig nach halblinks und horchte auf den Pfiff.

Das mußte tatsächlich ein Pfiff gewesen sein. Auch Ferro war stehen geblieben. Vor ihnen lag der Steilhang, und es war nichts zu sehen als links oben die Kuppe, die turmartig aus der nach obenhin immer steileren Flanke vorsprang, mit ihrem Überhang, darunter also die breite, geröllüberlagerte Halde, altes Bergrutschgebiet, übersät von diesem gefährlichen, mürben Kalkstein, von Moos überzogen und durchsetzt vom lappigen Farnkraut, von verkrüppeltem Schlehdorn und von den dürren, hochaufgeschossenen Stengeln des Türkenbunds. Querhinüber die rotgestrichenen Pfähle, einer hinter dem anderen. Sie verschwanden links hinauf dem Paß zu im Nebel.

Jemand hat gepfiffen, sagte Kahlmann. Sie lauschten. Dann gingen sie weiter, und nach vielleicht 15 Metern blieb Kahlmann wieder stehen und schaute zur Kuppe hinauf.

Was meinst du, fragte er.

Das war eine nicht unkluge Frage. Ferro war der Älteste. Er verstand etwas von Stein, und er hatte ein todsicheres Auge für alles, was mit Sprengungen zusammenhing. Er sagte zwar jetzt: Weiß nicht, aber er setzte sich wieder in Marsch, aufwärts.

Wieder der Pfiff. Diesmal näher. Es war ein lange tönender, trauriger Pfiff. Er mußte von halbrechts unten herkommen. Im Zurückblicken konntest du den Jungen sehen. Er tauchte weit drüben aus dem wolkigen Nebeldampf auf. Jetzt blieb er stehen und pfiff wieder, einen rasch aufsteigenden, schrillen Ton, der nach unten abklang. Er trug, so viel man sah, eine braune Pelerine mit Kapuze. Wieder nahm er die Finger in den Mund, aber diesmal war sein Pfeifen von hier oben aus kaum zu hören, so laut war der Wind eben wieder dahinten mit seinem Jaulen in den Wald gefahren. Rasch setzte er seinen Weg herauf fort, kletterte über einen Brocken, einen Moment lang flatterte seine kurze Pelerine heftig, dann verschwand er, tauchte weiter oben wieder auf, er wechselte die Richtung, ging weiter, spähte umher.

Der sucht etwas, murmelte Ferro.

Immer weiter ging er, blieb stehen, lauschte vielleicht einem Pfiff nach, wurde kleiner, Nebel strömte vorbei, es war nichts mehr von ihm zu hören, langsam wurde er ferner, wurde ein Schatten, verschwand.

Ja, sagtest du, Kahlmann: der sucht jemand. Du wußtest nicht, ob Ferro an das gleiche dachte.

Als ihr beide ganz oben am eigentlichen Fuß des Kuppenkopfs standet, sagte Ferro: Wir haben zuwenig Zündschnur.

Und du gabst zurück: Habe nachbestellt. Gestern. Samuel hörte, es wird noch zwei oder drei Tage dauern; dann werden die zehn Rollen dasein.

Ferro befühlte die nasse, aufsteigende Wand. Je mehr, um so besser, sagte er. Er schaute sich einen Brocken, den er losgerissen hatte, von allen Seiten an, er murmelte irgendetwas, was nicht zu verstehen war, und warf den Brocken den Hang hinab.

Nach ungefähr zwanzig Minuten hattest du den Plan beisammen. Wer hier unten eine Straßenrampe quer hinüber legen wollte, mußte auf alle Fälle vorerst den Überhang wegbringen. Das war klar. Diese ganze Kuppe umzulegen, das würde nicht nötig sein. Und der Überhang, der war wahrscheinlich ziemlich leicht zu sprengen: die Schichten im Fels verliefen hangwärts schräg nach unten, und es würde wohl nicht einmal nötig werden, richtige Sprenglöcher anzubringen. In die tief eingelassenen Ritzen und Spalten, die man mit bloßem Auge knapp unter dem Überhang erkennen konnte, würde man die Sprengfrösche zweifellos einbauen können. Schwer würde das alles nicht sein. Höchstens gefährlich. Denn ob eine Sprengung da oben nur den Überhang hochgehen ließ oder wieviel Fels und Steilhang dann mitgerissen wurde, das war nur schwer abzuschätzen. Vom Gelände her besehen spielte das zwar keine große Rolle; ganz unten am Hang hatte es diese Wälle aus altem Bergrutschmaterial; die konnten manches auffangen. Aber eine Rolle spielte es für den Mann, der die Sprengungen auslöste.

Wen willst du schicken, fragte Ferro plötzlich. Er blieb mitten im Abstieg stehen, wandte sich zu dir um und schaute dich mit seinen zusammengekniffenen Augen an.

Am liebsten dich, dachtest du. Ferro hätte diese Arbeit sauber erledigt. Das war keine Frage. Du sagtest: Es braucht nicht unbedingt einer vom Sprengtrupp zu sein.

Ich meine, sagte Ferro, wen willst du also schicken.

Und du nach einer Weile: Man könnte schließlich würfeln.

Ferro hatte sich wieder umgedreht. Er stieg weiter ab. Er hatte den Kopf mit dem Hut seitlich gegen den Wind eingezogen. Ab und zu blieb er stehen. Vielleicht war er vom Umhersteigen ein wenig außer Atem gekommen; oder er wollte, wie du's auch tatest, kontrollieren, ob dort drüben, wo der Junge verschwunden war, sich nichts bewegte. Es war nichts zu sehen, aber vermutlich hatte Ferro auch gar nicht mehr an den Jungen gedacht, denn er sagte, während er immer weiter vor dir her abstieg: Chavaz wirst du nicht dranbringen. Und Muralt auch nicht. Und Breitenstein und Borer auch nicht.

Ihr erreichtet wieder die Höhe der Pfähle, ihr bogt wieder ein und gingt den Weg gegen die Baustelle zurück, Ferro immer vor dir, du hinten. Als ihr wieder in die Bäume kamt, blicktest du noch einmal zurück. Von dem Jungen also war keine Spur mehr zu sehen. Aber etwas anderes war zu sehen. Du bliebst stehen, drehtest dich halb wieder um. Die Wolkenschwaden hatten sich gehoben. Sie strichen jetzt vielleicht dreißig Meter über dir gegen den Paß hinüber. Schleierfische. Der Steilhang, und das war es, was dich nun plötzlich fesselte: der Steilhang lag nicht mehr nur einfach leer da: er sah viel nackter aus, als du ihn dir immer vorgestellt hattest, und eine Stimmung von altem Zorn lag darüber, und sie kroch auf dich zu.
Nur eine sehr kurze Zeit lang schautest du ihn noch an, dann gingst du Ferro nach. Herrgott, dachtest du, ist eigentlich ein Wahnsinn. Wir müßten zurück. Aufpacken. Kommen nicht durch, jetzt nicht mehr durch. Im Frühling, aber nicht jetzt noch. Ist im Grund ja ein Wahnsinn. Soll ich. Was wird noch passieren – und du warst auf einmal entschlossen, aufpacken zu lassen und morgen schon zurückzugehen. Man müßte jetzt nur noch versuchen, den Leuten –

Ferro vor dir, knapp an der Kante, den Rücken dir zugedreht. Was ist? fragtest du, und komischerweise kam dir auf einmal dieser dunkel gesprenkelte Schäferhund in den Sinn. Filippis und der Stumme hatten ihn da unten irgendwo im Wald, wo diese Schleierfische waren, vergraben. Dann aber hattest du endlich Sicht auf die Baustelle. Die Leute standen um Borers Raupentrax herum. Versoffen, sagte Ferro neben dir. Der Trax hing tatsächlich schwer auf die eine Seite über. Borer war, soviel man sah, im Begriff, ihn wieder herauszubringen. Der Motor sprang auf. Die andern gingen zurück. Ein wildes Schütteln durchlief den Kasten. Die Maschinenschaufel gähnte am kurzen Hebel in die Luft. Langsam schwang sie herum. Nichts zu machen. Die rechte Raupe hatte sich in dem mulmigen Grund eine richtige Wanne herausgefressen. Es blieb nur eins: man mußte den Trax an der Böschung mit der Stahltrosse festmachen und die Wanne auslegen, mit Ästen und vielleicht ein paar Balkenstücken. Halt! riefst du. Borer hörte nichts, wieder drehte der Kasten sich ruckend zwei Meter um seine Achse. Er hing schwer über. Halt, riefen die Leute jetzt. Heim winkte Borer ab. Da schien er verstanden zu haben. Der Motor erstarb.

Sie schauten dich an, Borer von oben aus dem Kabinenfenster, die andern im Halbkreis rechts und links in sicherer Entfernung. Der Sturm lärmte. Breitenstein, riefst du, hol die Trosse. Geh mit, Kehrer. Und ihr –

Ferro neben dir sagte nicht sonderlich laut: Wart mal. Er ging die Böschung hinunter und auf den Trax zu. Er winkte Borer herunter. Borer sprang ab. Ferro ging über die Schiene und durch die kleinen Tümpel heran, zog sich am Griff aufs Trittbrett hoch, und dann saß er hinter der angelaufenen Scheibe im Führersitz, saß dort, ein großgebauter, schwerer Mann, der Motor sprang an, er brüllte nicht auf, sanft kam er auf Touren, und jetzt erschien Ferros Oberkörper im offenen Fenster. Er lehnte sich weit heraus und kontrollierte die Raupe auf dem Boden unter sich. Ein Zittern, der Trax kam in Fahrt, sehr langsam, sehr sanft, lief immer im Zweiten, zurück und vor, und zurück und noch einmal, lauter jetzt, vor: lauter, er schwankte, das Kreiseln begann, man sah's an der Schaufel, lärmend schwang das schwere Fahrzeug um seine Achse, rascher, und noch immer Ferro im Fenster, der Kreis wurde größer, noch spritzte Schlamm aus der Raupe, die rechts noch immer ins Leere griff, nun stieg die Schaufel plötzlich steil in die Luft, der Kasten schien sich zu überschlagen, er brüllte jetzt, und rasch steuerte Ferro ihn nun heraus, drehte ab, senkte die Schaufel, stand still.

Es regnete schärfer. In kleinen Rinnsalen lief das Wasser in den Raupenfurchen wieder zu Tümpeln zusammen. Du spürtest, Kahlmann, wie die Nässe über deinen Rücken rieselte. Die Leute schauten zu dir herauf. Es sah ganz so aus, als dächten sie: Komm, Kahlmann, gehen wir unter Dach. Nein, dachtest du, und mit dem Kopf machtest du wieder das Zeichen für Weitermachen, du gingst über die Böschung hinunter und an den Bohrer zurück.
Da hörte man, wie Breitenstein rief: Borer, nimm doch bei Ferro Fahrstunden. Breitensteins lautes Gelächter. Auch die anderen lachten. Was Borer sagte, hörte man

nicht. Nur wieder Breitensteins Stimme: Borer, ich hab einen Kanister gefunden. Da schautest du dich um. Aber Breitenstein hielt bloß eine leere Konservenbüchse hoch. Wieder lachten die anderen. Borer schien sich nicht drum zu kümmern. Er ging auf seinen Raupentrax zu und stieg ein. Breitenstein kam neben Ferro nach vorn.

Der wird aufpassen jetzt, hörtest du ihn sagen.

Ja, sagte Ferro.

Breitenstein fuhr fort: Der wird kein zweites Mal in dieses Loch da hineinfahren.

Nein, sagte Ferro.

Noch hatte keiner der Bohrer wieder eingesetzt. Es war still, so viel man bei diesem Lärmen in der Luft von Stille reden konnte. Und nur von hinten, von der Rampe herauf, war auf einmal so etwas wie ein Donner zu hören. Ferner Donner. Ein Steinschlag, und plötzlich dachtest du: Vielleicht unten, in der Gegend der Serpentine. Samuel kam dir in den Sinn, Samuel, und daß er mit den Vorräten und vielleicht schon mit dem neuen Zündschnursatz unterwegs war. Für ein paar Sekunden drängte das Bild sich dir auf: Samuel mit dem Frontlenker und vor ihm keine Straße mehr. Vor ihm eine der Stützmauern, die von der Baugruppe I im Juli gebaut worden waren, herausgebrochen unter dem Druck dieser ganzen Masse von Steinen und Wurzelstöcken und Bäumen, einer der Partien, die unter dem verfluchten Sprühregen heute Nacht ins Rutschen gekommen waren, und keine Stützmauer, kein noch so gut angelegtes Straßenbett hatten verhindern können, daß sie mitsamt ihrem Waldbestand unter Donner zu Tal fuhren, und nichts blieb mehr übrig, als riesige Haufen von Schutt und Geröll, vor denen Samuel hatte Halt machen müssen und vor denen er jetzt irgendwo da unten stand und nicht mehr weiter konnte. Abgeschnitten – Doch nein, war doch Unsinn. Das hätte ja noch gefehlt. Und, merkwürdig, Kahlmann: du vergaßest deinen noch eben erst gefaßten Entschluß zum Abmarsch; ein schief hängender Raupentrax, ein ferner Donner, von dem man noch nicht einmal wußte, ob er nicht zum Beispiel von der Arbeit der Holzfäller herkam, – diese Dinge schon hatten genügt, dich von dem Gefühl, das dich da vorne befallen hatte, loszubringen und dich denken zu machen: Nein, jetzt doch. Jetzt doch.

Erinnere dich, Kahlmann. In jenen kurzen paar Sekunden zwischen dem fernen Donnern und dem frischen Einsetzen der Bohrer hättest du das Leben eines Mannes retten können. Aber du entschlossest dich also weiter zu machen. Die Bohrer setzten ein. Das Takkern. Das klirrende Gerassel. Das Puffern der Preßluft aus der Nähe.

Aber noch während Kahlmann und der Alte in diesem Schleierfischnebel auf die Halde hinausgingen, dort umherstapften, hinauf und abwärts und zurück, und während der Junge mit der braunen Kapuze irgendwo weit dem Paß zu auf seiner Suche nach dem Hund, dem schwarzbraun gefleckten Schäferhund, umherpfiff und wartete, während Borers Raupentrax in den mulmigen Schlammlöchern kreiste, bis dann Ferro ihn heraussteuerte, die Bohrer nun wieder lärmten, die Rollwagen hinauf- und hinunterrollten und die ganze Baugruppe dran war, die Rampe um ein gutes Tagesstück noch näher an den Paß und an die Kuppe heranzubringen, alle außer Kehrer, der schon in seine Küchenbaracke zurückgegangen war, um das Nachtessen vorzubereiten, und natürlich außer Samuel, der noch immer von Jammers herauf unterwegs war, lag Loth auf seinem Khakifeldbett, aber genau genommen war er eigentlich gar nicht da auf dem gespannten Tuch, eingehüllt in die Wolldecken, und auf seine Stirn hatte sich feucht die Erinnerung gelegt: er lag vielmehr wieder auf dem Wellblechdach der Garage, die Sonne prasselte aus dem gläsernen Himmel herab, und Loth, der jetzt ein Räuber war, ein Späher, lag flach auf dem Bauch und spähte träge zwischen den Geranienstöcken auf den Vorplatz hinab. Der Vorplatz selber spannte sich gelb um die zwei hohen, blauen Tanksäulen, der Onkel hatte sie vor wenigen Tagen aufstellen lassen, alles war noch ganz neu, neuer gelber Kies und blaue, noch immer fremde Tanksäulen für Benzin und Super, und die neue Shell-Flagge; stadtwärts und herauf fuhren die Wagen vorbei, schwere Cars, Saurer-Lastzüge mit Vierradanhänger, und hinten saß manchmal ein Mann, ganz zuhinterst auf dem Wippsitz ein Mann, und man konnte von da aus sehen, wie er unten vor der Kurve zu spulen begann und an seinem Steuerrad sich weit hinauslehnte. Loth spürte das feine Zittern des Blechdachs unter sich. Das war das Pfeifen der Schleifmaschine aus der Werkstätte. Der Onkel schliff wahrscheinlich neue Zylinder ein, oder er reparierte die Hinterachse des alten Ford, den sie ihm vorgestern gebracht hatten. Der Onkel war ein guter Mechaniker, und Loth wußte, daß sie selbst aus der Stadt und sogar aus Jammers und aus den abgelegenen Dörfern, die es da oben gab, mit ihren Unfallwagen und Traktoren zu ihm kamen. Alles machte er selber, nur der alte Benni half ihm, und nur das Spritzen und Lackieren gab er nach auswärts, aber sonst. Paul Mohn, Garage und Reparaturwerkstätte. Shell.

Loth schaute dem Wagen zu, wie er hereinkurvte. Ein Cabriolet, ein breiter BMW, grün und schwarz, und der Mann trug eine weiße Windschutzmütze. Benni kam heraus, noch kaum, daß der BMW vor der Tankstelle hielt. Benni sah großartig aus, wie er die Hand jetzt an seine blaue Mütze legte. Fast so toll sah er aus wie der General zu Hause über den Gleisen des Güterbahnhofs. Benni, ganz blau in seinem neuen Anzug, er hatte ihn zuerst nicht anlegen wollen, aber der Onkel hatte gesagt: Kein Wort, Benni, wir brauchen Präsention, jetzt wo wir die neue Tankstelle haben. Verstehst du, Benni? Loth hatte zwar das Gefühl gehabt,

Benni habe nicht verstanden, wenigstens hatte er noch älter im Gesicht ausgesehen als sonst, – Benni also schaute für einen Augenblick herauf. Sein Gesicht blieb still, und er wandte sich gleich wieder dem Einfüllstutzen zu. Aber Loth wußte, er hatte ihn gesehen. Auf dem Wellblechdach liegen war verboten. Doch Benni würde nichts sagen. Er war zwar noch nicht so lange hier, beim Onkel, wie Loth; er kam von da oben her, aus einem der Dörfer, und er hatte solche Hände, weil er Waldarbeiter gewesen war, und jetzt war er alt und füllte Benzin ein oder wusch langsam die Kotflügel der eingestellten Wagen blank, Loth half ihm oft dabei, aber sagen würde er nichts, und er sagte überhaupt kaum ein Wort, und vielleicht mochte Loth ihn gerade deswegen so gut leiden.

Aber da fiel ihm ein, daß er ja jetzt ein Räuber war. Der Späher. Und Loth ist der Späher, hatte Paul gesagt. Wir steigen hinten durchs Fenster ein, und dann klauen wir sie und hauen ab.

Wohin, hatte einer der Belart-Brüder gefragt. Wohin mit den Schläuchen?

Paul schaute ihn an und sagte: Zum Stauwehr, denk ich. Oder etwa nicht.

Loth wußte, was die Belarts dachten. Er und sie drei standen da, drüben im Hinterhof des Belarthauses, und er hatte gedacht: es ist verboten. Wenn uns der Wärter des Elektrizitätswerks erwischt. Es ist gefährlich. Wenn so einem alten Schlauch die Luft abgeht, und wir sind plötzlich mitten drin im Staubecken, und der Staurechen, der saugt todsicher jeden an, der einmal im Wasser liegt, da hilft nichts.

Aber es war heiß, die Luft hatte geflimmert im Hinterhof des Belarthauses, und Paul lachte und sagte: Und Loth, der ist der Späher, er geht getarnt aufs Wellblechdach, und wenn er sieht, daß mein Vater aus der Garage herauskommt und nach hinten zum Magazin kommt, pfeift er und kommt gleich nach zum Stauwehr hinunter. Dann schieben wir ab.

Loth hatte genickt. Er war froh, nicht zum Wehr mitzumüssen. Das graublaue Wasser. Es stürzte mit Donner durch den Rechen in die Tiefe. Lieber hier liegen, lieber der Räuber sein, den sie als Späher ausschickten, dachte er in seinem ein wenig zu großen Kopf, er dachte es träge vor sich hin, und für einen Augenblick hatte er überhaupt keine Angst mehr. Hier liegen, dachte er weiter, auf dem Wellblechdach hinter den Geranien, die es da auf dem Mauersims vor ihm gab, das war ein prima Platz, es roch nach heißem Asphalt, man sah direkt fast von oben jeden Wagen, der vorbeikam, jeden großen Frontlenker, alle die roten und schwarzen Tanker, die von der Überlandstraße hereinkamen, die roten Austins, und manchmal ein Motorrad dazwischen, vielleicht einmal sogar, dachte er, eine NSU.

Benni war fertig. Er hängte den Einfüllstutzen zurück. Der BMW hatte Super genommen. Man sah, wie der Mann mit der Windschutzhaube sein Geld herauszählte. Benni nickte und ging um den Wagen herum. Sein Schatten hielt sich dicht an seine Schuhe. Am Straßenrand blieb er stehen, er schaute nach links und nach rechts, ließ noch schnell zwei Wagen durch, einen grünen und einen kleinen grauen, sie wischten hart hinter einander vorüber, dann drehte er sich um und gab das Zeichen, der BMW hatte freie Fahrt und glitt rasch weg und stadtwärts davon. Benni kam zurück. Er tat so, als wüßte er nichts von Loth. Langsam kam er wieder herein und nahm den Eimer mit dem Seifenwasser gleich mit. Und eben, als seine blaue Mütze unter dem Sims in die Garage verschwand, hörte man von links unten herauf hellen Motorenlärm. Plötzlich jagte ein Jeep an, bog herein, aber er fuhr nicht an die Tankstelle, er hielt direkt auf die Garage zu, und noch ehe Loth Zeit hatte, überhaupt die vier Männer darin richtig anzuschauen, das mußten Soldaten sein, dachte er, Soldaten, Soldaten sind gekommen, verschwanden sie unter dem Sims in die Garage. Aber das war nicht alles. Denn hinterher kamen Camions, riesige schwarzgraue Sechsachs-Wagen mit hochgerollten Seiten, drei, vier, sechs Wagen, alle bis obenhin mit Soldaten gefüllt, und die Soldaten sahen finster aus in ihren Helmen und mit den Gewehren, die hervorschauten, und von unten herauf raste in diesem Moment noch ein Jeep an, die ganze, langsam heraufrollende Kolonne entlang, und er hatte eine rote Flagge aufgesteckt. Das mußte ein Zeichen sein. Jedenfalls bremsten die Wagen, gleich als der Jeep bei ihnen vorüberkam, bremsten, kurvten von der Straße herein, zwei von ihnen auf den Vorplatz herein und stoppten. Die Rückwand rasselte herunter. Soldaten, die heraussprangen, drei, vier, fünf – schon konnte niemand sie mehr zählen, sie überfluteten den Vorplatz, die Helmränder blitzten in der Sonne, einige liefen mit schweren Kanonen oder was hinter die Ecke der Mauer, die nach der Überlandstraße hinauf den Platz abschloß, ein paar rannten über die Straße in die Hecke des

Obstgartens gegenüber. Dann war mit einem Mal alles verschwunden. Selbst die Wagen waren rückwärts unter das Garagendach gefahren, irgendeiner schrie etwas Lautes über den Platz hin. Aber dann war es vollkommen ruhig, und außer ein paar Kauergestalten am Boden, ein paar Helmen vorn an der Ecke und gegenüber im Obstgarten, und einem Motorrad an der Tanksäule war nichts mehr zu sehen. Aber diese wenigen feldgrauen Männergestalten, diese paar Helme, zwei, drei Gewehrläufe und eine gespreizt aufgestellte Kanone oder was das sein mochte: genug jedenfalls, um die Straße, den Vorplatz, die Sonne selbst gefährlich zu machen.

Krieg, dachte Loth. Feuer und Bomben und Rauch. Panzer. Die Kälte rieselte über seinen Rücken. Schüsse und Panzer, dachte er. Soldaten. Und plötzlich duckte er sich. Himmel, wie hatte er vergessen können, daran zu denken. Ganz flach preßte er sich auf das warme Wellblech. Er war ein Räuber. Vielleicht hatte jemand die Soldaten gerufen. Ein Räuber auf der Garage, oben bei Paul Mohn, bei der Tankstelle. Und jetzt waren sie da und jetzt kamen sie gleich herauf. Sie hatten die Ausgänge besetzt. Kanonen. Und dann gingen sie hinunter zum Stauwehr und nahmen die andern auch fest, Paul und die andern und die Belart-Brüder und Thomas. Brachten die Beute in Sicherheit, die orangenfarbenen, aufgepumpten Schläuche, die mit den Jungen darauf über das Stauwehrbecken hinfuhren.

Für einen Moment sah er die Wut im Gesicht seines Vetters, Pauls, vor sich. Der Späher. War nicht einmal rasch genug, um vor diesen Soldaten dazusein und uns zu warnen. Läßt sich auf dem Wellblechdach gefangennehmen – er konnte sich nicht rühren. Er wagte nicht einmal, auf den Platz hinunter zu blicken, auf den fremden, gefährlichen Tankstellenplatz. Die Schleifmaschine hatte aufgehört zu pfeifen. Man hörte das merkwürdige feine Tönen des Wellblechs, ein leises Klopfen, wahrscheinlich vom Anschlagen der Sonnenstrahlen, oder vielleicht auch nur vom raschen Pochen unter Loths Polohemd, und es war dunkelrot da drin, in der Biegung des Ellbogens, wo er seinen Kopf hingelegt hatte. Er merkte, wie er jetzt etwas spürte, etwas Altes, etwas, das er nicht hätte denken wollen und das ihn doch langsam ausfüllte, ein Gefühl vielleicht oder ein Gedanke oder wenigstens eine Reihe von Worten, langsam in seinem Kopf, der zu groß war: Die Soldaten. Gefangen. Das Gefängnis. Ein Räuber und Gitter. Komm endlich! Der Vater. Der Vater, der im Gefängnis war, – und, dachte er, ich würde ihn finden, ich müßte nicht vor den Mauern stehen und mir ausdenken, wie ich ihn sehen könnte, sehen, dachte er, und sah für einen Atemzug den Vater wieder vor sich, ohne zu wissen, was dann geschehen würde, wenn sie ihn gefangennehmen würden und er käme ins Gefängnis zu ihm hinein durch alle Gitter, die es um den Vater gab. Alles, was in ihm war und alles, was er denken konnte und hören und riechen, der Pulsschlag und das Dunkelrote und die Hitze und das Flimmern und der Asphaltgeruch, die schwarze Straßenfläche, die Schüsse, die Panzer und der Ruf des fremden Soldaten und die orangenfarbenen Schläuche und das Donnern des Stauwehrs und die Wagen alle und Benni, der Onkel und die NSU, die Gitter und die Stimme der Tante, die jetzt zu hören war, und er selber, alles verlor seine feste Gestalt, wurde ein blitzender, grau-grüner Strom, mit dem er fortschwamm, einen Augenblick lang fortschwamm, auf die Tiefe zu, die es da unten irgendwo tief unten gab, alles schwamm jetzt mit ihm abwärts, begann zu kreisen um die Tiefe, die alte Dunkelheit, um die uralte dunkle und gewaltige Tiefe, die der Vater da drinnen war: wie ein Strudel zog der Vater den Strom, der kreiste, in sich hinein.

Loth sprang auf. Er spürte die Hitze des Wellblechs nicht. Seine nackten Füße bogen sich um die Rundungen des heißen Metalls, Schritt für Schritt zur Hausmauer hinüber, die hier noch weiter aufstieg. Rufen, dachte er. Er kämpfte mit allen Muskeln seiner Kehle gegen die Klammern, die seine Stimme dahinten festhielten. Rufen, dachte er langsam, aber die Muskeln und seine Zunge konnten sich noch so sehr spannen und aufstemmen, nichts als ein Lallgeräusch wurde laut, und das war viel zu leise, als daß die Soldaten, die da unten in ihren Stellungen waren, ihn hätten hören können. Sie schauten nicht auf. Sie schauten alle in Richtung Straße und nach vorn, wo man einen Jeep langsam heranfahren sah. Ihre Helme blieben starr, und sie kamen nicht herauf, um ihn festzunehmen. Er versuchte, mit einer kreisenden Bewegung seines freien Armes sich bemerkbar zu machen. Konnten sie denn nicht sehen, er wollte ja, daß sie ihn festnahmen, er wollte ja ins Gefängnis, und konnten sie denn nicht sehen, daß er da war, ganz außen jetzt auf dem Sims, mit der Hand hielt er sich an der Mauer fest, und sein freier Arm kreiste noch einmal matt, bevor er niedersank? Er sah, daß er allein war. Es gab auf einmal überhaupt keine Verbindung zu diesem Platz da unten mehr und zu den Soldaten oder zu Benni. Er war jetzt da oben allein. In der Sonne allein.

Der Jeep kam heran. Er hatte einen großen grünen Wimpel gesetzt. Das war das Zeichen. Aufpacken! schrie einer. Der Jeep fuhr ziemlich langsam vorbei und weiter die Straße hinab. Über den Vorplatz rannten die Männer heran. Schüsse. Krieg und Kanonen, jedenfalls zwei große Rohre, und zwei von den Soldaten von gegenüber kamen rasch damit über die Straße zurück. Unten in der Garage brummten die Motoren auf, und dann kamen direkt unter ihm die beiden Lastwagen aus der Deckung. Sie blieben einen Moment lang auf dem Kies stehen, der Vorplatz war voller Helme und Gewehre, die zeigten herauf, und voll von Soldaten. Alles stürmte hinten auf die Ladebrücken hinauf, immer zwei Soldaten nebeneinander, und oben standen zwei, die sie heraufzerrten, plötzlich war niemand mehr auf dem Platz, der Jeep, der zuerst angekommen war, fuhr unter Loth weg und rasch auf die Straße hinaus; eine lange Stange, vielleicht eine Fischerrute oder was das sein mochte, wippte hinten drauf in der Luft, und der Jeep schoß davon. Da fuhren auch die Lastwagen an, und jetzt erst sah Loth den Soldaten, der mitten auf der Straße stand und winkte, den Camions winkte, loszufahren, einem zuerst, dann dem nächsten, und dann pullerten sie davon, und von hinten herauf kamen nun immer noch mehr von ihnen, drei, vier, und noch viel mehr, alle bis oben hin voller Soldatenzeug, sie machten einen riesigen Lärm in der Luft, und Loth wußte nicht, wie lange er da stand, bis endlich der letzte in dieser schweren Manöverkolonne vorbeikam.

Am Schluß stand nur noch der Soldat mit den Zeichen auf der Straße. Der Soldat schaute herauf. Einer, dachte Loth. Er winkte; eigentlich wußte er zwar schon nicht mehr genau, warum er winkte, eigentlich war jetzt alles wieder mächtig toll, und wenn er das nur den Belart-Brüdern und Paul und den andern und Thomas erzählen könnte. Er winkte. Er kreiste wild mit dem freien Arm in der Luft. Der Soldat ging zur Tankstelle und setzte sich auf das Motorrad. Aber er schaute dabei immer weiter herauf, ein wenig verwundert. Man sah, wie er scharf auf den Anlasser trat. Als der Motor aufsprang, hielt er den Kopf schief und zog den Riemen, der vom Helm unter seinem Kinn durch ging, fester an und schaute noch immer herauf. Jetzt lachte er. Soviel Loth zwar sehen konnte, hatte er kein gutes Gesicht. Aber er lachte, schüttelte den Kopf, und dann fuhr er los, auf die Straße hinaus und gegen die Überlandstraße aufwärts den anderen nach davon, und gerade bevor er hinter der Mauer, die den Vorplatz nach vorn zu abschloß, verschwand, schaute er zurück, hob die Hand und winkte. Dann verschwand er. Sein Motorrad schepperte eine Zeitlang noch herüber. Und dann wurde es immer leiser und ferner, und dann war nichts mehr.

Nichts mehr außer der Stimme der Tante, und Loth merkte erst jetzt wieder, daß sie die ganze Zeit über, wenigstens schon eine ganze Weile lang, von der anderen Seite, von rechts neben dem Wellblechdach aus dem Garten heraufgekommen war. Manchmal, wenn die Tante ganz nahe bei ihm war, etwa vor dem Schlafengehen, mußte Loth, wenn er sie hörte, an die Mutter denken. Aber jetzt erinnerte ihn nichts an seine Mutter. Die Tante erzählte eintönig und ein wenig laut etwas, das man da oben nicht verstand. Dazwischen nun eine andere Frauenstimme. Loth horchte.

Frau Belart. Er ging von der Mauer weg, wieder auf das Dach hinaus. Es war jetzt so heiß, daß man die Tropfen spürte, die über die Kehle auf die Brust hinunter liefen. Ein gläserner Himmel. Ein Himmel aus Glas, und Wind gabs überhaupt keinen. Der schlief wahrscheinlich irgendwo da oben, wo die Dörfer waren, im Wald. Fauler Wind. Und in der Werkstätte unten begann der Onkel zu hämmern. Auf Metall. Der Onkel reparierte eine Ford-Hinterachse. Feuer an den Füßen. Loth legte sich wieder auf seinen Platz. Aber das Wellblechdach war zu heiß. Horch. Er hielt im Aufstehen inne und horchte.

– denk ich geradezu, der ist nicht richtig bei Trost. Das war die Tante.

Kein Wunder, sagte Frau Belart, wenn man denkt.

Knapp über die schräge Wellblechkante weg sah Loth Frau Belarts Kopf. Sie stand drüben neben dem Haus und redete über die Hecke in den Garten herein. Sie ist da unten, dachte Loth, die Tante ist unten im Garten, und sie reden zusammen.

Oder manchmal, sagte die Tante jetzt, hab ich das Gefühl, er ist einfach nur so verstockt.

Was Frau Belart sagte, war nicht zu verstehen.

So verstockt, und noch kein Wort hat er gesagt, die ganze Zeit über, daß er da ist. Spielt vielleicht nur so den Stummen. Und der Doktor hat gemeint, so was gibt's.

Kein Wunder, sagte Frau Belart. Ihre Stimme tönte schrill. Loth duckte sich noch mehr unter die schräge Kante. Er horchte.

Ein Schock, hat er gemeint. Er war ja auch noch kleiner damals, wie's geschehen ist, fuhr die Tante fort.

Ich glaub nicht so recht dran. Das war Frau Belarts Stimme. Wie war's denn damit?

Die arme Lene. Die Tante war jetzt traurig. Was für ein Mann! Immer hab ich ihr gesagt, Lene, der ist noch zu allem fähig.

Wer nicht hören will, sagte Frau Belart, der muß fühlen.

Und wie ist's herausgekommen? Sie wohnte mit den Kindern noch ein halbes Jahr in Jammers, sie starb bald darauf, jetzt liegt sie auf dem Friedhof. Der Lump sitzt wieder im Gefängnis. Seine Vertreterstelle hat er vorher schon aufgegeben, und die Beth gaben wir schließlich zur Großmutter, und der da, dem hat's die Sprache verschlagen, oder er tut wenigstens so, und ich weiß noch heute nicht, was ich davon halten soll, so verstockt ist der.

Verstockt, dachte Loth. Alles flimmerte jetzt, so heiß war's. Asphaltgeruch. Wellblechdachgeruch. Der Lump, dachte er.

Und zurückgeben, wenn der Ferro wieder draußen ist? fragte die Tante. Du meine Güte.

Frau Belart: Eine große Verantwortung, Frau Mohn.

Wie lange, fragte sie dann, sitzt er nun eigentlich noch?

So drei Jahre werden es schon noch sein –

Und wieder die Stimme von Frau Belart: Ja, ja, aber ich will Ihnen etwas sagen, Frau Mohn, Gottes Mühlen mahlen langsam. Denken wir daran.

Loth spürte die Hitze, die im Wellblech unter ihm war, nicht mehr. Er lag wieder flach da und schaute zwischen den Geranien durch auf den Vorplatz. Aber er sah nichts. Nicht einmal Benni, der herauskam und das Seifenwasser zur Tankstelle zurücktrug, sah er. Er dachte an die Mühlen Gottes, er hörte, wie ihre Motoren dumpf und langsam hämmerten, er dachte an das Gefängnis und an die drei Jahre, und mechanisch folgten seine Augen dem alten Fiat 1400, der anrollte und vor der Tanksäule hielt. Es war fast ganz still. Die Tante und Frau Belart sagten nichts mehr, sie waren wahrscheinlich schon ins Haus gegangen. Benni hielt den Einfüllstutzen und blickte auf den Zähler. Der Lump, dachte Loth weiter, und er schaute den Mann und die Frau, die beide aus dem Fiat 1400 ausgestiegen waren, kaum an, kein Wunder, dachte es in ihm, er schaute nun immer die Frau an, und dann wußte er mit einem mal: das ist sie, das ist die Frau mit dem Pfefferstaub auf der Haut, das war sie todsicher, und sie sah noch genau gleich aus, er kannte sie noch, sie war schön und schrecklich, ihr Mund war vollkommen rot, und noch immer sah sie lustig aus im Gesicht, und Martha, sagte sein Vater mit seiner Stimme, die auf einmal dunkel war, und sie hoben die Gläser. Rauch und reife Äpfel und Erde und Asphalt und Wellblech und Strom und warme Geranien. Das ist sie. Sie ist gekommen.

Er sprang auf. Er lief über das schräge Wellblechdach zurück. So schnell er konnte, legte er sich an der Kante hin, er benutzte jetzt nicht einmal die Röhre, die von der Ecke aus die Mauer entlang hinunterführte; er legte sich hin, glitt rückwärts hinab, seine Beine baumelten ins Leere; dann bekam er die Dachtraufe zu fassen, rasch glitt er tiefer, und für einen Augenblick hing er in der Luft. Er spürte noch, wie das Traufenblech sich herausbog, ehe er es freigab. Nicht lange, und er war wieder auf den Beinen. Er spürte nichts vom harten Fall, und um die Garage herum durch den Garten lief er nach vorn. Sie ist gekommen, dachte er, und immer noch mehr Hitze schoß ihm ins Gesicht.

Als er auf die Säule zurannte, stieg sie eben wieder in den Fiat. Er hörte die Tür, die zuschlug. Den Motor. Er stand vor dem Fenster. Er wollte sie sehen. Er wollte wieder hören, wie es war, wenn sie redete. Er wußte, sie und die Mutter hatten irgendetwas gemeinsam, es gab etwas, das sie zusammen hatten, sie kam aus der Zeit der Mutter und von weit länger her als damals, da die Mutter verletzt auf der Treppe gelegen hatte. Aus der frühen Zeit kam sie, und er hatte noch reden können. Sie mußte ihn erkennen. Sie wußte doch, jener Abend, und er und sein Vater hatten zusammen mit ihr getrunken. Von weit her kam ihre Stimme: Warte hier. Hab keine Angst.

Er pochte mit dem Finger ans Fenster. Nur das kleine Windfenster stand schräg offen, aber das Fenster, das richtige, war zu. Er pochte. Da drehte sie den Kopf.

Jetzt, dachte er. Er versuchte zu lachen. Aber er war so aufgeregt, daß er seine Mundwinkel immer wieder zusammenzog. Ja. Er nickte ihr zu.

Da stieß sie den Mann neben ihr, der eben das Geld versorgte, an, und Loth sah, daß sie mit dem Kopf gegen ihn her eine Bewegung machte. Jetzt schaute auch der Mann herüber. Sie starrten beide heraus. Loth wollte, der Mann wäre nicht da gewesen. Er nickte auf sie zu, und mit dem Finger zeigte er jetzt auf seine Brust. Ich bin's, das verstand sie doch?

Er keuchte. Jetzt lachte sie plötzlich. Er hörte ihr leises Lachen aus dem Windfenster herauskommen, und auf einmal ging das Fenster hinunter. Er sah, daß sie es war, die am Knauf drehte, bis das Glas ganz tief in die Tür hineinglitt.

Was ist los, fragte der Mann und beugte sich herüber.

Loth hielt den Finger an den Mund und schüttelte den Kopf. Ihre Augen. Ihr nackter Oberarm. Was ist, sag endlich. Du, der ist blöd, sagte der Mann. Er lachte kurz. Also, sagte er dann laut, auf Wiedersehen. Geh jetzt.

Und sie: Was willst du, Kleiner? Sie machte wieder ihr ernstes Gesicht, und es sah noch immer ein wenig lustig aus, ihre Zähne waren schneeweiß. Willst du's mir nicht sagen? Sie schimmerte am Oberarm.

Wenn ich nur was zum Schreiben da hätte, dachte er. Und er machte mit der Hand sorgfältig das Zeichen für Schreiben in die Luft. Er nickte.

Der ist komisch, sagte der Mann. Komm, wir müssen weiter. Er nahm etwas aus seiner Tasche und streckte Loth die Hand her. Ein Zwanziger lag darauf. Nimm, aber verschwind jetzt.

Nein. Nein, Geld doch nicht. Loth hörte sein Herz bis in die Kehle herauf hämmern. Auf einmal hatte er fast keine Ahnung mehr, warum er da stand. Geh fort, Mann, dachte er, und jetzt hatte aber die Frau die Karte, die rote Straßenkarte, aus dem Handschuhfach genommen. Hast du irgendwas zum Schreiben, fragte sie den Mann. Er zog einen Kugelschreiber aus der Jacke.

Sie hatte ihn verstanden. Loth lachte ihr zu. Schreiben, zeigte er ihr in der Luft und nickte.

Du willst mir etwas aufschreiben, nicht wahr, sagte sie und reichte ihm die Karte und den Stift heraus. Loth nahm beides und legte die Karte vorn neben dem Fensterpfosten auf den Kühler. Seine Hand zitterte zwar mächtig, aber das machte jetzt nichts. Langsam schrieb er darauf: LOTH. Er sah, wie beide gespannt durch die Windschutzscheibe herausschauten. Dann schrieb er noch: FERRO.

Der Schatten, der über die Buchstaben fiel. Es war ein mächtiger Schatten, und Loth mußte sich nicht einmal umdrehen und wußte schon, das war der Onkel.

Was ist, sagte der Onkel. Er nahm ihm die Karte aus der Hand. Er las. Bist du verrückt geworden, murmelte er. Loth schaute weg. Und dann schaute er zu Benni, der auch um den Fiat herum gekommen war, und dann wieder zu ihr ins Fenster.

Entschuldigen Sie, hörte er den Onkel sagen. Das hat er jetzt noch nie gemacht. Kunden belästigen. Ist ein – ein Flüchtlingsjunge. Sie wissen.

Und sie: Gewiß, aber sicher. Was hat er denn schreiben wollen?

Da, sagte der Onkel. Ich weiß wirklich nicht. Die Karte

werd ich Ihnen natürlich ersetzen. Keine Frage. So ein Blödsinn.

Die Frau las. Und der Mann sagte: Also, auf Wiedersehen. Wir müssen weiter, Sie verstehen. Der Motor summte auf. Komm, laß das jetzt. Und zum Onkel heraus: Lassen Sie, spielt keine Rolle.

Wart doch! Die Frau las noch immer. Ihr Gesicht wurde um eine Spur dunkler, und als sie aufschaute, aufschaute und immer Loth nun ansah, fragte sie leise, so leise, daß man sie kaum verstehen konnte: Bist du das?

Aber der Mann hatte nichts gehört. Der Fiat fuhr an. Langsam glitt das Fenster mit der Frau von Loth fort. Auf Wiedersehen, sagte jemand. Jäh kam ihr Duft über Loth. Auf Wiedersehen, sagte jemand laut. Sie kam mit dem Kopf nahe ans Fenster. Loth ging zwei, drei Schritt nebenher, er nickte: Ja, ich. Er spürte kaum die Hand des Onkels, die ihn an der Schulter packte. Mit ihren Augen, er sah es, erkannte sie ihn. Du? sagte sie noch, und dann rollte der Fiat über den Kies hinaus, die Kupplung kratzte scharf, rasch kurvte er über die Straße und fuhr stadtwärts davon.

Loth stand reglos da. Hinter ihm der Onkel und Benni. Sie hat mich erkannt. Alles war gut jetzt. Vielleicht schlägt er mich. Gut. Sie war dagewesen, da vor ihm bei der Tanksäule. Hab keine Angst.

Sowas. Das war der Onkel. Bist ja direkt blöd, und ich hau dir noch einmal den Hintern voll, du Schafskopf.

Loth fühlte die körnigen Finger des Onkels an seinem Ohr. Er zuckte zwar zusammen, doch er tat nichts, um loszukommen, und er spürte kaum den Schmerz, als sein Ohr hin und her gerissen wurde. Er stand noch immer ruhig und schaute zur Kurve hinunter. Die Straße lag hell in der Sonne. Gut, dachte er. Alles flimmerte, und da oben an seiner Schläfe war der Puls zu spüren, wie er hämmerte. Die Schritte des Onkels gingen der Garage zu davon. Komm, sagte Benni. Die neue Shellflagge über ihm hing matt herab. Komm, Loth. Auch Bennis Schritte gingen der Garage zu davon. Komm jetzt, sagte Benni.

Komm, trink. Er hielt ihm einen Becher an den Mund. Trink. Wird dir gut tun, Stummer. Loth trank. Das war gar nicht Benni, dachte er, und er stand ja gar nicht auf dem Vorplatz unter der neuen Shellflagge, das war Kehrer und der hatte ihm aus der Küche Tee gebracht, und es gab nichts mehr von der heißen Sonne und den Tanksäulen, er lag auf dem Khakifeldbett, und erst jetzt sah er, sie hatten ihm die Schuhe und den Rock ausgezogen und eine Decke über ihn hingelegt. Und neben ihm stand Kehrer. Er hatte den Teekrug in der Hand. Jetzt geht's dir schon besser, sagte er.

Loth setzte sich auf. Trink, sagte Kehrer. Die andern kommen in einer halben Stunde zurück. Aus der Ferne kam Ferros Horn. Drei lange Stöße. Sprengalarm. Der letzte heute, sagte Kehrer. In einer halben Stunde kommen sie zurück, meinte er. Und: Ich stell dir den Tee da bereit. Nimm. Hast ein wenig schlapp gemacht. Aber das gibt sich. Nur ruhig jetzt. War auch zu viel für einen Neuen, sagte er im Hinausgehen.

Loth saß zusammengekauert auf dem Bettrand. Der Dampf aus dem Becher in seiner Hand stieg ihm ins

Gesicht. Er trank. Das dumpfe Knattern der Segeltuchplane. Da, die Sprengung. Drei. Fünf. Er horchte. Fünf Frösche. Dann wieder die Stille, und schon war's fast dunkel da drinnen. Vor ihm auf dem leeren Khakifeldbett lagen die Sachen des Vaters. Gut, daß sie seinen Kittel am Fußende ausgebreitet hatten. Er war naß gewesen. Unter dem Bett seine Sachen. Der Koffer. Die Schuhe. Weiter hinten der Sack. Und zuhinterst war das Paket. Er stellte den heißen Becher vorsichtig auf den Boden. Wie hatte er das vergessen können. Er kniete nieder, und gebückt tastete er mit der Hand nach hinten. Rohes Einwickelpapier. Er versuchte, an der festgezurrten Schnur das Paket aufzuheben. Es war schwer. Und so dunkel war's schon da unten, daß man kaum mehr als einen hellen Fleck erkennen konnte. Einen Moment lang bewegte er sich nicht. Er lauschte. Aber es war alles still, abgesehen von dem wilden Rauschen und diesem Knattern, das von draußen hereintönte. Er wußte, was der Vater da unten hatte. Er hatte, und das merkte er erst jetzt, von jenem Abend an gewußt, was es war. Seit vorgestern abend. Aber er mußte es wirklich wissen. Es war wichtig. Er zog das Paket hervor. Die Schnüre und das Papier brauchte er nicht aufzutun. Man konnte alles gleich mit den Händen spüren. Die Rillen, der Handgriff, der Deckel auf dem kurzen Stutzen. Er beugte sich im Knien ganz nieder und schnupperte mit der Nase langsam drüber hin. Benzin.

Kehrers Küche war eine Baracke für sich. Nur viel kleiner als die Wohnbaracke, und sie war ungefähr quadratisch. Sie stand auf der Rampe, dicht bergseits, vielleicht zwanzig Meter vor den Stufen, die rechts über die Rampenböschung zur Wohnbaracke führten, und Kehrer hatte sie gegen den Wind zu vertäut. Die Vorräte bewahrte er in großen Blechbehältern; er hatte natürlich immer viel Fleischkonserven und Teigwaren da und Reis, jedenfalls Dinge, die sich rasch auf dem offenen Feuer zubereiten ließen. Mit seinen Röhren hatte er selbst da oben noch eine Wasserleitung gelegt, und man mußte sich wundern, wo das Wasser, das da aus der Leitung schoß, nur immer herkam. Sicher war es gutes Quellwasser, und es sprudelte knapp neben der Küche aus der Röhre, die den Hang herabkam, in das große Holzbecken: in die eine Hälfte eines mächtigen, mitten durch gesägten Mostfasses, das Kehrer irgendmal bei einem Bauern unten an der Strecke aufgetrieben hatte. Über die Wasserstelle hatte er die Segeltuchplane angebracht. Die schützte vor dem Regen.

An jenem windigen, kühlen Abend, der dir gewiß noch immer im Gedächtnis haftet, warst du an der Reihe gewesen. Du hattest zusammen mit Kehrer die Kessel und die drei Schüsseln ausgewaschen; zusammen hattet ihr dies ganze Küchenzeug in die Schäfte versorgt, und dann warst du zurückgekommen. Als du hereinkamst, saß im Vorraum neben seiner NSU wie-

der Ferro, und wortlos zogst du deine Schuhe aus. Die
Karbidlampe über dir gab überhaupt kaum Licht. Ferro bastelte an der Ölleitung herum. Ferro, dachtest du;
das war jeden Abend mit ihm das Gleiche: er saß auf
seiner umgekippten Konservenkiste, die Pfeife im
Mund, neben sich den kleinen, ausgelegten Jutesack
mit dem Werkzeug, mit Stahlwatte und mit der Flasche, in der er sein Politurmittel aufbewahrte, alles
schön in Reichweite, und vor sich hatte er das aufgebockte Motorrad, diese schwere, alte Maschine, ein
NSU-Modell, das es nach dem Krieg schon kaum
mehr gegeben hatte, mild glänzend im Lichtschein und
säuberlich gepflegt von Ferros merkwürdig behutsamen Händen. Eine Weile lang schautest du zu.
Richtiggehend eine fixe Idee von Ferro, dachtest du,
und dazu noch Ferro mit dieser Brille, die war das
Komischste. Er trug sie nur abends, nur für seine
Arbeit an der NSU, und er sah wirklich wie ein alter
Feinmechaniker aus.

Was willst du eigentlich mit deinem Fahrzeug, fragtest du.
Ferro schaute für einen Augenblick auf. Die Gläser
blinkten fiebrig.
Willst du fort, fragtest du.
Später, ja, sagte Ferro. Sein kurzes Lachen. Warum?
Und er zog diese kleine Flasche heraus und trank.
Geht's dich etwas an, brummte er und arbeitete weiter.
Nun, dir konnte es im Grunde egal sein. Leicht betrunken. Du stelltest die Schuhe ins Fach, und eben
als du hinein zu den andern, die schon wieder mit

dem Spiel angefangen hatten, gehen wolltest, hörte man draußen die Stimmen. Das war Samuel. Er sagte etwas von aufhören und dann deutlich, gerade vor der Tür: Zwei Mann, oder ich fahr keinen Meter mehr. Verstehst du, Kahlmann, zwei Mann, oder dann überhaupt nicht.

Seine Stimme wurde leise, das heißt, der Wind hatte wieder wild aufgedreht und man hatte das Gefühl, als trample er mit genagelten Schuhen über die Baracke hinweg, so daß Samuel an der Tür momentlang überhaupt nicht zu hören war, dann:

– dir gestern schon gesagt. Du wolltest nicht. Und heute hatte ich die Bescherung. Alle drei-, vierhundert Meter solche Brocken auf der Strecke, und mitten in der großen Serpentine einen richtigen Erdschlipf. Ich brauchte zwei Stunden, bis ich den Dreck weggeschaufelt hatte. Überleg's dir.

Die Tür ging einen Spalt weit auf, und man mußte annehmen, die zwei würden hereinkommen, aber da rief der andere, und es war Kahlmann, gedämpft: Halt. Hör jetzt. Die Tür ging wieder fast zu. Mach zu, sagte Kahlmann.

Da merkte man, daß etwas los war. Weißt du noch, Breitenstein: es war etwas los, und Kahlmann wollte, daß niemand etwas merkte, und damit hatte er natürlich jetzt Pech, denn jetzt wolltest du's wissen, und du gingst an die Tür, wozu hatte die schon ihre Risse, du standest da und horchtest, und Ferro, der hatte auch aufgehört und hatte sich aufgerichtet auf seiner Konservenkiste und lauschte genauso. Und wenn man auch nicht verstand, was Kahlmann sagte, Samuel sorgte schon dafür, daß man jedes seiner Worte begriff, er gab mächtig laut an, als er jetzt plötzlich lachte und bitter sagte: Die Bauleitung. Hör mir mit der auf! Die haben uns längst vergessen.

Kahlmann, ruhig: Red keinen Unsinn. Ist doch klar. Wir müssen hier fertigmachen. Müssen den Zugang oben herstellen.

Und daß einer dabei auf der Strecke mit dem Frontlenker abkratzt, das kümmert keinen von euch? Du willst fertigmachen. Niemand sonst.

Nicht so laut, sagte Kahlmann.

Und noch einmal Samuel: Wir werden abgeschnitten. Du wirst sehen, das hält keine drei Tage mehr.

Da erwiderte Kahlmann, und du und Ferro paßtet jetzt scharf auf, ohne zu atmen, und man hörte, wie sie drin mit dem Spiel begonnen hatten: Du selbst, Samuel, hast heute den Rest der Vorräte, die ich bestellt habe, heraufgebracht. Jetzt halten wir es ziemlich lange aus. Auf alle Fälle lange genug, um bis hinauf zu kommen. Verstehst du? Und Kahlmann lachte.

Daß aber Kahlmann keineswegs so sicher war, merkte man wenig später. Samuel schwieg zwar eine Weile, aber dann fuhr er fort: Ich sag dir, die haben uns vergessen. Der Mann, den sie da seit einiger Zeit im Baubüro haben, der hat's sogar schon fast zugegeben. Jedenfalls wußte er überhaupt nichts zu sagen. Seid nicht die ersten, das sagte er, und wir sollen vorläufig nur ruhig einmal weitermachen. Auch du sagst nichts dazu, daß wir schön ruhig hier oben im Dreck abkratzen können, wenn's nur vorerst einmal flüssig so weiter geht, und daß die in der Bauleitung uns vergessen haben. Gut. Nehmen wir also an, sie haben uns vergessen. Und nehmen wir an, du hast schön vorgesorgt und es spielt keine Rolle, auch wenn wir abgeschnitten werden. Aber – und Samuel senkte seine Stimme jetzt – die Schnüre, Kahlmann, zum Beispiel die Zündschnüre, die wir für die Kuppe brauchen? Wo willst du die hernehmen? Mach keinen Fehler, Kahlmann, sagte Samuel, und: Im übrigen brauche ich morgen zwei Mann.

Dann kam er herein. Er schaute euch an, er sagte: so eine Schweinerei, er ging vorbei, und als er die Tür öffnete, füllte seine massige Gestalt einen Augenblick lang das helle Türgeviert aus Lampe und Rauchschwaden und Spielerstimmen in der Wand fast vollständig aus. Kahlmann kam hintennach. Auch er schaute euch an, dich, wie du die Pfeife stopftest, Ferro hinten an der NSU, aber er ging nicht hinein, Kahlmann blieb da, und seinem Blick sah man an, daß er gern gewußt hätte, wieviel ihr verstanden hattet.
Du fragtest: Hat der Regen nachgelassen?
Kahlmann: Der Regen – übrigens: Samuel braucht morgen zwei Mann. Es hat da ein paar Brocken auf der Strecke. Du nimmst am besten den Stummen mit, Breitenstein. Samuel fährt um sieben.
Das war natürlich nicht schlecht für dich. Da kam man immerhin wieder einmal nach Jammers hinunter. Den lustigsten unter den Kollegen hatte er dir zwar nicht zugeteilt. Wahrscheinlich würde es morgen am besten sein, in Jammers, während Samuel auf die Bauleitung ging, sich auf eigene Faust umzutun. Nicht ungeschickt

von Kahlmann, *den* Mann abzukommandieren, der am ehesten seinen Wortwechsel mit Samuel gehört haben konnte. Du gingst hinein.

Und da ritt dich wahrscheinlich wieder der Teufel: du bliebst noch unter der Türe stehen, du schautest dir die Männer, wie sie da im Rauch am Tisch saßen, an, dein Blick fiel auf Borer, und du sagtest laut: Hat vielleicht von euch jemand einen Benzinkanister gestohlen? Dein Lachen, sozusagen eine dröhnende Kugel, durchlief die Baracke. Und weil du so lachtest, das war ja auch ein prächtiger Witz, wenn man Borer kannte, und weil du also mit deinem Lachen so Lärm machtest, konntest du nicht einmal hören, daß nur Muralt und Grimm und Chavaz am Tisch kurz vor sich hin grinsten, es gleich aber sein ließen, als sie Borer anschauten. Borer wurde plötzlich so komisch bleich. Man sah, wie er die Luft durch die Nase einsog; das heißt, die andern alle sahen es. Du nicht. Du gingst schon breitspurig die Bank entlang, schlugst Borer kurz im Vorübergehen auf die Schulter, nahmst eine Flasche Bier vom Tisch, und es knallte lustig, als dein Daumen den Verschluß springen ließ.
Keiner? fragtest du nach dem ersten Schluck. Der Bierschaum hing über deine Oberlippe. Ob wir noch Ferro fragen wollen. Vielleicht, daß der den Most brauchte für seine Mähmaschine?

Nur ganz unter uns, Breitenstein: fiel dir jetzt tatsächlich nicht auf, wie die Stille die Baracke mit Eis ausfüllte? Nein? Heiter, wie du dastandest, und immer noch weiter jetzt deine Stimme über die Schulter zurück: He, Ferro, komm, sag uns: wo hast du Borers verfluchte Spritbettflasche versteckt?

Dein Gelächter. Dein unseliges, dein jetzt vollkommen schiefliegendes Gelächter. Damit war im übrigen für dich dieser so fröhlich angebrochene Abend einigermaßen zu Ende. Einigermaßen. Du erinnerst dich wahrscheinlich nur dunkel. Siehst du, das kam so: Borer war nicht sonderlich groß. Aber er war rasch. Jedenfalls kam er rasch hoch. Er stand vor dir, noch kaum, daß du die Flasche vom Mund genommen hattest. Und seine Rechte war ziemlich hart. Vermutlich das Letzte, das an jenem Abend in dein Gedächtnis einging: daß Borers Rechte, als sein Schwinger deine Kinnlade traf, hart war. Dein Blick war erstaunt. Du nahmst den Oberkörper jetzt weit zurück, du gingst auch hinter deinem linken, erhobenen Arm in Deckung, aber natürlich viel zu langsam. Sicher zu langsam für Borer. Er schlug nach. Links ein Unterzieher. Dein Blick wurde stur. Dann rechts, und gleich nochmals rechts einen Direkten. Von deinem leisen Aufstöhnen, vom dumpfen Laut, den es gab, als die Faust in dein Gesicht ging, vom atemlosen Schweigen der andern, die alle jetzt auch dastanden und sich nicht rühren konnten, so schnell war alles jetzt vorbei, – davon weißt du wohl nichts mehr. Du gingst über die rechte Schulter zu Boden. Dein langer Körper lag flach da. Sauber flach von Borer hingelegt. Von Auszählen war nicht die Rede. Höchstens von Wegtragen. Das tat man denn auch. Und Kehrer brachte dir Wasser mit Essig gemischt ans Khakifeldbett.

Es begann dann natürlich gleich das große Gerede. Du kamst nicht gut weg dabei. Auch Borer nicht. Aber es lief nicht so, wie man sich's etwa denken würde: ein wildes Gerede, alles schreit durcheinander, und bald schon wird's ruhig und man gibt noch für ein letztes Spielchen die Karten aus. Nein, Breitenstein, während man von dir allmählich wieder wenigstens den rasselnden Atem hörte, während noch so hin und her geredet wurde und Borer nicht allein Kahlmanns Vorwürfe einsteckte, wie er da wieder auf seinem Platz am Tisch saß und blaß vor sich hin auf sein Glas blickte; während draußen der Himmel zum erstenmal seit Tagen etwas aufklärte und nur der Herbstwind noch keine Ruhe gab mit seinem Gejammer übers Dach hin und während Ferro – das sah keiner – vollkommen ruhig und angetrunken vor seiner Maschine im Vorraum saß, still, angetrunken, alt, kam plötzlich wieder jenes schwüle Flimmern in der Baracke auf. Geredet wurde bald weniger. Es wurde ruhig. Aber das zählte nicht. Was zählte, ohne daß einer auch nur hätte sagen können, woran das genau lag, war das Flimmern; weißt du, dieses gefährliche flimmernde Knistern, wenn zwölf Männer zusammen verstimmt sind. Das kam nicht vom Ofen, auch wenn er wieder richtig glühte, weil Grimm schwere Stücke nachgelegt, aber seitdem die Ofentür nicht wieder geschlossen hatte; und vom Rauch, den sie da in die heiße Luft aus den Pfeifen bliesen, daß einer kaum mehr den andern am Tisch gegenüber sehen konnte, kam's auch nicht. Der Himmel mag wissen, wo diese viehische Stimmung herkam. Sie war jedenfalls da, und jeder konnte sie spüren.

Ferro tat draußen, als hätte er von deiner Frage überhaupt nichts gehört. Heute weißt du, wie nahe du damit an die Wahrheit gekommen warst. Damals natürlich wußtest du's nicht. Du hattest bloß ins Blaue dahergeredet, du hattest mit ein paar von deinen Witzen die Stimmung ein wenig aufkochen wollen, mehr nicht. Aber Ferro, der wußte wahrscheinlich genau, wie nahe du herankamst. Noch einer übrigens wußte es. Er hatte die ganze Zeit über stumm neben Heim, der in seinem komischen Buch las, hinten auf der Bank gesessen, schon außerhalb des Lichtkreises der Karbidlampe, und hatte zugeschaut. Niemand sah, wie er bei deinen lauten Sprüchen sich nicht bewegte. Wie er dich unverwandt anschaute. Sein etwas zu großer Kopf wurde heiß, den Hals hinauf in die Ohren, in den Nacken, in die Wangen schoß die Röte, sie stieg über Schläfen und Stirn unters Haar und biß in die Kopfhaut. Wer ihn beobachtete, hätte sehen müssen, mit welch ungeheurer Anstrengung er versuchte, gleichgültig auszusehen. Die Röte und die Muskeln in seinem Gesicht und an seiner Kehle, die langsam und angespannt arbeiteten, hätten ihn vermutlich verraten. Doch keiner blickte ihn an, und kaum Heim merkte, wie er wenig später aufstand und als einer der ersten an diesem Abend sich aufs Khakifeldbett legte.

Aber also Ferro: als es ruhiger geworden war, stand auch er draußen auf und ging still und ein bißchen schwankend hinaus. Er nahm nicht einmal die Handlampe mit. Milchglasiges Mondlicht lag auf der Rampe und in den Bäumen. Der Regen hatte nachgelassen. Von unten herauf glänzte matt das Wellblech von Kehrers Küchenbaracke. In dem runden Fenster stand trübes Küchenlicht. Kehrer kochte wohl noch ein wenig Wasser auf. Verdammter Luft, murmelte Ferro, ging neben seinem kurzen Schatten her von der Türe weg und an die aufgeschotterte Böschung der Rampe. Er sagte *der* Luft, wie man's drüben in Fahris tut, wenn man diesen scharfen, kühlen Südwest meint, und er löste Wasser.

Im Zurückkommen sah er ihn. Er bewegte sich an der hellen Barackenwand vor und zurück und vor. Ferro ging näher. Aufpassen. Aber Ferro hatte keine Angst. Er ging direkt auf ihn zu. Nur den linken Ellbogen hob er auf Augenhöhe. Er würde sich vom Schlag nicht überraschen lassen. Er strauchelte über die Stufe hinunter, blieb stehen. Nur heran, sagte er. Angst hatte Ferro keine. Da schlich also einer umher. Nur heran, sagte Ferro und hörte ihn, wie er schnaufte, dicht an der hellen Barackenwand neben der Tür. Wer das sein könnte, wußte er nicht. Er hatte nur das Gefühl, als würde er den von irgendwo früher her kennen, den an der Wand da, der in diesem Moment auch schon auf ihn lossprang, zurückwich und gleich nochmals vorstürzte, ein riesiger Schatten, und Ferro holte aus. Schwer ließ er sich ihm entgegenfallen. Er schlug zu, torkelte, traf ihn, traf ihn bestimmt mitten ins Schattengesicht. Und dann krachte die Barackenwand, Ferro verlor das Gleichgewicht, er griff nach dem Fensterpfosten, geriet schon daneben, fiel hin. Er blieb liegen. Eine ganze Weile lang versuchte er wieder hochzukommen. Und versuchte zu überlegen, was denn nun eigentlich passiert war, daß er hier plötzlich längsseits neben der Baracke in diesem nassen Dreck lag. Aber alles drehte sich. Und in seiner Rechten hatte er ein Gefühl, als wäre sie ihm eingeschlafen und es würde mit einer Ahle ziemlich rasch hintereinander hineingestochen. Auch die Schulter schmerzte.

Weg da, sagte er, weg da, du Hund.

Er riß sich zusammen. Er mußte hochkommen. Du kannst ihn dir vorstellen, Breitenstein, wie er sich links an der Baracke stützte und aufzustehen versuchte, aber der Schatten und die Barackenwand und der milchige Mond schwammen durcheinander.

Was ist denn mit dir los, fragte jemand.

Weg, rief er.

Komm, faß an, sagte Kehrer. Ferro begriff nichts mehr. Er sah über sich Kehrer, das mußte ja Kehrer sein, und jetzt kam auch Muralt heran. Sie stellten ihn auf. Was du wieder zusammengesoffen hast. Sie stützten ihn. Geht's besser, fragte Kehrer.

Die eine Hälfte seines Gesichts war hell vom Mondlicht, die andere lag im Schatten.

Besonders sauber siehst du nicht aus, hörte Ferro dann Muralt sagen.

Da, keuchte er und versuchte, von der Wand ein wenig wegzukommen, um ihnen zu zeigen, wo er ihn an der Baracke hatte umherschleichen sehen. Da, siehst du – So ein Hund. Wollte mich –

Muralt und Kehrer schauten sich an. Wie war das, fragte Kehrer dann.

Was? fragte er.

Wie das war, fragte Kehrer.

Hier, sagte er, und machte ihnen vor, wie er herabgekommen war, – hier an der Wand.

Sie schauten die Wand an, dann ihn, dann wieder die Wand. Auf der Wand war nichts zu sehen, nichts als der verschwommene Schatten des Wipfels einer der Tannen da oben. Er bewegte sich riesig vor und zurück. Vor und zurück.

So war das, Breitenstein. Und du schliefst mittlerweile traumlos den tiefen Schlaf, den Borer dir zubereitet hatte. So tief war er, daß Samuel am Morgen ziemlich verspätet und so gegen acht erst auf dem Frontlenker starten konnte. Mit dir vorne, und mit dem Stummen auf der Brücke.

Ja, mit dem Stummen, und Loth freute sich, daß er für ein paar Stunden von der Baustelle, der Baracke und von diesen Bäumen mit ihrem Rauschen wegkam. Zwar hatten die Bäume sich verändert. Vor allem da unten an der Strecke, wo der Frontlenker jetzt durchkam, sahen sie nicht mehr gescheckt aus. Der Wind hatte ihnen seit dem letzten Mal, da Loth hier vorübergefahren war, fast alles Laub von den Ästen gerissen. Ausgehungert sahen sie aus, das Laub lag braun und schwarz auf der Straße im Regen, und man sah, wie die Reifen breite, glänzende Spuren darauf hinterließen.

Gut, daß Breitenstein und er diesmal mitfuhren. Samuel allein hätte mindestens drei Stunden gebraucht, um nur dieses eine Stück oberhalb der Haarnadel freizuschaufeln. Und auch weiter unten hätte er viel Zeit verloren. Aber so ging's ziemlich rasch, sie beide liefen vor dem Lastwagen her, sie räumten die abgestürzten Brocken aus dem Weg, und Samuel konnte im Schritt nachfahren. Als es dann besser wurde, standen sie eine Zeitlang auf dem Trittbrett und sprangen nur ab, wenn man sah, daß der Frontlenker nicht durchkommen würde. Und von der Gabelung an ging's dieses ganze geteerte Schlußstück herunter wieder normal.

Häuser. Die ersten Häuser von Jammers. Loth erkannte sie wieder. Er schaute sie an, wie sie links und rechts hervorkamen und allmählich zwei lange Reihen bildeten, er schaute in die kleinen Vorgärten hinein, wie er da schön geschützt hinter der Lenkerkabine im Windschatten saß, bisweilen hörte er hinter sich die Stimmen, das waren Samuel, der am Steuer saß, und Breitenstein daneben, und eigentlich machte es ihm fast nichts aus, daß er allein da hinten auf einer Kiste saß, gegen den Regen hatte er sich das Stück Segeltuch, ein richtiges Zeltstück, umgelegt, und den Schutzhelm, den Kahlmann ihm gegeben hatte, den trug er auch.

Es roch nicht mehr nach Wald. Nicht nach Sprengschutt und nicht nach Baracke. Nach Straße. Noch immer nach Regen, aber auch nach Straße jetzt, nach Asphalt, nach Häusern, nach Jammers. Loth kannte diesen Geruch. Er kannte auch die Straße, durch die sie da kamen und die nun immer länger wurde, diese sehr lange, schnurgerade Straße, und gleich mußte die Ecke kommen, an der er gestanden hatte, und alles sah noch fast gleich aus, nur daß jetzt nichts mehr vor Hitze flimmerte und daß es ziemlich viel Verkehr hatte, Autos, einen parkierten Car, Mopeds, und auf dem Trottoir Leute und nicht wie damals: nichts als die leere, gerade Strecke, die nach nirgendwohin führte, und nur der Vater mit den beiden Koffern, wie er von der einen dieser Türen zur nächsten ging.

Dann kamen sie bei der Garage vorbei, und Loth kannte auch sie wieder. Sie war eine Garage mit Lakkierwerkstätte, und ihm fiel Benni ein, denn Benni hatte ihn damals mitgenommen. Loth, hatte Benni gesagt, kannst mitkommen, wenn du willst. Ich geh morgen nach Jammers.

Vielleicht war Loth jetzt richtig ein wenig eingenickt;

er schrak auf, als Samuel rief: Aussteigen, und da kletterte er rasch herunter.

Breitenstein war schon ausgestiegen. Also, Stummer, rief er, ich verzieh' mich. Ich geh jetzt.

Loth nickte.

Ich hab da noch was zu erledigen. Also, Stummer, bis nachher.

Loth hörte Samuel lachen. Samuel war auf der anderen Seite des Wagens. Breitenstein blieb nochmals stehen. Wie? fragte er zu Samuel hinüber. Man konnte Samuel von hier aus nicht sehen. Loth hörte ihn, wie er lachte und rief: Aufpassen sollst du!

Jetzt lachte auch Breitenstein: Wo aufpassen?

Dort, wo du hingehst, rief Samuel.

Meinst du, du hast eine Ahnung, wohin ich geh?

Tu nicht scheinheilig. Samuel tauchte vorn auf. Jedenfalls, sagte er, und lachte noch immer, gehst du auf die andere Seite. Und zu Loth: Stummer, was wetten wir, der geht auf die andere Seite?

Loth wußte nicht, was Samuel meinte. Aber er lachte zur Sicherheit auch und kniff einmal zum Zeichen, daß er im Bild war, ein Auge zusammen.

Jetzt lachten beide laut auf. Siehst du, rief Samuel, auch der durchschaut dich. Also, viel Vergnügen. Und, wie gesagt, paß auf, daß – man konnte ihn jetzt kaum verstehen, so sehr lachte er, – daß du dir nichts verbrennst! Denk an mich. Um halb eins wird übrigens hier wieder gestartet!

Sie gingen, Samuel über den engen Hof in das alte Gebäude; das war die Bauleitung, und Loth erkannte sie wieder; Breitenstein die Straße weiter davon. Er geht auf die andere Seite, dachte Loth; er stand noch immer auf seinem Platz und blickte Breitenstein nach. Er hinkt, dachte er. Das fiel ihm erst jetzt auf, erst hier, wo Breitenstein auf einer flachen, festen Straße davonging.

Er schlenderte ein bißchen in Richtung Garage. Das Zeltstück, eine richtige Zeltbahn mit Schnüren, zog er dichter zusammen. Er dachte nicht daran, daß er mit diesem merkwürdigen Umhang und obendrein mit dem Schutzhelm auffiel. Die Radfahrer, die ihm entgegenkamen, schauten zurück, und auch ein paar Frauen, die mit ihren Markttaschen heraufkamen, schauten und blieben manchmal sogar stehen, um zu sehen, wie er wirklich aussah, und wo er hinging. Und dann hatte er die Seitenstraße wieder vor sich, mit der Stelle, wo damals die NSU gestanden hatte, und er sah alles wieder, die Ecke und die Fahrräder und die Kerle mit den blitzenden Rädern und die scharfe Linie des Schattens, der immer näher auf ihn zu kam; für einen Augenblick roch er wieder den Fluß, dann ging er links ab dem Geruch nach oder genauer: ihm entgegen, er erinnerte sich, er hatte daran gedacht, zur Aare hinunterzugehen, aber er hatte die NSU hüten müssen und den Schlüssel, und er war darum dageblieben, drüben an der Ecke, die jetzt so kahl und verloren war.

Noch sah alles fast gleich aus, höchstens kleiner: die schmale, gepflasterte Straße, die von weit unten, von der Brücke her den Fluß entlang heraufführte, die Schuppen, zwischen denen man gegen die offene Aare hinausblicken konnte, die dürren, schmutzigen Grasstreifen vom einen Schuppen zum anderen, der rostige Zaun zuhinterst mit seinen aufgerissenen Drähten, wo vielleicht nachts die Fischer einstiegen, weil Fischen verboten war, – alles und wohl auch das Wasser, das man allerdings von da aus nicht sehen konnte, sah noch fast gleich aus. Hier herauf waren sie mit der NSU gekommen, der Vater und er, und hier hinunter waren sie wieder heimgefahren. An genau dieser Stelle, an der er jetzt die Straße überquerte, um zum Ufer hinüberzukommen, waren aber auch Benni und er dann mit den Fahrrädern vorübergefahren. Er hatte damals hier anhalten wollen, aber Benni hatte komm gesagt, denn sie hatten zur Lackierwerkstätte gehen müssen.

Er war jetzt drüben. Wie hier alles nach Fluß schmeckte, nach Kohlenschuppen, Rost, Regen, nach Glasscherben, tauben Nesseln, dürrem Wegerich, Schilf und Aare. Man mußte sich nur ein wenig bücken, seitlich abdrehen und das Zelttuch raffen, um durch die Öffnung zwischen den rostigen Zaundrähten ans Ufer hinaus zu kommen. Es gab da draußen einen ausgetrampelten Uferpfad, der Boden war halb überdeckt von Schwemmsand, richtige dürre Speerdisteln wuchsen drauf, Froschlöffel, kleine Wegerichbüschel und Helmkraut, von dem die kleinen, violetten Blüten längst abgefallen waren, und, eine Stufe tiefer und schon im Wasser, Schilf. An den letzten Schilflanzetten hing der Regen in kleinen Marmeln. Sie wurden gelb und schwarz und gelb vom Wasser, das dahinter ohne jeden Laut vorüberströmte. Der Fluß war gelb geschwollen. Er blitzte nicht. Loth ging eine zeitlang nebenher aufwärts. Als er zu der Stelle kam, wo ein rostiges Teerfaß lag, direkt hinter einem Schuppen, schob er die Schuhe durch die Brennesseln und setzte sich auf das Faß. Er blickte sich um. Nichts. Geflüster vom Regen auf dem Schuppendach hinter ihm und in den Nesseln. Ab und zu Gezischel im Schilf. Nichts sonst. Plötzlich das nahe Drriet, Drriet eines Strandläufers. Er hockte braunschwarz gesprenkelt auf der nackten Uferböschung, keine zehn Meter flußaufwärts, und rief seinen Ruf aufs vorbeiziehende Wasser hinaus. Loth zog die Zeltplane fester um sich. Von gegenüber strich manchmal Rauch aus den Kaminschloten der Färberei auf den Flußspiegel hinab, von einer der Böen weggewischt, die wenig später da drüben eintrafen und die nicht hohen, bis zum Gürtel im Wasser stehenden Schilfgestalten zischend niederdrückten.

Je länger Loth nun durch das Schilf aufs Wasser hinausschaute, umso deutlicher kam Benni ihm wieder in den Sinn, und wie sie zusammen in die Lackierwerkstätte hatten gehen wollen. Er hatte bei der Einfahrt gebremst und war abgestiegen. Komm, hatte Benni gesagt, da drin kannst du warten. Aber Loth hatte nicht warten wollen. Auf dem ganzen Herweg, vielleicht schon seit dem Tag vorher und fast die ganze Nacht über hatte er überlegt, wie er Benni dazu bringen könnte, mit ihm zum Gefängnis zu fahren. Mit seinem merkwürdig nachdenklichen Blick, den er manchmal hatte, stand Benni vor ihm und schaute ihn an und ging dann hinein. Aber Loth wußte auch so, wo das Gefängnis war. Von hier aus, dachte er, könnte man sogar mit einem Boot, wenn es da eins hätte, hinunterfahren, alles auf dem gelben geschwollenen Fluß hinab, bis dorthin, wo es rechts und links keine Fabriken, keine schönen Häuserfronten und Brücken und Kasernen mehr gab, offenes Feld nur und rechts drüben, nahe am Wasser, das Gefängnis. Loth trieb mit dem Boot an Land. Er hörte das Knirschen, als der Kiel auf dem Sand auffuhr. Er stieg aus. Das Gefängnis. Deutlich stand es vor ihm, die hohen, abweisenden Mauern mit den einbetonierten Glasscherben obendrauf, der Stacheldraht, dahinter die grauschwarze Front, die Gitterfenster, die Stille. Diese Stille, und niemand konnte weder hinein noch hinaus. Er ging die Böschung hinauf. Oben bei der Einfahrt blieb er stehen. Ja, so sah das aus. Genau so sah das aus, wie er es sich ausgedacht hatte: grau und schweigsam. Er war am richtigen Ort. Er hatte noch Zeit, und Benni konnte noch nicht zurück sein. Er ging nahe ans Tor. Es war zu. Natürlich, sie hatten es zugemacht, damit niemand hineinging. Es wäre einfach, wenn die Soldaten ihn doch festgenommen hätten; aber vielleicht kam jemand, wenn er noch eine Weile wartete.

Er schaute durch die Eisenstäbe in den Hof, die Mauern entlang und hoch gegen die Gitter hinauf. Dort ist er, und er erinnerte sich plötzlich wieder, warum er hierher gekommen war; dort, hinter einem dieser Gitterfenster, dachte er, und möglicherweise ist er sogar mit einer Kette an die Mauer festgelötet worden, er trägt einen Balken quer über den Nacken, sie geißeln ihn, und sie spielen Eile mit Weile. Für einen Augenblick sah Loth die Knechte, wie sie spielten. Sie lachten. Die Hitze schoß in ihm hoch. Ich gehe

hinein, dachte er plötzlich. Ich gehe todsicher hinein –
Er fuhr zusammen. Hinter ihm hupte ein Auto, zwei-
mal, es war schon da, dicht hinter ihm, dicht neben
ihm vor dem Eisentor. Es hielt. Wieder hupte es. Ein
neuer Kastenwagen, ein vw-Kastenwagen, grau. Er
blitzte in der Sonne. Und da hörte man die Schritte
über den Hof. Loth zog sich rasch an den Türpfosten
zurück. Er hörte den Schlüssel im Schloß knirschen
und hörte, wie das Eisentor aufsprang. Als der Kastenwagen nahe an ihm vorbeirollte, sah er den Mann
am Lenkrad, aber der schaute ihn gar nicht an, er
fuhr langsam vorüber und hinein, er hielt, der Gefängnismann stand vorn aufs Trittbrett, man hörte es,
dann fuhr der Wagen weiter. Loth dachte nichts weiter als hineingehen, er spurtete hinter dem Wagen
her. Aber der Wagen fuhr zu schnell, und als der Abstand zwischen ihnen immer größer wurde und der
vw-Kastenwagen abdrehte und links hinaus davon
fuhr, verlangsamte Loth wieder das Tempo und blieb
bald stehen. Mauern, ein weiter Hof, und nur etwa
sieben Meter rechts von Loth gab es ein zweites, schma-
leres Eisentor, und schon von hier konnte man sehen,
daß dahinter noch ein Hof war.
Langsam ging er näher. Links hinten war der Wagen
verschwunden. Auch rechts lag alles leer in der Sonne,
und nur der Schatten, den Loth auf den Kies warf,
bewegte sich knapp vor ihm her. Noch bevor er das
Gitter erreichte, sah er die Gestalten. Es waren zwei,
drei, es waren vier und noch mehr, und sie gingen jenseits des Gitters, vielleicht drei Meter vom Gitter weg,
hintereinander vorüber, aber jeder für sich, mit ziemlich großem Abstand. So still war das, so merkwürdig

ruhig, und die Männer hatten so komisch grauschwarz gestreifte Anzüge an, daß Loth rasch dicht an die Mauer ging und sich kaum umzublicken wagte, bevor er sich von der Seite her auf das Tor zu schob. Er beugte sich an der Ecke vor und schaute hinein.

Da waren sie wieder. Es waren ihrer mehr, als er sich vorgestellt hatte, und sie gingen noch immer am Tor vorüber. Aber sie gingen auch weiter, das sah er erst jetzt: weiter und in großem Bogen um den Rasen in der Mitte herum; auf der anderen Seite kamen sie wieder in der entgegengesetzten Richtung und verschwanden dann um den Torpfeiler, hinter dem Loth hier stand. Wie düster das aussah. Und eigentlich schauten sie doch nicht alle so sehr einander ähnlich, wie Loth zuerst gedacht hatte. Es gab einen, der klein war; einer, der eben jetzt an Loth vorüber ging, hatte schlohweißes, fast ganz abgeschnittenes Haar. Kurzgeschoren waren sie überhaupt alle. Einer war lang und hatte die Arme über die Brust gekreuzt und schaute beim Gehen auf seine Füße hinunter. Und jetzt kam einer, und Loth wußte, das war der Vater, er wußte es, wußte es, obgleich er nichts als den breiten Rücken sah und den Nacken und den geschorenen Kopf, er wußte es, wagte kaum zu atmen und sah ihm nach und konnte sich nicht mehr wehren: er ist es, ging es ihm durch den Kopf, er ist's, er ist da, dort geht er, langsam und stumm geht er weiter; Loth spürte, wie von den Knöcheln her das Zittern an ihm herauf kam, und er konnte dennoch nichts anderes tun als dastehen und durch die Stäbe blicken und zuschauen, wie der Vater immer weiter ging und schon fast auf der anderen

Seite war. So hörte er kaum, daß jemand Loth! rief, laut: Komm jetzt! Loth!, er hörte es kaum und schaute nicht um, und erst als er sah, wie der Vater drüben den Kopf hob und plötzlich stehen blieb und herüber blickte, da packte ihn das Entsetzen, und er rannte zurück.

Das Tor war zu. Draußen stand Benni. Er schaute ihm entgegen, und als Loth schon fast am Tor war, sah er auch den Mann, den Gefängnismann, der von rechts herangekommen war.

Du, halt einmal, sagte der Mann, als sie am Tor zusammenkamen, wo kommst du denn her.

Loth blickte ihn an, dann blickte er Benni an.

Wo du herkommst. Der Mann steckte den Schlüssel ins Schloß, aber er tat nicht auf. Loth fühlte den Blick.

Haben Sie eine Ahnung, wie der hier hereinkam? fragte der Mann jetzt Benni, der draußen stand.

Benni schüttelte langsam seinen Kopf. Ahnung, sagte er, nein. Aber, fuhr er fort, er da, der ist stumm. Ein Stummer. Er gehört zu mir. *Ich* habe geläutet.

Sie meinen, er ist also nicht richtig im Kopf, sagte der Mann, und Loth sah, wie er seinen Kopf anschaute. Der Mann zog einen der Türflügel einen Spalt weit herein. Und Sie, sagte er, passen Sie besser auf den da auf. Wer weiß, was sonst noch passiert. Wird hinter dem Gemüsehändler her hereingekommen sein. Nicht? fragte er Loth.

Loth nickte.

Verschwind jetzt, sagte der Mann.

Loth ging hinaus. Komm, sagte Benni, und dann war nichts mehr außer dem gelben geschwollenen Fluß und dem Flüstern des Regens und dem lauten Davonspurren des Strandläufers in der Luft.

Immer noch jagten die Windstöße den Rauch der Färberei gegenüber aufs Wasser hinunter, und einen Moment lang roch Loth deutlich den Geruch von verbranntem Leim. Auf die andere Seite –: er hörte für einen Augenblick Samuels Lachen wieder, und Samuel, wie er rief: Was wetten wir, Stummer, der geht auf die andere Seite? Dieses Lachen, in dem etwas verdeckt war, Gier, Neugier. Was konnte los sein mit der anderen Seite. Warum hatte Samuel gewußt, daß Breitenstein dorthin ging. Wie, wenn es etwas zu tun hatte mit einer Frau, wenn es das war, wenn, dachte Loth plötzlich, wenn Breitenstein dort hinüberging, weil die Frau dort war, Martha, und Breitenstein war jetzt zu ihr gegangen? Langsam stieß er sich von dem Teerfaß ab und begann weiterzugehen, hinter den Schuppen und den alten Magazinen und den alten, feuchten Häusern das Ufer entlang weiter, immer schneller, bis er in seinen Langstreckenlauf fiel, und er lief jetzt ziemlich rasch und ohne auf den aufgeweichten, schmalen Uferpfad zu achten, alles den Fluß hinunter, mit vorgestrecktem Kopf. Er wußte, daß davorn die Brücke kommen würde. Sie führte vom Marktplatz von Jammers in die neuen Quartiere hinüber. Die neuen Quartiere waren zwar auch schon wieder alt geworden, man nannte die andere Seite nur immer noch so, obgleich es dort drüben, soviel Loth wußte, nur alte Fabriken und ein paar Werkstätten hatte und Kneipen; noch ein paar Meter, und dann war die Brücke in Sicht. Loth lief rasch und gleichmäßig. Den Zeltumhang hatte er zurückgeschlagen. Den Schutzhelm nahm er, als er in die Steigung gegen die Brücke zu kam, unter den Arm, um besser hinaufspurten zu können. Sein Atem rasselte, und das harte, gleichmäßige Schlagen seiner Nagelschuhe tönte lauter, als er über die Brücke lief.

An den Bäumen lag's nicht. Die Bäume, die waren in Ordnung. Im Grunde wußtest du das natürlich auch. Komisch war nur, daß du das dumme Gefühl trotzdem nicht losbrachtest. Es hatte dich kurz nach Arbeitsbeginn gepackt und kurz nachdem Samuel mit dem Frontlenker und mit Breitenstein und dem Stummen in Richtung Jammers gestartet war. Ihr hattet wieder begonnen, du und Luigi Filippis, Kehrer, Muralt und Heim; von der Rollbahnmannschaft fehlte nur Breitenstein, und du hattest zugeschaut, bis Borer mit seiner Traxschaufel unter zwei Malen deinen Rollwagen gefüllt hatte; du nahmst mit der Schaufel zusammen, was an Sprengschutt daneben gegangen war oder was sonst noch so um deinen Karren herumlag, dann schlugst du den Keil heraus.

Vier, fünf Schienenlängen, das war die ganze Strecke. Rund vierzig Meter. Dein Wagen rollte an, du stelltest dich wie immer auf den Rahmen, die Linke am Bremskeil. Leichter Druck auf den Keil genügte, um die Beschleunigung auszugleichen. Schwankend und nicht eben rasch, im richtigen Rolltempo, fuhrst du aus der Bohrerzone, aus diesem Tackern der Motoren, gegen den Wind, hinunter. Und da war es dann mit einemmal da, und du dachtest plötzlich: da kommen die Bäume auf mich zu. Über den rollenden Wagen weg und den kleinen Schuttberg, der sich darüber erhob, schautest du geradeaus. Der Regen klatschte dir ins Gesicht, und zwischenhinein mußtest du den Kopf tief nach vorn einziehen, damit dir der Hut nicht weggerissen wurde. Doch wenn du wieder aufschautest, da sah man's deutlich: sie kamen näher, links herauf aus der Gegend, wo die Baracke stand, und von rechts her. Sie rückten vor, natürlich unendlich langsam, eine dunkle, rauschende Wand. Eine Wand aus Stämmen und Ästen und wildschlagenden Zweigen. Aber nicht nur vor, auch näher zusammen rückten sie, wenigstens ganz unten, wo die Rampe sich im Dunkeln verlor.

Kein Zweifel, das war eine optische Täuschung. Sie hatte wohl mit dem dusligen Licht, das da unten in den Bäumen hing, zu tun. Siehst du, Grimm, und obgleich du dies wußtest, blicktest du dich noch im Fahren um und schautest nach, ob Muralt schon hinter dir herkam; und als du auf den Bremskeil gingst und den Karren stopptest, weil du bereits ganz unten warst und kippen mußtest, da blicktest du noch einmal zurück und hofftest, Muralt käme schon hinter dir her. Aber Muralt schaufelte oben in aller Seelenruhe erst einmal seinen Wagen voll. Du warst allein. Das warst du zwar hier unten schon Hunderte von Malen gewesen. Doch diesmal war's damit anders; allein mit den Bäumen warst du, und die Bäume, die kamen, langsam, auf dich zu.

Natürlich glaubtest du's nicht. Die Bäume, die waren bestimmt in Ordnung. Das wußtest du. Wie kämen Bäume dazu, sich kaum merklich und unaufhaltsam näherzuschieben. Du kipptest dann an der Rampe den Wagen aus, und es war reiner Zufall, daß du noch einmal straßeabwärts zur schweren Föhre, die dicht neben der Rampe stand, hinüberschautest. Jetzt stand sie still. Man hörte, wie sie sich ächzend aufrecht hielt. Nun gut, die wenigstens blieb, wo sie war. Du hängtest die Wiege wieder ein. Zurück jetzt. Ein Blick noch hinüber. Wie du sie nun anschautest, da warst du schon wieder nicht mehr so sicher. Sie stand zwar unbeweglich auf ihrem Platz, die kleineren Föhren, die fast kahlen Haselstauden und die Buchen und alle die Tannen neben und hinter sich, aber gleichwohl schaute sie jetzt so nahe aus, so ein bißchen vorgeschoben, so als hätte sie in der Zwischenzeit starr einen heimlichen Zug nach vorne getan. Rasch legtest du den Keilsparren in die Karre, stemmtest dich, schwer nach vorn übergewinkelt, mit beiden Armen gegen den Rollwagen und schobst los, die Schiene aufwärts. Fort, dachte etwas in dir, fort und hinauf jetzt, so rasch wie möglich zu den anderen zurück. Aber schon nach kaum zwölf oder fünfzehn Schritten hieltest du inne. Erstens einmal kam dir nämlich in den Sinn, daß man warten mußte, bis Muralt mit seinem Wagen auch hier unten eingetroffen wäre; Ausweichstellen gab's nur ganz unten oder natürlich ganz oben; und zweitens war das einfach idiotisch, hier so wild den Wagen hinaufzustemmen. Ein Wagen, das waren immerhin so an die drei Doppelzentner Leergewicht. Du bliebst also stehen, keuchtest. Und du schautest zurück, ohne genaue Absicht. Deine rechte Schulter hielt den Wagen, und über die linke Schulter weg konntest du sie jetzt deutlich sehen, wie sie vorrückten. Die Föhre stand allerdings nicht mehr ganz so weit vorgeschoben, die anderen hatten ziemlich dicht aufgeschlossen, und langsam, ohne den Lärm des Rauschens zu verstärken oder abzuschwächen, kamen sie, eine geschlossene Wand aus Wald, heran.

147

Du warst nicht nur naß vom Regen, als du oben wieder ankamst. In richtigen Bächen lief dir das Wasser über den Hals in die Brust hinunter. Du mußtest überhört haben, daß Kahlmann Pause gegeben hatte. Oder war das ein Unterbruch, und Kahlmann hatte angeordnet, daß man zurückging? Tatsächlich prasselte der Regen jetzt in wahren Sturzbächen schräg in die Baustelle herein. Ja. Hier oben wurde geräumt, das war klar. Mit seinem langen, eleganten Schritt ging Luigi Filippis an dir vorbei. Zurück! schrie er und verschwand rasch der Baracke zu im grauen Regenschleier. Die Motoren hatten ausgesetzt. Schon kamen auch Borer und Heim vorüber. Was sie riefen, konntest du in diesem verdammten Regengetöse nicht verstehen; du setztest rasch den Keilsparren an, schlugst ihn hinein und gingst los, die Rampe hinunter. Es sah komisch aus, wie die beiden vor dir herstolperten und versuchten, mit kleinen Sprüngen wenigstens die schlimmsten der schon schwer geschwollenen Tümpel hinter sich zu bringen. Im Grunde warst du froh, sie vor dir und die übrigen hinter dir zu haben und zwischen den Bäumen und dir den schweren, flatternden Regenvorhang.

Nicht lange, und fast die ganze Gruppe war dicht gedrängt im Vorraum beisammen. Die dreckverklumpten Schuhe von Luigi Filippis standen hinter der Tür, und durch die offene Innentür hörte man das Geprassel des Ofenfeuers, das Filippis schon hochgebracht hatte.

Keine einzige! fluchte Kahlmann draußen, und in diesem Moment kam er auch schon mit den letzten herein, mit Ferro und Chavaz und dem jungen Filippis. Wahrscheinlich sprachen sie von den Sprengungen. Sie brachten die Sprengkiste herein. Sie stellten sie mitten in den Raum, und mit dem Schuh öffnete Kahlmann den Deckel. Da, schau dir's an, sagte er.

Das konnte ich doch nicht wissen, erwiderte Chavaz.

Kahlmann: Wie?

Daß es plötzlich wieder so gießen würde, das konnte ich doch nicht wissen. Und im übrigen, sagte Chavaz: der Stumme hat schon gestern den Deckel offengelassen.

Ferro: Jetzt hör aber auf!

Der junge Filippis bückte sich und zog die zwei Bündel Zündschnur heraus. Sie trieften vor Nässe. Auf dem Kistenboden, in dem Fach, wo sie gelegen hatten, sah man Wasser.

Und die Spule? fragte Kahlmann.

Der junge Filippis nahm sie auch heraus. Versoffen, murmelte Ferro.

Los, sagte Kahlmann, hängt die Schnüre an die Ofenwand.

Chavaz und der junge Filippis schauten sich einen Moment lang an.

Ja, ja, nur zu. In gut einer Stunde sind sie trocken. Könnt euch beim Wachestehen ablösen.

Filippis und Chavaz gingen mit den Schnüren hinein.

Da läßt dieser Schafskopf den Deckel offen!

Chavaz erschien im Türrahmen. Meinst du mich?

Kahlmann: Weitermachen. Ich hab keine Lust, hier oben zu überwintern.

Chavaz war rot angelaufen. Man sah, wie er noch etwas erwidern wollte, dann verschwand er.

Für einen Augenblick war es jetzt wieder bis auf das Rauschen draußen und auf das dumpfe Knattern der Segeltuchplane, das hereintönte, still. Ihr standet den Wänden entlang einander gegenüber. Du lehntest dich vorsichtig an Ferros Motorrad, das zugedeckt dahinten stand. Ferro schaute zwar zwei-, dreimal herüber, aber er sagte nichts. Nur Borer fragte in die Stille hinein: Wann willst du beginnen?

Auch wenn er dabei Kahlmann nicht anschaute, vielmehr das Wasser, das von der Außenwand her und von euren Schutzzelten zusammenrann und um die Kiste herum eine Lache bildete, nicht aus den Augen ließ, wußtet ihr doch alle, daß er Kahlmann meinte, Kahlmann und den Kuppenkopf.

Noch früh genug, murmelte Kahlmann. Kannst dich drauf verlassen.

Niemand hatte anscheinend Lust, das Thema weiterzuführen, immerhin blieb's merkwürdig lange ruhig, bis Kahlmann plötzlich lachte: Weißt du, Borer, länger, als du brauchst, um deinen Benzinkanister wiederzufinden, brauchen wir, um den Kuppenkopf umzulegen, bestimmt nicht.

Aber außer Kahlmann hatte keiner das Gefühl, daß das lustig war. Ihr schautet alle dem Wasser zu, wie es um die Kiste lief und diesem Loch entgegensickerte, das Ferro kürzlich mit dem Stemmeisen geschlagen hatte.

Eins kann ich dir ja sagen, gab Borer endlich an: wenn ich den erwische, der ihn mir gestohlen hat, dem schlag ich die Knochen weich.

Richtig, Borer, sagte der alte Muralt plötzlich, wehre

dich ruhig. Wer hier oben Material stiehlt, ist ein Lump.

Ich mach ihn fertig, sagte Borer.

Und du, Grimm, sagtest dann: Was wollt ihr eigentlich, hier hat doch keiner geklaut. Ich wenigstens kann mir das nicht denken.

Und Kehrer, zu dir gewandt: Einen Benzinkanister! Wenn's wenigstens noch Geld wäre, wenigstens ein Hunderter.

Borer: Er wurde gestohlen, da gibt's nichts.

An Borer vorbei durch das Fenster sah man den Regen und dahinter, verwischt, die Bäume. Ob sie weiter vorrückten, fiel dir plötzlich wieder ein; wie, wenn es wirklich so wäre und sie rückten Schritt für Schritt vor und würden mit einemmal wieder da stehen, wo sie früher immer gestanden hatten, und sie ließen sich nicht mehr zurückdrängen, bis alles, was ihr da während all dieser Wochen und Monate gebaut hattet, wieder in ihrem Besitz wäre? Wußte man denn, wieviele ihrer da noch standen und heranwuchsen, hinter allen diesen Stämmen, die allein schon die Baustelle säumten? War einer von euch jemals weiter als ein paar Schritt in die Wälder hinauf und westwärts gegangen?

Wie, wenn es wirklich so wäre, meinte Muralt jetzt: wenn tatsächlich einer von uns hier gestohlen hätte, was meinst du, Kahlmann, müßte man die Sache nicht untersuchen?

Und Kehrer: Ich mein' auch, mit Lachen, wie Breitenstein das tut, ist's nicht getan. Borer hat recht, daß er sich das nicht gefallen läßt. Ob man nicht die Polizei –

Komm, hör auf. Polizei, hier oben! Entweder Borer hat ihn verloren, dann ist der Fall erledigt, und passieren kann sowas jedem. Oder Borer ist sicher, daß der Kanister gestohlen wurde, dann aber geht das nur uns an, niemand anders. Ist doch klar.

Borer: Ich weiß es bestimmt.

Und Kahlmann: Weißt du auch wer?

Und Borer dann: Nein.

Also. Hört doch jetzt endlich auf.

Die Frage wird wohl sein, sagte Heim da auf einmal, und ihr wart buchstäblich überrascht, daß der kleine Heim etwas sagte: die Frage ist, soll hier unter uns ein Diebstahl geschehen dürfen – Heims Stimme zitterte geradezu vor Aufregung – ohne gerechte Strafe?

Kahlmann schaute ihn nachdenklich an. Weißt du, Heim, sagte er, so feierlich wollen wir's nun nicht noch aufziehen. Was wollt ihr, fragte er, und schaute euch der Reihe nach an, sollen wir denn eine Untersuchung einleiten, mit Einzelverhör und Bettenumkehren und was weiß ich noch alles. Ist doch wurscht. Was können wir schon unternehmen!

An die Tür wurde geklopft. Hör auf, sagte Kahlmann zu Ferro, der neben Kehrer an die Tür gelehnt stand. Was heißt aufhören, brummte Ferro. Er drehte sich um und öffnete die Tür.

Von deinem Platz aus konntest du nicht sehen, was an der Tür vorging. Aber es war mit einem Schlag doch so ruhig, daß das Rauschen, das Knattern von draußen hereinschwoll und man durch diesen Lärm durch zu hören vermochte, wie eine Jungenstimme sagte: Ich suche einen Hund. Einen Schäferhund. Vielleicht weiß von hier jemand, wo er ist? Dann sagte Ferro: Wart' mal.

Er drehte sich um. Ein Junge, sagte er. Sucht einen Schäfer.

Das Wasser hatte jetzt rings um die Sprengkiste eine breite, geblähte Lache gebildet, und mit seiner langen Zunge leckte es bereits bis zum aufgesplitterten Rand des Lochs neben der Innentür, wo Luigi Filippis und Chavaz standen. Der Ofen prasselte. Von draußen herein dieses wilde Aufknattern. Niemand sagte etwas. Die Tür hinter Ferro stand offen.

Komm wenigstens ans Trockene. Kahlmann beugte sich vor. Komm nur, sagte er.

Einen Schäfer? fragte Heim jetzt. Du sahst, wie Chavaz Heim mit dem Ellbogen scharf anstieß.

Ferro und Kehrer waren inzwischen ein wenig von der Tür weg auf die Seite getreten. Man konnte den Jungen sehen; er stand knapp außerhalb der Schwelle auf der Türplatte und schaute euch an.

Komm nur, brummte Kahlmann. Komm herein und setz dich da drin neben den Ofen, wenigstens bis das Schlimmste vorüber ist.

Das Schlimmste? fragte der Junge. Er trug eine braune Pelerine, und mit seiner tief ins Gesicht gezogenen Kapuze sah er wirklich fast wie ein Zwerg aus. Ein Zwerg, der sich unter die Menschen verirrt hatte. Er schien Kahlmann nicht richtig verstanden zu haben; noch immer schaute er ihn unsicher an.

Los, nur herein, Kleiner, und jetzt trat er ein, und
Luigi Filippis ging mit ihm hinein zum Tisch.

Und wieder war's so, daß keiner etwas zu sagen hatte,
und man konnte von drinnen den langen Filippis hören, wie er mit dem Jungen redete. Das heißt, eigentlich redete Filippis allein. Ferro hatte die Türe nicht
wieder ganz geschlossen. Er zog sie jetzt auf und trat
auf die Schwelle. Seine breite Gestalt füllte den
Rahmen fast aus. Dir konnte es nur recht sein, daß
etwas frische Luft hereinkam. Wenn damit auch die
Kühle wieder hereinströmte, so konnte doch wenigstens der Rauch abziehen.
Es bessert, meldete Ferro von der Tür aus, er beugte
sich ein wenig vor, wahrscheinlich um zu sehen, ob die
Wolken noch immer so dicht und dunkel knapp über
die Baracke wegschleiften und noch immer neue Regen-
güsse hereinschleppten.

Wie wär's, Kahlmann, fragtest du, wenn du uns ein
wenig erzähltest, wann du hier fertigmachen willst?
Es war, da hattest du recht, Grimm, an der Zeit, daß
man das endlich hörte.
Spätestens Mitte Oktober, hat es im Juli geheißen,
werden wir nach Jammers zurückkommen, meinte
Chavaz halblaut.
Und der junge Filippis: Heute ist der Neunzehnte.
Kehrer, laut: Und die zu Hause? Grimm hat recht,
Kahlmann.
Dort, sagte Kahlmann, hängt der Plan. Mit dem Kopf
deutete er gegen die Wand hinter dir hin. Und ohne
näher zu kommen und bestimmt ohne auf diese Di-

stanz die Einzelheiten sehen zu können, redete er weiter: Du siehst die Baracke.

Ja, sie war drauf, natürlich. Ein schwarzes Rechteck, etwa fünf auf acht Millimeter.

Wir stehen jetzt hundertzwanzig Meter weiter vorn. Ich hab's gestern eingetragen. Ja, klar. Der rote Strich, an der vierten Kurve von der Baracke aus. Die Paßhöhe siehst du auch. Also.

Und weiter, fragte Borer.

Kahlmann: Das kann sich wohl jeder jetzt ausrechnen.

Du meinst also, es ist ums Verrecken nötig, noch vor dem Einschneien oben den Anschluß herzustellen?

Kahlmann: Ich meine überhaupt nichts. Die drüben auf der Nordseite sind längst auf dem Paß.

Borer murmelte: Sagen wir, längst zu Hause. Und die Nordseite, wo die heraufgekommen sind, die hatte nicht diese Steigung drin, und diesen verdammten Regen, den hatten die auch nicht.

Und du, Grimm, sagtest. Und nicht diesen zähen Drecklehm.

Muralt war neben dich getreten. Er schaute an dir vorbei den Plan, wie er da hinter dir hing, an. Ich denke, sagte er, als alle schwiegen, ich meine, das geht noch so bis zum 20. November. Er drehte sich langsam um. Und vorher, Kahlmann, sagte er zu Kahlmann hinüber, kommt der Schnee.

Kahlmann lachte. Es klang wenig heiter. Schnee. Hört auf. Wir machen hier weiter, bis wir oben sind. Ist doch logisch.

Man merkte jetzt, daß er versuchte, euch nochmal anzuzünden. Sprüche wie: Durchhalten, Männer! Wer

wird schon von Schlappmachen reden! lagen einen
Moment lang in der Luft. Und du, Grimm, du merktest noch was anderes: daß keiner mehr Lust hatte.
Auch Kahlmann nicht. Er hatte nicht nur keine Lust
mehr, Kahlmann hatte Angst. Vor den Erdschlipfen
und dem Kuppenkopf und vor dem Schnee. Für einen
Augenblick und während man Muralts Gesicht anschaute, sah man den Schnee: schiefergraue Wolken-
wände hinter kahlen, verhungerten Ästen, der hohle
Pfeifton in der Luft, und Schnee. Er trieb in fetten
Flocken herein, immer dichter, Muralts altes Gesicht
verschwamm grau dahinter, und immer noch mehr
Schnee; lautlos verhüllte er Muralt, und schweigend
deckte er Rampe und Schotterzeug und den Trax und
den Preßluftmotor und alle die Tümpel mit seinem
kalkigen Verputz aus Kälte ein und hörte damit nicht
auf, bis er alles, was noch da war und lebendig war,
unter seiner Kalkdecke vergraben hatte.

Aus purem Zufall fiel dein Blick auf Chavaz. Chavaz
stand am Pfosten der Innentür. Erinnerst du dich,
Grimm: stand dort und starrte herüber. Es war der
großäugige Blick eines Katers; er hält sich auf dem
Steinbrocken, den man mit ihm zusammen in den Sack
tat, fest, und er hockt geduckt darauf und spürt, daß
gleich jetzt das Wasser hereinkommt, und er weiß,
das Wasser wird den Sack ausfüllen, und der Sack ist
oben zugebunden und wird mit dem Stein und mit ihm
da drin in die Tiefe ziehen. Er wartet. Sein Blick, aufgerissen, geht geradeaus. Chavaz sah dich nicht. Wahrscheinlich sah er nur diese komischen Dinge, die vielleicht nicht einmal miteinander zu tun hatten – den

Schäfer, die Regenrinnsale im Lehmdreck, die Kuppe, den Benzinkanister, den Schnee, die Bäume: diese Bäume, die auf ihn zukamen. Vielleicht sah er auch noch die Barackenfenster, wenn nachts im Licht der Karbidlampe die Regenstriemen merkwürdig golden daran glänzten, und den Jungen mit dieser Kapuze; und vielleicht hörte er auch noch das Tackern der Motoren, den Sprengalarm von Ferros Horn, das Knistern der Zündschnur und nachts da draußen das Knattern, wenn der Sturm an der Segeltuchplane zerrte und wenn einer im Schlaf aufstöhnte; und Samuels Stimme hörte er vielleicht: Nichts zu machen, Kahlmann, ich komm nicht mehr durch, wir sind abgeschnitten –

Ja, Grimm, Chavaz hatte für einen Moment diesen komischen sturen Blick im Gesicht, und sein Kiefer hing schlapp herunter. Immer noch mußtest du ihn anschauen, und du verstandest eigentlich nicht recht, was mit ihm los war. Muralt fragte, nachdem er vom Schnee geredet hatte, in aller Ruhe: Verstehst du, Kahlmann, die Sache mit der Kuppe ist doch ziemlich gefährlich. Sie interessiert uns. Wie willst du das drehen? Ich nehm an, ihr macht das bald in Ordnung, du und der Sprengtrupp.

Vom Sprengtrupp fehlte hier nur der Stumme. Ferro, der junge Filippis, Chavaz und Kahlmann waren da. Du kontrolliertest mit einem Seitenblick zu Ferro hinüber, wie Muralts Worte wirkten. Ferro schien sie überhaupt nicht gehört zu haben. Er hatte den mächtigen Kopf hinten an die Wand gelehnt, seine Augen waren halb geschlossen. Nichts bewegte sich in seinem

Gesicht, nur plötzlich ganz leicht diese Bewegung der Lippen, und er sagte halblaut: Arsch. Hat doch nichts mit Sprengtrupp zu tun. Das kann jeder, dort oben eine Ladung anbringen, anzünden und abhauen.

Und jetzt, Grimm, du erinnerst dich, passierte die Geschichte mit Chavaz. Chavaz bekam ein graubleiches Gesicht. Sein Blick war nicht mehr starr, er war aufgerissen und kreiste an eueren Gesichtern entlang. Nein, sagte er, noch immer leise und mit einem viel zu kurzen Atem: nein, Kahlmann, sagte er, und schlich auf einmal von der Innentür weg und hinein, und dann hörte man, wie er halblaut zu jammern anfing, immer lauter: nein, ich nicht, nein, nein –

Ihr standet an der Innentür. Neben Kehrers Kopf vorbei konntest du beobachten, wie Chavaz vor seinem Khakifeldbett kniete und in wildem Eifer seine Sachen in Koffer und Sack verstaute. Kahlmann fragte mit seiner unheimlich ruhigen Stimme, die er manchmal hatte: Chavaz, willst du verreisen.

Vielleicht, daß einer von euch jetzt hätte hineingehen müssen, Kahlmann oder Muralt oder vielleicht auch der alte Ferro. Zu Chavaz hineingehen, ihn vor der Brust packen und ihm wortlos einen Direkten versetzen. Möglicherweise wäre Chavaz erwacht. Aber es ging jetzt keiner hinein. Übrigens war ja auch noch dieser Junge mit der Kapuze da. Man sah ihn, wie er neben dem Ofen am Tisch saß und unverwandt an Luigi Filippis vorüber auf Chavaz schaute.

Chavaz war fertig. Er stand auf, schwang sich seinen Rucksack über die Schulter, nahm den Koffer auf und kam mit schweißigem Gesicht auf euch zu. Er keuchte, mit offenem Mund. Er sagte nichts. Rasch kam er auf euch zu. und ihr machtet automatisch Platz. Er sah keinen an, er blickte einfach so ins Leere, schob sich durch die Tür und stolperte hinaus.

Du kamst, als ihr euch vor der Außentür sammeltet, neben Ferro zu stehen, und alle schautet ihr Chavaz nach. Nicht mal die Hand gibt er einem, wolltest du zu Ferro sagen, aber da sahst du noch rechtzeitig sein Gesicht von der Seite her an. Ferros graue Stoppeln bewegten sich. Man merkte, wie er an der Unterlippe kaute, die wässerigen Augen mit den Säcken darunter waren zu Schlitzen zusammengekniffen und folgten der Gestalt von Chavaz, der bereits den Rand der Rampe erreicht hatte und nun hinunterging. Als er auf der Höhe der Küchenbaracke war, sah man nur noch undeutlich den riesig bepackten Sack, wie er rasch kleiner wurde, wie er rasch im Dämmer der Bäume verschwand. Und obgleich also jetzt nichts mehr zu sehen war, arbeiteten die Muskeln in Ferros Gesicht unruhig weiter, und auch seine Augen blickten weiterhin zur Rampe hinüber. Du konntest sehen, wie seine Linke sozusagen instinktiv in seine Brusttasche glitt und langsam die kleine Flasche hervorzog, wie der Daumen, ohne daß Ferro irgendetwas dazu tat, den Flaschenverschluß aufdrehte, und dann wehte dich der scharfe Schnapsgeruch an, und Ferro trank.

Also, sagte Kahlmann, machen wir weiter.

Und tatsächlich, bis auf ein nebliges Sprühen hatte der Regen aufgehört, man holte drinnen noch etwa die Hüte und die Schutzzelte, und zusammen mit euch kam dann auch der Junge heraus. In einem Abstand von vielleicht fünfzehn Metern kam er noch eine Weile lang hinter euch her, dann fiel er immer weiter zurück, und zuletzt hörte man ihn rechts unten im Wald leise pfeifen. Es waren ein paar langgezogene Pfiffe, und sie wurden rasch leiser und ferner und hörten bald ganz auf. Oder wenn sie noch weiter dauerten, so konnte man sie wenigstens da oben nun nicht mehr hören, wo die Bohrer wieder loshämmerten und das Aufheulen des Traxmotors wieder so mächtig war, daß in seiner Nähe alles unterging. Ein solcher verdammter Lärm war das wieder, daß man geradezu froh sein konnte, mit dem Rollwagen davon weg und hinunterfahren zu können. Du ließest den Karren ziemlich scharf rollen, und nur vor den Nahtstellen gingst du leicht auf den Bremskeil. Und natürlich wieder ganz unten. Es brauchte einiges an Erfahrung, um einen voll laufenden Rollwagen bei diesem Gefälle rechtzeitig abzustoppen und doch nicht zu früh. Ob Muralt bemerkt hatte, wie sauber du's diesmal machtest. Du blicktest zurück. Aber Muralt war noch immer damit beschäftigt, seinen Karren vollzuschaufeln. Du schautest also zu, wie der Schutt über die Rampe hinunterkollerte. Und als du dann die Wiege einhängtest, da hattest du mit einemmal wieder die Bäume vor dir. Sie kamen, unendlich langsam, auf dich zu.

Nein, sagte Samuel von seinem Bett aus, gesehen haben wir Chavaz nicht.

Breitenstein lachte. Spielt das überhaupt eine Rolle? Einer mehr oder weniger. Die Hauptsache, es war heute ein lustiger Tag. Nicht, Stummer?

Loth stand neben seinem Khakifeldbett. Er knöpfte das Hemd auf. Lustig, dachte er. Er lachte, oder vielmehr er versuchte zu lachen, und dann sagte er ja mit dem Kopf, und Breitenstein, der auf dem Tisch saß und eben dran war, seine Socken auszuziehen, lachte wieder auf. Neben ihm am Tisch spielten Kehrer, der junge Filippis, Kahlmann und Grimm noch Karten. Hinten, am Rand des Lichtkegels, saß auch noch Heim. Er las in dem kleinen, abgegriffenen Buch. Und draußen im Vorraum war, wie Loth wußte, noch der Alte, alle anderen lagen schon eingewickelt in den Betten. Obgleich es kalt war – der kleine Ofen war bereits am Absterben, und keiner schien mehr Lust zu haben, neue Scheiter nachzulegen, – kalt und fast ein wenig feucht hier drin, spürte der Stumme, wie die Hitzewelle scharf in ihm hochsprühte, als er jetzt an heute dachte, an diesen Tag mit Samuel und Breitenstein unten in Jammers. Kahlmann, hörte er weit weg Breitenstein sagen, als er sich hinlegte und die Wolldecke um seine Schultern zog, uns kannst du ruhig wieder mitschicken. Nicht, Stummer? Wir zwei, Kahlmann, der Stumme und ich, wir gehen wieder.

Was gab's denn so Lustiges? fragte der junge Filippis; er spielte aus.

Breitenstein: Hast du eine Ahnung, was das ist, so eine richtige, starke Blondine?

Eine, die's mit dir hat, sagte Kehrer, – nein danke!

Loth hörte, wie sie am Tisch lachten. Breitenstein war wirklich in großartiger Laune. Er ging zu Samuel, der sich schon eingewickelt hatte, setzte sich ans Fußende des Feldbetts und zündete sich eine Zigarre an.

Hm, stöhnte Muralt von seinem Bett aus, es war das zweite von vorn, schnupperte dem Rauch nach und setzte sich auf. Ist die aber hochkarätig, meinte er. Komm, laß mich zwei Züge tun.

Breitenstein nahm nochmal einen tiefen Zug, dann reichte er Muralt die Zigarre hinüber. Zwei, sagte er. Weißt du, die ist ein Geschenk.

Am Tisch lachten sie wieder. Der junge Filippis drehte sich halb zu Breitenstein um: Scheint freigebig gewesen zu sein.

Samuel: Den hättet ihr sehen sollen, als er zurückkam. Richtig gestrahlt hat er. Breiter, sag ich zu ihm, hast du den Osterhasen gesehen? Und er drauf: Ach, Sami, wie das brennt! – Jetzt überdonnerte das Gelächter selbst das Rauschen vor den Fenstern und über dem Dach, und, Loth sah es, als er den Kopf ein wenig hob, sogar der Vater tauchte in der Tür auf; man hatte den Eindruck, als würde er etwas sagen, mit einem fragenden, halb schon lachenden Gesicht, aber es war unmöglich, etwas zu verstehen, und Breitenstein selbst rieb sich die Augen und lachte am lautesten. Von seinem Lager schreckte auch Luigi Filippis hoch. Er mußte schon geschlafen haben. Was gibt's denn? fragte er laut und schaute verwundert zum Tisch hin, wo Kahlmann im Licht saß und immerzu mit der Faust auf den Tisch schlug und Kehrer sich vor lauter Husten kaum mehr auf der Bank halten konnte. Samuel, der sich auch aufgesetzt hatte, versuchte anscheinend, Ferro und dem älteren Filippis die Geschichte auch noch zu erzählen, aber er kam nur immer wieder bis ach, Sami, und jedesmal verschlug's ihm vor lauter Gelächter wieder von neuem die Stimme.

Loth legte sich wieder hin. Er zog die Decke bis übers Gesicht herauf. Nur noch von ferne her drangen Fetzen von Gelächter zu ihm herein ins Dunkle. Worte von Breitenstein, Höschen, Blondine, und wenig später die Stimmen, die angetrunken sangen, sie war ein Mädel von kaum siebzig Jahren, und Loth lag still da, er hatte die rechte Hand hohl über die Nase gelegt und sog langsam den Atem ein, weil er noch einmal ihren Geruch, ihren wilden, fremden Fraugeruch nochmal riechen wollte. Doch der Geruch war nicht mehr an seiner Hand. Er war irgendwo auf der Strecke im Regen verlorengegangen. Aber dennoch konnte Loth ihn jetzt für kurze Zeit wahrnehmen, er sah Martha wieder vor sich, –

– sah sie, sah zur gleichen Zeit sich selber, wie er über die Brücke lief, sah den Regen vor sich auf das Pflaster niedergehen, die Schuhe der Leute, die vorübergingen oder stehenblieben und ihm nachschauten; sah sie und hörte ihre Stimme und gleichzeitig hörte er seine Nagelschuhe, gleichmäßiges Schlagen über den Asphalt fort, sein Keuchen und das Pochen, das die Angst in ihm machte; sah sie, wie sie dicht vor ihm stand, sah sie groß ganz dicht vor seinem Gesicht

und gleichzeitig sie hinter der Theke und sie erkannte
ihn nicht, als er hereinkam; oder vorher: sah sie durchs
Fenster, er schaute wieder durchs blendende Glas in
den schon dämmrigen Raum hinein, spähte so scharf
er konnte die Wände entlang und über die Tische,
die leer da drin standen, und erschrak, als er sah, wie
sie hinten aus der Tür kam, ohne ihn hier am Fenster
ihr gegenüber zu bemerken, und wie sie hinter den
Schanktisch ging, und er wußte, daß außer ihr noch
zwei Gestalten da waren, rechts in der Ecke an einem
Tisch, er schaute schräg durch die Scheiben hinein, und
als er sich auf die Zehenspitzen hob, da draußen auf
der Straße, ohne auf die Vorübergehenden zu achten,
merkte er, daß keiner der beiden Männer Breitenstein sein konnte, und er ging vom Fenster weg und
durch die offene Tür in den Flur und von da gerade-
wegs hinein; oder nachher, und auch das sah er noch
immer zu fast genau der gleichen Zeit, wie er die Frau
sah: er selber am Tisch, und sie, die herankam, noch
immer mit dieser Haut und dem pfefferfarbenen Pu-
der und immer noch schrecklich mit ihren Wölbungen
vorn unter der glänzenden Bluse, von denen Loth jetzt
wußte, daß das die Brüste waren – herankam jetzt
und ihn nicht erkannte und vom langen Regen etwas
sagte, was Loth nicht verstand, und ihn fragte, was er
zu trinken wünsche oder zu essen, und, als er schwieg,
fragte, ob hell oder dunkel, bis er nickte und sie auf
ihren schmalen Frauenfesseln von ihm fort zur Theke
ging, Bier ins Glas schießen ließ, wiederkam, zum
Wohlsein wünschte und, ohne ihn weiter anzublicken
wegging und in der Tür neben der Theke verschwand,
und nur eine Sekunde lang umfing ihr Duft ihn noch,

und er war wieder allein, allein hier am Tisch, sah sie dennoch, denn sie war in diesem Augenblick immer gegenwärtig, so, wie die rauhe, heiß beißende Wolldecke da war, und noch immer war auch zur gleichen Zeit jener Moment wieder gegenwärtig, da er nicht mehr an sich hielt und sie an den Schultern packte und an sich riß; – erblickte sie, wie er sie vordem gesehen hatte, bevor er plötzlich aufgestanden war, nichts mehr gedacht hatte als: auch sie nicht, auch sie kennt mich nicht wieder, und, ohne auf die beiden alten Männer am Tisch neben der Türe zu achten, vorbeigegangen war, an der Theke vorbei und hinüber zur Tür, hinter der sie sein mußte, diese Türe dann aufgestoßen hatte und sie also erblickte: sie stand an den Küchentisch gelehnt, sie schaute nicht einmal auf, sie fuhr mit einer Nagelfeile über ihre Fingerspitzen hin und her, fragte nur halblaut: ja?, und als er nichts sagte und nur mit einem ungeheuren Pochen aus Angst und Erwartung in sich drin näherging, blies sie über ihre Nägel hin und hob dann endlich den Kopf; sah sie auch so vor sich, mit ihrem halb ihm zugewendeten Gesicht und mit diesen Augen, in denen plötzlich das Erkennen aufging; und hörte, wie er noch immer da unter seiner rauhen Decke zusammengekauert auf der Seite lag, die geruchlose Hand hohl vor dem Gesicht, ihre Stimme genau so wie damals vor den blauen Tanksäulen, wie sie du? fragte und sah ihr jetzt lächelndes Gesicht, preßte seinen Mund darauf, nein, und vorher: sah sich selber oder vielmehr spürte sich, wie er vor ihr stand, sie und er allein jetzt, hier in der Küche, und sah, wie sie flüchtig umherschaute, wie sie langsam zur zweiten Tür ging, öffnete und ohne Auf-

regung hinausblickte, nach links, dann durch die Schar-
nierspalte der Tür durch nach rechts, ob niemand draußen im dunklen Flur war; zurückkam dann, mit langsamen, fast schon trägen Bewegungen, herankam und
leise: komm, sagte, komm, und wie sie ihm voranging,
auf die dritte der Türen, die aus der Küche hinaus-
führten, zu und hindurch in ein Zimmer, das klein
war und eine Art Wohnraum oder auch, mit dem alten Kanapee, Schlafraum; sah sie dicht vor sich, wie er
sie die ganze kurze Zeit über nun schon sah, erblickte
sie gleichzeitig in der Mitte des Zimmers, wie sie dort
stand und wartete, halb nach ihm umgedreht und sah
gleichzeitig und spürte sich selber, wie er zögerte, die
Tür hinter sich zu schließen, hörte wieder ihre Stimme,
nicht laut, noch nicht einmal feindselig: wie schmutzig du bist; sah sie, nahm ihren Blick wahr, wie er
über seine Hose zu den nassen, schmutzigen Bergschu-
hen hinunterging, und hörte ihre Worte, die sie sagte,
als sie zum Fenster trat: Nein, zu schmutzig. Was
willst du? Hast du ihn gefunden?, fühlte deutlich, was
sie dachte, als sie ihn jetzt wieder anschaute: Guter
Gott, was will er noch. Was der sich einbildet. Hab ich
ihm nicht alles gesagt, was ich wußte? War er nicht
vor zwei Wochen da, vor vier schon und wieder vor
zwei, kam herein, kam bis unter die Küchentür herein,
stand dort, und durch Fragen mußte man heraus-
merken, daß er wissen wollte, wo der Alte ist. Hab ich
ihm nicht alles gesagt? Gesagt: irgend auf so einer
Baustelle wird er wohl sein, kaum hier direkt in der
Stadt; eher in der Umgebung, beim Straßenbau. Nein,
er selber war nicht da. Ich hörte zufällig von ihm reden. Gäste, Bauarbeiter da vorn haben irgendetwas

von ihm erzählt. Habe ich ihm nicht das alles gesagt? Was will er? Himmel, ich konnte doch nichts dafür. Ist doch schon alles so lange her; die Geschichte damals, wie der tanzte! Hat mich ja richtig gedauert, der Junge da. Wie alt war er, sieben, hat er nicht sieben Jahre gesagt, – fühlte das also, fühlte aber nicht, was sie weiter dachte: Wie der mich jetzt anschaut. Diese Augen! Was habe ich denn getan, was geht es den Sohn denn an? Natürlich, man versteht's, aber war ich denn schuld an allem. Die paarmal, daß er bei mir war. Adrian. Adrian Ferro, dem sein Vater, diesem Jungen da sein Vater. Was das für ein Mensch war. Wollte mich. Wollte mich unbedingt, stieg mir nach, Himmel, wie der mir nachkam, das erstemal, alles die Treppe hinauf. Wie der hier mich anschaut. Ich versteh nichts mehr. Eben noch war er bös auf mich. Und jetzt, komisch, wie das flackert. Komisch, wie er jetzt auf einmal dem Alten wieder ähnlich sieht, guter Gott – konnte das nicht fühlen und ging langsam nun näher und wußte schon nicht mehr, was er eigentlich von ihr wollte, denn Breitenstein war nicht da, und er hätte also längst wieder gehen können, ging aber nicht, sah vielmehr sich selber nähergehen und spürte nun plötzlich wieder die Hitze in sich und das Pochen, war ausgebrannt von der Hitze, unfähig zu denken, roch ihren süßlich verwirrenden Duft, ihr Kleid, ihre Pfefferhaut, ging immer noch näher, hatte sie dicht vor sich, sah sie, wie sie zurückwich und hielt dennoch nicht inne, rückte näher, tastete, ohne noch denken oder ohne auch kaum noch atmen zu können, nach ihrem Oberarm, berührte den seidigen Stoff, näher, über die Schulter hinauf und hatte jetzt nur noch das eine wilde Verlangen nach der Dunkelheit, der Wärme, nach der großen und wilden Bewegung in ihrem Leib auf sich zu; – sah sie so vor sich, hörte sie, wie sie flüsterte: Was ist, guter Gott, ist das nicht – du verrückter Junge, nein, du, nicht doch, geh doch, geh doch weg, ging aber noch immer nicht, ging noch einen, den letzten, Schritt näher, tauchte gleichsam auf sie nieder mit seinem roten Gesicht, fühlte für die eine Sekunde, da er sie an sich preßte, ihren harten und weichen Körper und ihre Haare an seiner Stirn und ihre halb schon abgewendeten Lippen auf den seinen, fühlte dies und sah dies alles zur gleichen Zeit wieder an sich geschehen und an ihr; – sah plötzlich auch die Verwandlung: ihren Blick aus Abscheu, ihre Hände, die ihn zurückstießen, ihr weit zurückfliehendes Gesicht, die weichen Schultern, die sich aus seiner Umarmung wanden; sah dies, spürte es und hörte ihre nun laute Stimme: Geh weg! du, was fällt dir denn ein, bist ja der gleiche Mensch, bist ja der gleiche wie dein Alter, laß endlich los, ich bin doch kein, nein, du, und schmutzig, wie der daherkommt, komm da hinaus, fort, in den Flur, und trink du dein Bier anderswo, was fällt dir auch ein, – hörte sie, während er sich sah, wie er von ihr abließ, langsam und ohne denken zu können durch die Tür in die Küche und von da in den Flur ging und langsam durch das Dämmerlicht auf die Außentür zu und ohne sich umzublicken hinausging, benommen da stehenblieb und nur mit seiner Zunge versuchte, die Klammer in seiner Kehle zu lösen, stehen blieb, bis sie hinter ihm auftauchte, ihm seinen Zeltumhang her hielt und: Nimm's mit, sagte und: geh jetzt, und gleich wieder verschwand –

– verschwand, während er weiter unbeweglich da lag, die Wolldecke heraufgezogen bis über sein Ohr, und sie biß ihn an der Haut. Der Schweiß lief ihm über den Hals hinunter. Nein, dachte er, und er hörte in der Ferne wieder Breitensteins heiser gewordene und halblaute Stimme und zugleich: nein, nur nicht, laß mich los, bist ja der gleiche Mensch. Wo mochte er sein. Warum war der Vater nicht da, jenseits des leeren Betts, auf dem und unter dem sie da ihre Sachen hatten, und warum kam er nicht und sie konnten noch eine Weile im Dunkeln nebeneinanderliegen und leise reden, während die anderen noch Breitenstein zuhörten oder schon lange schliefen.

Du, Stummer, wo hast eigentlich du dich herumgetrieben? rief Breitenstein halblaut herüber. Nicht, dachte Loth. Nicht bewegen. Nur ruhig daliegen, schlafen. Breitenstein kam, man hörte es deutlich, auf nackten Sohlen die Khakifeldbetten entlang nach hinten. Vor seinem, Loths, Bett blieb er stehen. Der hat's gut, sagte er, der kann schweigen, und keiner fragt ihn aus. Was meinst du, Heim, wie der's gut hat, nicht?
Weiß nicht, sagte Heim. Wahrscheinlich saß er noch immer da hinten auf der Bank und las weiter in seinem Buch oder döste vor sich her. Weiß nicht, wie er's hat, hörte Loth ihn sagen.

Den hätten wir buchstäblich fast vergessen, Sami und ich. Loth hörte die Schritte wieder nach vorne tappen. Im letzten Moment noch, wir waren schon eingestiegen, kam er von oben, vom Marktplatz her angerannt. Sah aus, als hätte er eine riesige Distanz hinter sich.

War vollkommen verschwitzt und vom Regen durchnäßt. Nicht, Samuel?

Breitenstein, könntest du nicht allmählich ein bißchen Ruhe geben, fragte Borer. Von draußen her gibt's schon genug Lärm. Wir hier, wir zehn wenigstens wollen jetzt schlafen. Man hörte, wie Borer sich auf seinem Khakifeldbett wieder einräkelte.

Was heißt: wir zehn, fragte Breitenstein und ging tappend weiter. Er war wirklich noch immer ganz aufgedreht. Unter der Tür blieb er stehen. Ferro, sagte er über die Schulter zurück, Ferro jedenfalls hockt noch immer hier draußen und macht seinen Fahrstuhl blank. Er drehte sich um. Und Heim, der macht sich noch immer da hinten seine Gedanken. Nicht, Heim? Neun, Borer, nur ihr neun wollt schlafen. Du hast Chavaz vergessen; einer weniger, Borer. Nun gut, fügte er bei, ich geh noch ein wenig hinaus. Will schauen, ob ich da draußen deinen Benzinkanister finde. Nicht, Borer, du sagtest doch kürzlich, du hast einen Kanister verloren?

Borer schwieg. Vielleicht war er inzwischen eingeschlafen. Breitensteins unterdrücktes Lachen, als er hinaustappte. Das Aufknarren der Außentür. Der Vater, der draußen etwas murmelte. Das Rauschen, der Regen, das Knattern der Segeltuchplane. Muralt, der da vorn leise ächzte. Acht, dachte Loth, ihrer acht, die jetzt schliefen. Die Frau. Ihn konnte man nicht dazurechnen.

Als der Drache sich auf die Erde geworfen sah, ver-
folgte er das Weib, die Mutter jenes Knaben. Dem
Weibe gab man jedoch die beiden Flügel des großen
Adlers, damit sie in die Wüste an ihre Stätte hinflö-
ge, wo sie, vor jener Schlange sicher, nun eine Zeit
und zwei Zeiten und eine halbe Zeit ernährt wird. Da
spie die Schlange aus dem Rachen Wasser nach dem
Weibe, einem Strome gleich, damit der Strom sie mit
sich reiße —

Du ließest das kleine Buch sinken. Es war unmöglich,
jetzt über das Gelesene nachzudenken. Irgendetwas
war los. Es hatte sich etwas verändert, hier drin in
der Baracke, wo du, als letzter noch wach, am Rand
des Karbidlichts auf der Bank saßest. Oder draußen.
Du horchtest. Dann legtest du das Buch neben dich auf
die Bank, standest auf und öffnetest das Fenster. Du
knietest auf die Bank, und durch das runde Loch im
festgemachten Laden konntest du hören, wie in der
Dunkelheit und in den Zweigen da draußen der Regen niederrieselte. Nichts sonst. Nicht einmal die Segeltuchplane war zu hören; sie hing wahrscheinlich
schwer von Nässe unten über der Wasserstelle. Reglos. Deine Augen begannen sich ans Dunkle zu gewöhnen, und jetzt konntest du die Nebelfetzen wahrnehmen; sie strichen lautlos vorüber. Aber der Sturm,
— wo mochte der Sturm sein. Jetzt, dachtest du, müßte
er zurückkommen. Eine Atempause vielleicht, aber
jetzt gleich würde er mit seinem Gejohle wieder den

Wald heraufkommen und irgendwohin diesem Paß zu in die Nacht hinausfahren. Weit drüben im Gehölz kreischte ein Eichhäher. Mit angehaltenem Atem, den Kopf gegen den Fenstersturz hin abgedreht, bliebst du knien. Kühle umströmte dich. Die Stille. Sie war fast lauter, als es dieser Lärm die ganze Zeit über gewesen war. Gewiß, der Regen. Unablässig ging er da draußen nieder, vierzig Tage kam die Flut über die Erde, und das Wasser wuchs und hob die Arche, daß sie über die Erde schwebte, doch nein, Heim: das war nicht die Flut, wirklich nicht. Das war dieser schmutzige Oktobersprühregen, und man hörte deutlich, wie die prall mit Wasser gefüllten Tropfen, die sich an den Zweigen und der Dachtraufe immer neu bildeten, zu Boden klatschten, – und die Baracke, die war bestimmt keine Arche, nichts als ein rohgezimmerter Fachwerkbau, leicht abmontierbar, und sie stand massiv auf dem Balkenrost, den ihr vor etwa vier Wochen gelegt hattet.

Vorsichtig, damit niemand aufwachte, machtest du das Fenster zu. Du bliebst stehen. Die leergetrunkenen Gläser auf dem Tisch. Die kalten, überfüllten Aschenbecher, Konservenblech. Verstreute Asche, so sah's immer aus. Aber du spürtest, es war auf einmal alles irgendwie anders geworden, fremd wieder wie am Anfang. Nicht, Heim? Du lauschtest. Doch das Sturmgejohle war wirklich nicht da. Aus irgendeinem dieser Gründe, die du nicht kanntest und die das Wehen des Windes oder dessen Abflauen bewirkten, blieb es jetzt aus, vielleicht nicht für lange, vielleicht für eine besonders lange Atempause, und nun war es so, man

fühlte es, daß nichts mehr dich mit dem langgestreck-
ten Raum und mit diesen Schläfern hier verband. Auch
sie fremd jetzt, wie sie da nebeneinander lagen, mit
ihren von innen her geschlossenen Gesichtern, – Samuel dort vorn neben der Tür, daneben Muralt, dann
Breitenstein, auch er endlich im Schlaf; Grimm neben
ihm, dann der junge Filippis, nach ihm Kehrer, nach
Kehrer schon Kahlmann, mit weitgeöffnetem Mund, –
sie alle, dann Chavaz, vielmehr sein leeres Bett. Du
schautest es an, du blicktest noch einmal über die Reihe nach vorn und wieder zurück. War es das, Heim?
War es das: jeder von euch war, wenigstens an diesem
späten Abend, allein und abgeschlossen und nicht einmal mehr durch dieses Lärmen mit dir verbunden,
himmelweit auf einmal wieder von dir entfernt und
eingeschlossen in seine Träume und in diese seltsame
Ruhe, und jeder erfuhr die Dinge, die euch umgaben,
auf seine Weise, die du nicht kanntest; war es das?
Nichts war mehr da, was dich mit ihnen, was sie untereinander verbunden hätte? Nichts als höchstens dieses rohe Balkendach, und es selber sogar war in der
unheimlichen Ruhe kein Unterstand mehr, in dem ihr
zusammen in Deckung wart. Und Chavaz war fort,
war heute fortgegangen, ohne daß du vorher das Ge-
ringste geahnt hättest. Der Fall Chavaz, Heim, war
er nicht geradezu ein Beweis dafür, wie wenig ihr euch
im Grunde hier kanntet.
Was dich betraf: du warst, um das immerhin festzu-
halten, einer der gewissenhaftesten Bauarbeiter, die
Kahlmann je in seiner Baugruppe hatte. Du warst
einer der zähesten. Und außerdem: deine beinah dürre Gestalt, dein untersetzter Wuchs, das spitze Ge-

sicht, diese komische, randlose Brille, – man hätte
dich für einen Archivar halten können, für einen Kanz-
leischreiber oder einen dieser bedächtigen kleinen Leh-
rer, wie man sie auf dem Land früher hatte. Du warst
Methodist, jedenfalls gehörtest du einer der braven
Gemeinden des Oberlands an, und fünf Seiten Lesung
der heiligen Bücher je Tag gehörte zu jenen Christen-
pflichten, die du dir auferlegt hattest. Was wußten die
andern davon? Was waren für sie diese abgegriffenen Buchseiten, auf die das weiße, abgeblendete
Karbidlicht jetzt wieder fiel? Du warst allein, und du
lasest weiter, Wort für Wort: Jedoch die Erde kam
dem Weibe zu Hilfe; die Erde öffnete den Mund und
verschlang den Strom, den der Drache aus dem Rachen gespien hatte. Da geriet der Drache über das
Weib in Zorn, und er –
Nein! rief da plötzlich leise einer, und es war der junge Filippis, Gino, und du konntest sehen, wie er sich
mit den Händen am Kopfende seines Lagers festklam-
merte: ich nicht, stammelte er. Er schlief. Er träumt,
dachtest du. Der junge Filippis träumte tatsächlich. Er
warf sich wild auf die andere Seite, schnaufte, und sogar von hier aus war zu sehen, wie heftig sein Atem
ging. Herr Jesus, dachtest du, gib ihm den gerechten
Schlaf. Aber der Herr Jesus gab ihm ihn nicht, wenigstens nicht jetzt; der junge Filippis nämlich schrie nur
umso lauter, mit schlafverhängter Stimme, doch man
konnte nur nein verstehen und in Deckung da unten
und, langgezogen: Stummer, in Deckung! Dabei fuhr
er mit dem einen Arm über sich in die Luft. Der Stumme lag dir fast direkt gegenüber. Du sahst, wie er sich
jetzt langsam im Bett aufrichtete, sein großer Kopf

kam herauf, drehte zu Filippis hinüber, und dann schaute der Stumme dich an. Erstaunt, dann wieder Filippis an, und du sagtest: Schlaf, Stummer. Er träumt. Der Stumme nickte. Er legte sich wieder auf die Seite. Keiner sonst war erwacht.

Du lehntest dich zurück. Du hobst das Buch unter die Brillengläser und lasest fast mechanisch weiter: Da geriet der Drache über das Weib in Zorn, und er ging hin, Krieg zu führen mit ihren andern Kindern, die die Gebote halten und das Zeugnis des Herren Jesu haben. Und er trat an den Strand des Wassers, – doch die Worte gaben dir ihren Sinn nicht mehr frei, und über sie nachzudenken warst du auf einmal nun doch zu müde; für eine Weile noch versuchtest du dir zwar vorzustellen, wie der Drache Krieg führte mit den Kindern, den andern Kindern des Weibes, und wie er an den Strand des Meeres trat und dort stand, ein riesengroß aufgerichteter, alter Drache, in Trauer und Zorn, und wie er Wasser spie, aber langsam bemächtigte der Schlaf, wenigstens eine Art von Halbschlaf, sich deiner, und als der alte Ferro, der letzte da hinten in der Reihe, halblinks zwei Meter von dir entfernt stöhnte und unruhig den Kopf hin und her bewegte, da legtest du den Hinterkopf an die Wand und überließest dich der Stille, und sie kreiste dich rauschend ein. Nur durch die halbgeöffneten Augen und die von der Kühle jetzt schon beschlagenen Gläser deiner Brille hattest du noch unscharf Sichtverbindung mit seiner schlafenden Gestalt, manchmal lief ein leichter Frost durch deine Glieder, Ferro, dachtest du, er hat wieder schwer getrunken, alles verschwamm immer mehr vor deinen Augen, du nicktest ein.

Und wußtest also auch von Ferro im Grunde sehr wenig, wußtest für den Augenblick höchstens, daß er schlief, nichts weiter und bestimmt nichts von seinem Träumen. Seinem Träumen, etwa so: das Tackern der Bohrer. Immer leiser. Vor ihm jetzt der offene Steilhang. Der Regen, der rauschte. Ferro keuchte die steile Flanke hinauf. Hinter ihm war einer, der ihm nachstieg, er wußte es. Von da oben aus konnte er nicht erkennen, wer das war. Nur einen hellen Schutzhelm konnte man heraufkommen sehen, und je höher Ferro jetzt stieg, umso höher kam auch der andere. Ferro hatte den Fuß der Kuppe erreicht. Beinah senkrecht stieg sie hier aus der Flankenpartie auf. Ihre geschweiften, grauschwarzgrün gesprenkelten Schichten fielen hangwärts leicht ab. Sie liefen in schmale, oft nur fußbreite Bänder aus. Ferro schaute sich um. Noch immer nur der helle Schutzhelm, wie er, noch ziemlich weit unten, den Hang herauf kam. Ferro tastete einen Augenblick lang den nassen Fels nach bruchsicheren Griffen ab, dann begann er einzusteigen, Schritt für Schritt und einen Griff um den anderen klomm er aufwärts. Er schaute nicht mehr zurück. Die mürbe, grobporige Kalksteinfläche mit ihrem waagrechten Streifenmuster war das einzige, was er dicht vor sich zum Anschauen hatte. Hinter sich die Tiefe. Endlich hatte er eines der breiteren Bänder erreicht. Er spürte, wie der Schweiß ihm in kleinen Rinnsalen über die Stirn und an der Nasenwurzel hinunterlief. Er zog sich hinauf, kam auf einen ziemlich breit vorspringenden Brocken zu stehen, drehte sich, hart an die Wand gelehnt, halb nach außen, und begann, ohne hinunterzuschauen, dem Band nachzugehen. Mit seinen Nagelschuhen tastete er sich sehr langsam voran, und für eine Sekunde war nicht klar, ob das gedämpfte Tackern, das man hörte, von den Bohrern unten im Wald kam, oder ob es nur aus seinem Brustkasten tönte. Etwa vier Meter vor der Stelle, wo er im Augenblick war, auf dem gleichen Band, dort, wo es sich zu einer kleinen Platte verbreiterte, lag ein Tier. Es war nicht ein etwa wasserspeiender Drache, aber ein Hund. Es war ein gewöhnlicher Schäfer, leicht gebaut, er lag halb auf der Seite, mit braunschwarzem Fell, die Läufe lose angewinkelt, die Schnauze ein wenig vorgestreckt, und die Zunge, die schräg heraushing, bewegte sich im Takt des hächelnden Atems. Er schaute Ferro entgegen. Ferro war nicht erstaunt. Er klammerte sich am Fels voran. Er war sogar froh, diese Platte zu erreichen, und es war ihm, als hätte er schon von früher her gewußt, daß es hier oben einen solchen Platz gab, einen Platz, der für einen Moment wenigstens sicher war. Die Platte war groß genug, um einem Hund und einem Mann Raum zu geben. Der Hund schaute ihm aus seinen Augen zu, wie er herankam, sich dicht an der Wand, dicht neben ihm niederließ, den einen Schuh vorgestreckt, schon halb über den Plattenrand hinaus, das andere Bein angezogen, und wie er langsam den Kopf zu ihm hindrehte und ihm nahe war. Er war erschöpft. Er hob ein wenig die Linke und ließ sie schwer auf das äußere Ohr des Hundes niedersinken. Der Hund versuchte, die Schnauze durch Aufwärtsdrehen des Kopfs an Ferros Handgelenk heranzubringen. Ein paarmal leckte er mit der Zunge hinauf, und erst jetzt merkte man, daß er verletzt sein mußte. Von außen war ihm nichts anzusehen gewesen; auf den ersten Blick hatte Ferro annehmen müssen, er habe sich hier zur Ruhe ein wenig hingelegt. Aber diese merkwürdig hilflose Bewegung des Hundekopfs und diese Trauer in seinen grünschwarz glänzenden Augen, – er mußte verwundet sein, und es sah jetzt, wenn man näher zusah, sogar aus, als hätten ihn die Kräfte schon verlassen.

Kein einziges Mal wandte Ferro das Gesicht von ihm ab und in Richtung der Gegend, aus der sein Verfolger wohl bald schon auftauchen würde. Er blickte, noch immer schwer atmend und noch immer mit dem unaufhörlichen Niederrinnen der Schweißtropfen über dem Gesicht, halblinks auf den Hund hinab und sagte: Du hast es besser.

In den Augen des Hundes stand die Trauer.

Ferro sagte nach einer Weile: Wir gehen hier kaputt. Er keuchte. Sie haben uns fertig gemacht. Wir alle haben dich fertig gemacht, und jetzt kommt der andere hier herauf, und jetzt komme ich dran.

Und wirklich, hinter dem Hund ging das Band nicht weiter. Nur steile Wand war dort, möglicherweise für einen trainierten Kletterer bezwingbar, aber nicht für ihn.

Es hat keinen Sinn mehr, das nicht zu sagen, sagte er. Aber du, fuhr er zu dem Hund gewandt fort, hast es dennoch besser. Wahrscheinlich besser.

Erinnerst du dich, Heim? Du saßest in deinem Halbschlaf, du blicktest aus deinen Augen, die dir schon halb zuklappten, auf die unruhig schlafende Gestalt Ferros hinüber, und hättest du dich dicht über ihn gebeugt, so hättest du vielleicht sogar Ferros heiser keuchende, langsame Stimme hören können: Für dich ist Schluß dann. Eine Weile lang wird der Krampf dich vielleicht befallen. Irgend so ein paar Muskeln werden sich wehren. Es wird dir wehtun. Aber dann ist alles für dich aus, sagte er.

Und später: Aus, verstehst du. Es gibt dich nicht mehr. Du liegst wahrscheinlich noch ein paar Wochen hier oben. Krähen tragen dich Stück für Stück ab. Oder der Schnee reißt dich über die Kante hinunter, er deckt dich da unten zwischen den Brocken ein, das ist alles. Im Frühjahr noch ein paar Fellfetzen für die Füchse, ein paar Knochenreste. Aber dich braucht das nicht mehr zu kümmern. Dich gibt es dann nicht mehr.

Eine Zeitlang war nur wieder der langgezogene Pfeifton des Windes zu hören, das leise Aufklatschen der Tropfen auf dem Fels, dieses Hächeln des Hundeatems. Der Hund schaute ängstlich zu Ferro herauf, und Ferro redete langsam und mit wenig Atem weiter: Das geht vorbei. Du hast's bestimmt besser. Dir ist bestimmt noch nie in den Sinn gekommen, daß nachher etwas passieren könnte. Dieses verdammte Gefühl hast du nie gehabt. Dieses Gefühl, daß nach dem Krepieren noch etwas los sein könnte. Ferro lachte. Das war wieder sein kurzes, unlustiges Lachen, das ihn schüttelte. Hat dir, fragte er den Hund, hat dir einmal irgendwer etwas von der Hölle erzählt? Den Himmel, den können wir zwei ja ruhig weglassen. Aber also die Hölle. Das ist der ganze Unterschied zwischen dir und mir, daß ich die Wahl habe oder doch nicht die Wahl. Daß es für dich nichts mehr gibt, nicht einmal mehr dich selber, und für mich auf alle Fälle nicht den Himmel, und jetzt kannst du dir's ausrechnen, um wieviel besser du's hast.

Dann kam in Ferros Traum wohl dieser Mann mit dem Schutzhelm über das Band heraufgeklettert. Er blieb kurz stehen, er schaute sich um und kam dann näher, und als er den Kopf hob, wahrscheinlich um die Distanz zwischen sich und Ferro zu schätzen, erkannte ihn Ferro. Er war der Stumme. Aber Ferro war nicht erstaunt.

Siehst du, sagte er, und drehte das Gesicht dem Stummen zu, aber er meinte noch immer den Hund, als er fortfuhr, siehst du, da ist er. Ich kenne ihn, ich habe gewußt, daß er einmal kommen wird. Er hat mich gefunden. Ich werde jetzt zwar aufstehen. Aber viel wird's mir nicht nützen, er wird mich töten, ich weiß es.

Ich bin alt.

Für einen Moment hatte er dann den Stummen vor sich, dieses Gesicht. Er erschrak dennoch nicht.

Heim, du erwachtest; ja, du warst richtig ein wenig eingenickt, und du hattest Mühe, dich wieder zurechtzufinden. Du standest auf. Deine Glieder schmerzten, und kalt war dir auch geworden. Vor dir in seinem Khakifeldbett lag der Stumme. Er schlief. Und hinten, ganz nahe der Wand, schlief Ferro. Schlief er. Nein, er schlief nicht. Wie war das: Ferro, der in diesem dusligen Licht in seinem Khakifeldbett hockte, dich anstarrte mit schnapsglühenden Augen und immer murmelte: Ich kenne ihn. Ja, ich hab es gewußt. Und plötzlich brüllte er dich an: Geh! Geh weg, du. Laß mich. Eine ganze Weile lang wagtest du dich nicht zu bewegen. Herr Jesus, dachtest du. Er träumt, und du sahst, wie er langsam den linken Arm vor sein Gesicht hob.

Es war jetzt so still, daß man sie wieder schnaufen hörte. Vorsichtig gingst du auf Ferro zu. Wach auf, Ferro, sagtest du leise zu ihm und beugtest dich ein wenig zu ihm nieder. Hörst du nicht? Du träumst. Wach auf.

Die Starre in Ferros Gesicht taute auf. Man sah, wie er tief atmend mit der Hand übers Gesicht fuhr, dann den Kopf hin und her schüttelte. Er blickte dich an. Heim, sagte er. Du rochst den Schnaps. Heim, was ist. Du hast geträumt.

Was ist denn los, Heim?

Nichts, Ferro. Schlaf jetzt.

Was ist los, fragte er, warum ist es auf einmal so komisch hier.

Du sagtest: Der Sturm hat abgeflaut, das ist alles.

Abgeflaut? Und, Heim, der Stumme, ist mit dem Stummen etwas los?

Mit dem Stummen? Du richtetest dich auf. Der Stumme lag mit dem Rücken zu euch auf seinem Lager. Er schlief.

Nichts, Ferro. Er schläft, siehst du. Du hast geträumt. Komm, es ist spät.

Spät, Heim?

Ja, doch. Schlaf jetzt.

Und ein wenig später, Heim, du hattest dich ausgezogen, du hattest das Karbidlicht tiefgedreht, dein Buch in der Innentasche deines Rockes verstaut und lagst schon auf dem Khakifeldbett, wenig später kam dann der Sturm zurück. Er brüllte richtig wieder mit seinem großen Atem über das Barackendach hinweg, die Bäume hörte man, wie sie im Dunkeln vor den Fenstern schwer hin und her schwangen, und von Kehrers Küchenbaracke herauf war die Segeltuchplane zu hören. Sie knatterte.

DIE ACHTE NACHT

Nach der Suppe kamen Kehrer und Gino Filippis mit dem Reis herein, und Kehrer trug in der freien Hand noch einen Sack. Sie stellten die Platte mit dem Reis auf den Tisch, und dann sah man, daß in dem Sack Fleischkonserven waren, für jeden eine Büchse. Der junge Filippis gab aus, Kehrer hielt den Sack, und das Essen ging weiter, und niemand redete. Doch wenn auch niemand redete, ruhig war's nicht, es waren alle diese Geräusche da, und man nahm sie wahr, ob man wollte oder nicht, die Geräusche vom Kratzen der Messer auf dem Büchsenboden oder vom Löffeln in den Tellern umher; das unterdrückte Fluchen Borers, als beim Öffnen der Büchse das Messer ausklickte, das Getacker des Preßluftmotors, das einem noch immer von den fünf Stunden Vormittag her in den Ohren hing, und komm, sagte auf einmal wieder der Vater, versuch du's mal, Stummer. Er schaute ihn dabei von da oben, wo er in der Flanke stand, an, mit seinen wässerigen und gleichwohl immer wachsamen Augen, und: komm, kann nichts schaden, wenn du davon wenigstens eine Ahnung hast, sagte er. Schaden kann's nicht. Im Gegenteil.

Loth schlug den Pickel ein und kletterte die zwei, drei Meter hinauf.

Erst einmal richtig Stand fassen, sagte der Vater. Ja. Nimm jetzt, und er trat zur Seite, als Loth den Bohrhammer hielt. Ja, so ist's richtig. Mit beiden Fäusten auf Hüfthöhe. Leicht anstemmen. Jetzt die Klinken, hier an den Griffen. Gut zudrücken. Los.

Der Bohrer begann zu schlagen. Loth spürte, wie das Schüttern durch seine Glieder ging. Weiter! schrie der Vater neben ihm, weiter, und er rief noch etwas, aber man konnte ihn nicht verstehen. Loth ließ die Klinke los. Gleich setzte der Lärm aus. Er blickte den Vater an. Er mußte dabei ein wenig lachen, und auch die Augenschlitze in Vaters Gesicht verzogen sich, und der Vater sagte: Waagrecht, sag' ich. Ja nicht ausdrehen. Und hier, setzte er hinzu und deutete auf die Marke an der Bohrstange, bis hieher kannst du hineingehen. Weiter jetzt.

Wieder tackerte der Bohrer mit seinem Gerassel los, und Loth stand da und stemmte leicht an, hielt waagrecht und sah, wie der Fels splitterte und rauchte und wie die wild sich drehende Bohrstange langsam weiter eindrang, immer weiter jetzt, und Loth lachte, kniff die Augen halb zu, hielt beide Fäuste mit den Griffen auf Hüfthöhe und hörte nicht auf, bis die Marke das Loch erreicht hatte. Dann klinkte er aus.

Der Vater sagte: Herausziehen.

Er zog den Bohrer heraus.

Dann sagte der Vater: Mitkommen, und Loth packte die Bohrstange, sie war heiß, und trug den Bohrer hinüber, drei Meter nach links, und dann sagte der Vater:

Ansetzen. Da, siehst du, er wies auf eine blankgebrochene Stelle auf dem gelbweißen, nassen Kalkstein, und Loth suchte mit seinen Schuhen auf dem abschüssigen Vorderfrontgeröll Stand, dann setzte er an und blickte dem Vater ins Gesicht. Ja.

Der Bohrhammer schlug an, aber er wanderte auf einmal rasch nach rechts ab, und Loth klinkte aus.

Nein, sagte der Vater. Nichts. Am Anfang natürlich stärker anstemmen. Gib her.

Und jetzt trieb der Vater den Bohrer selber hinein. Loth sah, wie die Ader auf der nassen Schläfe des Vaters dick aufschwoll, und er spürte die feinen Splitter, die ihm an die Brust und ins Gesicht spritzten, bis die Bohrhammerspitze im Gestein verschwunden war. Weiter, sagte der Vater, und dann hatte Loth wieder die schweißig warmen Griffe in den Fäusten. Noch bevor er wieder anließ, hörte er Gino Filippis, der rechts von ihnen neben Kahlmann bohrte, etwas herüberrufen und merkte, daß der Vater neben ihm kurz lachte. Der Bohrer tackerte auf.

Alle hatten sie jetzt ihre Büchsen offen. Loth hatte dieses scharfe Sulzfleisch gern. Brot, sagte neben ihm Kehrer, und Loth gab ihm den Laib hinauf. Ganz oben auf der Wandbank saß der Vater. Er stocherte mit dem Messer in der Büchse umher, und Loth sah, der Vater schaute zu ihm herunter. Es schien ihm nichts auszumachen, daß er selber auch eben zu ihm hinsah; sein Blick blieb herübergerichtet. Ein wachsamer Blick. Loth aß rasch weiter. Er kennt mich, fuhr ihm plötzlich durch den Kopf, er kennt mich vielleicht. Mein Gott, wie, wenn er mich kennte, und für einen Moment versuchte er sich vorzustellen, wie das wäre: der Vater kam auf ihn zu, er lachte ein wenig, und dann sagte er, ich kenne dich. Du bist Loth.

Doch als er jetzt noch einmal einen Blick hinaufwarf, da war der Vater wieder am Essen und blickte auf das Messer hinunter. Aber Loth hatte keinen rechten Appetit mehr. Was hatte der Vater nur. Warum war er

überhaupt so ganz anders, als er ihn sich immer vorgestellt hatte. Und der Benzinkanister, was war mit
dem los? So plötzlich schoß ihm die Hitze jetzt, da er
daran dachte, ins Gesicht, daß er sich rasch über den
Teller beugen mußte und wieder zu essen anfing, damit niemand sehen würde, woran er da dachte. Er
dachte an dieses Paket, hinten bei seinen Sachen unter dem leeren Feldbett, an dieses verschnürte Packpapierpaket, und er wußte, es mußte mit dem Gefängnis des Vaters zusammenhängen, damit und mit diesen Dingen, die der Vater früher schon getan hatte
und die nun, das spürte er, noch keineswegs zu Ende
waren. Ein Lump ist er, fast ein Mörder, ja, und ein
Betrüger. Die Tante. Denk an die Lene! Warum, was
denkst du, haben die ihn eingesteckt. Er sah sich für
einen Augenblick wieder in seinem Bett knien, es war
stockdunkel, er kniete da, preßte das Ohr an die Wand,
und durch die Wand kamen die Stimmen des Onkels
und der Tante; Loth wußte, sie sprachen vom Vater,
er wagte sich nicht zu bewegen, bis dann die langgezogenen Atemtöne durch die Wand kamen und man
wußte, daß der Onkel und die Tante eingeschlafen
waren, und bis er vor Kälte zitterte. Er ist der gleiche wie damals und er ist doch ganz anders, dachte er
weiter, und mit einemmal: heute. Jetzt gleich, gleich
nach dem Essen. Er soll es wissen. Ich werde ihm
den Schlüssel zeigen, das ist das Beste: den Schlüssel nehmen und ihm zeigen, und er wird wissen, was
los ist.
Und dann, dachte er, vielleicht werde ich ihm dann
sogar noch den Benzinkanister zeigen, damit er sieht,
daß ich alles weiß. Warum nicht?

Oben am Tisch hatten sie fertig gegessen. Kahlmann stand auf. Und auch der Vater stand auf, nur Kehrer und Gino Filippis aßen noch. Auch Loth stand auf. Er wartete, bis der Vater zur Tür hinausgegangen war, dann ging er langsam die Betten entlang und nach vorn, und in der Tür des Vorraums wartete er. Platz, Stummer, sagte Muralt und ging an ihm vorüber. Loth sah ihn draußen aus seinem Kittel den Jura-Kurier nehmen, Post von Samuel, und dann machte er ihm wieder Platz, als Muralt zurückkam und hineinging. Und wenig später stand er im Vorraum neben der Türe an der Wand, und niemand war mehr da als er und *er*. Der Vater sah nicht, daß es im Vorraum noch jemand außer ihm gab. Er hatte sich die Konserven-kiste wieder herangeholt und hockte vor der NSU. Er hatte nur ihren hinteren Teil abgedeckt, und Loth schaute ihm zu, wie er am Mitfahrersitz, den Loth kannte, eine lahme Feder herausschraubte. Das waren wieder diese langsamen, sicheren Bewegungen, die er kannte, von früher schon und wieder von heute vor-mittag her, und jetzt, hatte der Vater gesagt und den Bohrhammer aus dem Sprengloch herausgezogen, jetzt das Laden. Hast du vom Laden eine Ahnung? und er hatte ihm sein Stoppelgesicht zugewandt. Die Stop-peln waren grau und borstig, und man sah darin die Schweißtropfen und die Regennässe glitzern.

Also, sagte er dann. Sie gingen hinunter. Loth sah, daß Kahlmann und Filippis schon dranwaren, ihre Ladun-gen zu verdämmen. Die Sprengkiste stand neben dem Kompressor. Der Motor war abgestellt, und man konnte wieder den Trax hören und das Fauchen da oben im Wald. Der Wind war zorniger geworden.

Nicht mehr in seinem breiten, gelassenen Strom floß er stetig vorüber, er jagte in immer neuen, schwereren Stößen herein. In den Bäumen ringsumher war durch das Rauschen wahrzunehmen, wie er alte Äste losbrach. Ferne Schüsse. Der Vater hob das nasse Zeltstück von der Sprengkiste weg, und dann deutete er auf die Fächer in der Kiste, in denen das Sprengmaterial lag. Die Sprengkapseln, sagte er; ein Satz, die da. Nummer acht. Immer zehn Stück in einer Holzschachtel zusammen verpackt. Er nahm eine Kapsel heraus.

Du nimmst die Zündschnur, fuhr er fort und nahm eine vom Bündel auf, klopfst hier in der Sprengkapsel die Bohrung leicht aus, bis kein Sägemehl mehr drin ist. Nicht ausblasen, da drin ist das Zündhütchen. Kann vom Ausblasen feucht werden, dann geht's natürlich nicht los. Also, die Zündschnur so einführen. Klar? Dann so, und Loth sah, wie der Vater die Kapsel mit der eingesteckten Zündschnur zum Mund führte. Er biß das offene Ende der kupfrigen Kapsel zwischen den Zähnen fest.

Jetzt hält das, sagte der Vater. Kannst es halten. Loth nahm die Kapsel mit der Zündschnur in die Hand. Und hier, sagte er, die Schedditpatrone. Er nahm eine der schmalen, vielleicht zwölf Zentimeter hohen Papiersäulen aus der Kiste und schloß den Kistendeckel wieder zu. Er nahm außerdem einen kleinen Holzstab aus seiner Hosentasche, dann drehte er das Ende der hohen Papierhülle auf. So, murmelte er und kippte die Schedditpatrone ein wenig gegen Loth herüber. Loth konnte hineinsehen. Gelbliches Pulver.

Scheddit, sagte der Vater. Scheddit 60 N.

Er drehte mit dem Holzstab ein Loch ins Scheddit-pulver hinein. Das gibt den Zündkanal. Siehst du. Hier steckst du jetzt die Kapsel hinunter. Komm.

Loth steckte sie von oben in die Papierhülle ins Scheddit, das dadrin war.

Jetzt halten, bis ich abgebunden habe.

Der Vater nahm aus der Kiste eines der vorgeschnittenen Schnurstücke und band die Papiersäule oben ab. Nur die Zündschnur schaute noch heraus und hing über Loths Hand hinunter. Sie war vielleicht einen Meter lang. Rasch jetzt, sagte der Vater. Der Frosch wird sonst zu naß. Er nahm noch drei Schedditpatronen mit und einen der beiden Ladestöcke, und sie gingen wieder hinauf. Loth trug die Schedditpatrone mit der Zündschnur und mit der Sprengkapsel drin hintennach, und die Zündschnur rieb schwarze, feuchte Flecken auf seinen Handrücken.

Den Frosch zuerst, sagte der Vater; immer zuerst, und er nahm ihn Loth aus der Hand und steckte ihn ins Loch. Es war das erste Loch, jenes, das Loth gebohrt hatte. Die Zündschnur baumelte über den Fels herunter.

Laden, murmelte der Vater neben ihm, und Loth schaute ihm zu, wie er mit dem Ladestock die Papiersäule tief ins Loch hineinstieß, – soweit, daß die Zündschnur nur noch etwa zwanzig Zentimeter herausschaute. Dann nahm er die zwei anderen Schedditsäulen, steckte sie hintereinander ebenfalls ins Loch, und als er sie mit dem Stock ganz hineingeschoben hatte, sagte er: Verdämmen.

Loth wußte, wie das gemacht wurde. Er nahm eine Handvoll von dieser breiigen gelblichschwarzen Erde auf, der Vater stopfte alles ins Loch hinein, noch eine Handvoll nach, und als alles drin war, nahm Loth sein Sackmesser aus der Tasche, öffnete es, denn er wußte genau, was jetzt noch kam, und der Vater nahm das Messer und schnitt das Zündschnurende der Länge nach um drei Zentimenter ein.

Das ist alles, sagte er. Jetzt kannst du den zweiten Frosch vorbereiten. Ich mach den dritten fertig.

Sie gingen zur Sprengkiste zurück. Kahlmann und Gino Filippis waren schon dabei, den Bohrermotor aus der Sprengzone zurückzuschieben.

Macht er's richtig? rief Filippis herüber, und aus den Augenwinkeln war zu sehen, daß er lachte. Was der Vater knurrte, war nicht zu verstehen, und dann sagte er zu Loth: Paß auf, die Zündschnüre. Wir haben zu wenig, und der hat – sagte er mit einer Kopfbewegung gegen Filippis und Kahlmann hinüber, – hat alle schon zum voraus auf diese Länge geschnitten.

Wann kommen die Neuen? rief er laut zu Kahlmann hinüber und deutete auf die Zündschnur in Loths Hand.

Heute.

Bist du auch sicher, rief der Vater zurück. Kahlmann sagte nichts. Er trug mit dem jungen Filippis zusammen die Bohrhämmer und die Schläuche zurück, und Loth und der Vater machten weiter. Der Vater mit seinen langsamen, sicheren Bewegungen, die Loth kannte, er selber so rasch er konnte, damit der Vater und die andern nicht auf ihn warten mußten. Als sie fertig waren und alles verdämmt hatten, so daß nur noch die Enden der Zündschnüre herausschauten, drei da oben bei ihnen, vier Zündschnüre weiter unten bei

Kahlmann, nahm der Vater das Horn auf. Er blies hinein. Drei kurze laute Stöße. Wieder sah Loth ihn, wie er dort stand und hornte. Das Rauschen nahm die Hornstöße auf und trug sie fort, und Loth dachte wieder an den Schlüssel, ich will nicht mehr darauf warten, er stand hier an der Wand im Vorraum, hinter dem Vater, und dachte: er kann mir nichts antun. Und ohne daß Loth es gewollt hätte, stieg das Gesicht der Mutter vor ihm auf, er sah sie deutlich für einen Augenblick nahe vor sich, ihr Gesicht, es war wieder dieses große, schwere Muttergesicht; die graubraunen Augen, ihr Mund mit dem ernsten Lächeln darauf, das braune, schwere Haar. Noch während er sie anblickte, ihre breite Gestalt, und noch während sie undeutlich wurde und langsam verschwand und nur ein Gefühl von Schwere, von Ruhe und Zärtlichkeit in ihm zurückließ, zog er seinen Geldbeutel aus der Tasche, den Blick fest jetzt in Vaters Nacken, zog ihn hervor, öffnete, nahm den Schlüssel heraus und versorgte den Geldsack wieder in seiner hinteren Hosentasche. Ich habe ihn, dachte er, und mit der Hand, in der er den Schlüssel hielt, ging er in seine linke Kitteltasche. Er tastete mit dem Daumen und den Spitzen der eingebogenen Finger langsam die feinen Zacken und Rillen des Schlüssels ab, langsam immer darüber hin und her, er spürte die Wärme des feuchten Metalls, und in seinem ein wenig großen Kopf bewegten sich, er fühlte es undeutlich, die Gedanken wie die Fische im Fluß aneinander vorbei, der Schlüssel getötet ein Dieb verdämmen Wir haben zu wenig Warum gestohlen Die Mutter schrie nicht Der Benzinkanister warum Unter dem leeren Bett er will fort wohin,

Der Bohrhammer, Achtung, Sprengalarm, macht er's richtig, bist ja der gleiche; in Deckung, verdammich; die NSU, er. Er ist betrunken, nein. Nein, nicht töten; die Feder ist lahm; Küssen ja, ihren Mund küssen, jetzt, jetzt: geh weg; kein Wort. Kein Wort, und nach Schnaps riecht's, nach Benzin. Regen am Fenster. Jetzt doch, der Schlüssel das Zeichen und er wird es erkennen, er muß mich kennen, er muß – und mit einemmal ließ Loth den Schlüssel in der Tasche los und stand ganz still. Der Atem des Vaters, wie der schnaufte, und er sah, wie der Vater sich halb zu ihm umdrehte.

Was ist los.
Es war still im Vorraum, abgesehen von dem Lärm, den die Segeltuchplane von da unten herauf machte und abgesehen vielleicht von dem Murmeln der Stimmen, das waren die anderen und Kehrer und der junge Filippis drinnen am Tisch, und die Worte des Vaters hingen einen Moment lang über Loth in der Luft, bevor sie absackten.
Was los ist.

Los, dachte Loth, ja, was war los, was konnte er tun, damit der Vater doch verstand, warum er hier im Vorraum hinter ihm sein mußte.
Verstehst du etwas von Maschinen? fragte der Vater und drehte den Oberkörper so weit nach Loth um, daß er ihn knapp sehen mußte.
Du bist's.
Dann machte er wieder weiter, er nahm aus einem Papiersack eine neue Feder für den Mitfahrersitz und setzte die Schraube ein.

Es war jetzt längst nicht mehr kühl, es war geradezu heiß geworden, und Loth spürte die Glut hinter seinen Ohren heraufkommen. Da ging die Innentür auf, und der junge Filippis und Kehrer kamen mit dem Kessel und dem großen Korb mit dem Sack und den Tellern drin heraus. Gino Filippis schaute herüber, und als sie hinausgingen, und als die Tür krachte und niemand sonst mehr da war, nahm Loth den Schlüssel aus der linken Tasche. Er ging ein wenig näher, und er stand jetzt direkt neben dem Vater an der N S U. Er hatte nichts anderes mehr zu tun als den Schlüssel in die andere Hand nehmen, dann konnte er ihn dem Vater hinzeigen. Er brauchte das Reden dazu nicht. Der Schlüssel war besser als Reden, es genügte, ihn vorzuzeigen, das wußte er wieder; der Schlüssel war alles, was er zu zeigen brauchte, damit der Vater ihn wieder kannte und alles wußte.

Jetzt.

Und dann schaute der Vater den Schlüssel an oder vielleicht auch nur die Hand an, die er ihm hingestreckt hielt, schaute ihn oder sie eine ganze Weile lang an, und von oben sah man, wie sein struppiges Haar sich vorne zusammenschob, aber es war nicht zu sehen, ob er über den Schlüssel erstaunt war oder über das Zittern der Hand; zu sehen war das Zittern, und zu hören war das wahnsinnig laute Pochen da drin, und dann seine Stimme:

Was ist?

Was ist, dachte Loth, was ist jetzt, und was ist dann, wenn er ihn nimmt und wiedererkennt und aufsteht –

Was ist damit? sagte der Vater und drehte noch ein wenig mehr den Kopf gegen Loth herüber, und dann griff er langsam nach dem Schlüssel und nahm ihn und schaute darauf hinunter. Loth ging ein wenig zurück. Das Pochen war so laut jetzt, daß der Vater es sicher hören mußte.

Du, Stummer, sagte der Vater, das ist fast genau so einer, wie der hier. Er deutete auf die kleine Uhrentasche unterhalb seines Gürtels, vorne rechts, und Loth wußte plötzlich wieder, dort hatte der Vater früher den Schlüssel immer herausgenommen. Fast haargenau der gleiche. Was ist damit?

Loth blieb stumm. Er stand da, etwa so ruhig und so, wie einer dasteht, der die Zündschnur angezündet hat und er rührt sich nicht, geht nicht einmal in Deckung und schaut den feinen, flach abstreichenden Rauch an und sieht die Zündschnur verkohlen, rasch, einen Zentimeter pro Sekunde, er hört das zischelnde Abbrennen der Schnur, er riecht den verbrannten Teer, den süßlichen Schwarzpulvergeruch, – dasteht und aus irgend einem Grund, den er vergessen oder überhaupt nie gekannt hat, sich nicht mehr rühren kann und er erwartet den Augenblick, der jetzt, jetzt gleich, da sein wird und in seinem Gefühl schon da ist: der Augenblick, da die sauber verdämmte Ladung krachend hochgeht und im Hochgehen den Fels und das Wurzelzeug darüber und den Mann davor mitreißt, – stand also da und wartete, und als der Vater sagte, du hast ihn gefunden, nicht?

und als er fortfuhr: du hast gedacht, das ist dem alten Ferro seiner, nicht, Stummer,

und als er dann brummte: schon recht, aber mir fehlt

keiner, habe noch zwei hier. Ich hab sie machen lassen, habe früher einmal einen, – schön, ja, fast so einer, es gibt davon eine ganze Masse, aber wenn du ihn mir schon gibst, ich kann ihn da zur Reserve tun, nicht –

und als er in dem Werkzeugsack, den er vor sich ausgelegt hatte, ein zugestecktes Fach auftat, den Schlüssel hineinschob und sagte: also, Stummer, war anständig, ich will ihn behalten, hier, in der Reserve, aber laß mich jetzt weitermachen, es ist schon fast Zeit, –

da verstand er nichts von all dem, er ging nur auf die Außentür zu und hinaus, und nicht einmal Samuel verstand er und was Samuel ihm zurief, als er auf dem ausgetrampelten Platz zwischen Baracke und Rampe im Regen stehenblieb; er sah zwar Samuel oben anfahren und anhalten und aussteigen, er sah zwar auch Muralt und Luigi Filippis, wie sie vom Frontlenker herunterkamen; er hörte sogar deutlich Samuels Stimme, weil Samuel brüllte, als er Kahlmann! rief, Kahlmann! Wir sind abgeschnitten!, – aber verstehen konnte er, obgleich Samuel keine fünfzehn Schritt von ihm entfernt war und jetzt in mächtigen Sprüngen über die Rampe herunterkam auf ihn zu, kein Wort.

Man hätte nicht behaupten können, die Segeltuchplane habe dich allmählich zornig gemacht. Zornig nicht. Es war deine Idee gewesen, und nicht deine schlechteste, sie neben der Küchenbaracke über die Wasserstelle als eine Art Dach aufzuspannen, festgezurrt am Barackendachrand und, mit den zwei äußeren Ecken, an den zwei hohen Pfählen, die du eigens dafür eingerammt hattest. So bildete sie einen richtigen, gegen den Regen geschützten Unterstand, sie lag auf der oberen Seite der Küchenbaracke, sie hatte praktisch besehen eigentlich nur den Nachteil, das Fensterloch, das rampeaufwärts schaute, ein wenig zu verdunkeln; so hattest du, wenn das Feuer im Herd am Ausgehen war, nicht sonderlich viel Licht. Aber mit wenig Licht, mit Dämmerlicht konnte einer auskommen, und schließlich gab es als Mittel dagegen noch die Karbidlampe; die machte dann hell genug. Wahrscheinlich hätte es auch gegen das Knattern der Segeltuchplane ein Mittel gegeben, und du dachtest auch immer etwa wieder daran, sie mal mit ein paar Dachlatten festzunageln oder wenigstens sie besser festzubinden. Doch du vergaßest das wieder.

Vergaßest du's wirklich? Gab's nicht noch einen anderen Grund dafür, daß du das Segeltuchstück also nicht fest genug machtest? Erinnerst du dich, wie das war, Kehrer: du am Herd in der Baracke, oder du schnittest auf dem breiten Fensterbrett die Zwiebeln klein, oder du, wie du die Pfannen auswuschest, und draußen, schräg über dir und am Dach festgemacht, dieses unruhige Kämpfen des Zeltstücks gegen das Dach und die Pfosten? Sein Knattern, das Stunde um Stunde dauerte, in wirrem Takt anschwoll, wieder sanfter wurde, in müden Einzelschlägen verebbte und plötzlich aufsprang zu harten Salven von Fausthieben, die über die Seitenwand hintrommelten und nicht innehielten, bis du den Kopf hobst und dich fragtest, ob dieses verdammte Zeltplanestück nicht bald noch sich selber zerfetzte? Erinnerst du dich? Ja, die Segeltuchplane hielt stand, sie machte immer weiter ihre verrückte Knattermusik in der Luft.

Aber du, Kehrer, hieltest du stand? Siehst du, hier lag der wirkliche Grund: du hattest dich, wahrscheinlich ohne das genau zu wissen, auf eine Art Tauziehen eingelassen, auf ein Spiel, auf das in diesem Zusammenhang durchaus sinnlose Duell um die Antwort auf die Frage, wer von euch beiden, das Segeltuchplanestück oder du, gleichsam den längeren Atem hätte. Und vielleicht zum erstenmal an jenem Donnerstag, da du eben mit dem jungen Filippis dranwarst, das Geschirr und den Herd wieder in Ordnung zu bringen, wurde dir dunkel bewußt, daß du im Begriffe warst, diese komische, heimliche Wette zu verlieren. Es war ziemlich dunkel, das Feuer im Herd war am Ausgehen, und so konnte Gino Filippis wahrscheinlich nicht dein Gesicht sehen. Das war wohl auch recht so. Denn er hätte entweder gefragt, was mit dir los sei, oder er hätte geschwiegen, und jedenfalls wäre er nicht auf die Geschichte mit Ferro zu sprechen gekommen. Dein Gesicht war geschlossen, mit Ausnahme deiner großen, ein wenig zu weit vorne stehenden Augen, die auf die

Mündung der Röhre gerichtet blieben und auf das Wasser, das daraus von der Seite her in dein Abwaschbecken stetig nachfloß; es war geschlossen, und was es verschloß, das war dieses Gefühl von Furcht, vielleicht sogar einer bestimmten Sorte von Traurigkeit, ein Gefühl jedenfalls, das dich, wie du jetzt zu spüren begannst, schon eine ganze Weile lang erfüllte: Furcht vor diesem Knattern, das stärker sein würde und unbeirrt dauerte. Für einen Moment und um dieses Gefühl loszuwerden, dachtest du an zu Hause, an Margrit und an eure Jüngste, die noch keine drei Jahre alt war; du dachtest an Urs, der schon zur Schule ging und einer der Besten war, an den Ausflug nach Welschenrohr, vor vier Wochen, wo du für drei Tage hattest frei nehmen können; dein alter Plan fiel dir ein, einmal, im nächsten Sommer, mit allen in Bachmanns Autocar über die Furka zu fahren, aber es gelang dir nicht, dir alles so wieder vorzustellen, wie du's früher immer gekonnt hattest, während du Teller um Teller und alle die Gläser und Löffel mechanisch sauber machtest: immer war wieder im Gehör dieses unaufhörliche Schlagen der Plane da, und erst als Gino Filippis sagte und dich dabei leicht anstieß: Was meinst du dazu, sag doch, da drehtest du ihm dein Gesicht zu, kamst von dem Gefühl los und fragtest: Ich?

Was du dazu meinst, sag ich.

Er sah dir an, daß du geträumt hattest. Also, sagte er, du hast sie doch eben gesehen, nicht?

Wen?

Den Stummen, mein ich, und Ferro. Hast du gesehen, wie der ausschaute?

Versteh nicht. Wer ausschaute?

Also der Stumme. Mit dem ist etwas los. Du hast ihn doch dort stehen sehen, neben der Innentür an der Wand. Vor ihm Ferro. Der Stumme hatte richtige Schweißtropfen auf der Stirn, und er starrte, wie wir hinausgingen, den Nacken des Alten an, als wär dort ein Frosch los oder was. Solche Augen – ich glaube, mit dem ist etwas nicht richtig.

Was soll denn los sein.

Ich hab dir doch eben von dem Paket erzählt.

Paket?

Ich glaube wirklich, du Kehrer, du hast geschlafen. Ich meine doch das Paket unter dem Bett, wo der Stumme seine Sachen hat. Ich weiß, es war damals nicht bei seinem Gepäck, wie er ankam. Erinnerst du dich, sind's zwei Wochen her, er kam an, und am Mittag half ich ihm, als ich ihn zufällig im Vorraum seine Sachen aufnehmen sah, den Rucksack hineintragen; er hatte einen Rucksack bei sich und einen Koffer, nichts sonst. Und gestern Mittag, er war in Jammers, du weißt, ging ich zum Bett von Luigi, er hatte mein Schuhfett in seinem Sack, ich wußte es. Ich bückte mich, und ich schaute aus reinem Zufall, als ich Luigis Sack unter seinem Khakifeldbett hervorziehen wollte, unter das Bett nebenan. Da sah ich, es gab dort nichts; aber unter dem übernächsten, dem leeren Feldbett, das nach dem Stummen kommt, hatte es außer dem Rucksack des Stummen und außer seinem Koffer dieses braune Paket. Verstehst du?

Der junge Filippis stand nahe neben dir. Jetzt beugte er sich vor, den Teller in der Hand, und schaute dir voll ins Gesicht. Ich weiß nicht, fuhr er fort, aber ich denk da auf einmal, du, das ist er. Das ist Borers Benzinkanister. Der Stumme hat ihn weggenommen. Er hat ihn, und er hat ihn verpackt. Kannst du dir das vorstellen?

Er schaute dir ins Gesicht, du rochst einen Moment lang seinen Atem und du sagtest langsam: Der Stumme? Also Borer hat, meinst du, doch recht? Der Stumme hat ihn gestohlen, Filippis, das meinst du, nicht?

Der junge Filippis schaute dir ins Gesicht, und im rötlichen Licht, das unruhig von der Glut im Herd herüberglomm, konnte man seine Augen sehen, die schwarz flimmerten und leicht hin und her gingen, weil sie von dir die Antwort wollten; die kupfrige Haut konnte man sehen und sogar das winzige Zittern seiner Mundwinkel. Langsam ging sein Kopf zurück und er sagte: Ich weiß nicht. Aber eines weiß ich, mit dem Stummen ist etwas nicht richtig.

Was soll er mit dem Benzinkanister, fragtest du.

Und er sagte: Wenn er – siehst du, Kehrer, ich komme drauf, weil er da oben im Vorraum eben so komisch aussah, – wenn er abhauen wollte, wie, wenn er deswegen jetzt so aufgeregt war, weil er sich einen Plan zurechtgelegt hat?

Was heißt hier Plan.

Ja. Ich habe so das Gefühl, als würde er verschwinden wollen, mit Ferros Motorrad, und er hat deswegen erst einmal das Benzin geklaut. Nicht? Die NSU, die nimmt er dann einfach mit. Kannst du dir das vorstellen?

Ich weiß nicht recht, gabst du zur Antwort. Der Stumme, der machte mir eigentlich bisher nicht diesen Eindruck. Ich mochte ihn gut leiden. Ein armer Teufel, aber sonst –

Es war wieder so, daß man das Knattern hörte; das Segeltuchstück rupfte und riß wie verrückt an der Baracke herum und kam nicht los davon und versuchte es dennoch, ohne innezuhalten, und dann sagte der junge Filippis, während er die Teller zu den Schäften trug: Aber ich hab's dort gesehen, und es sieht genau so aus wie ein eingepackter Benzinkanister, und ich habe es dort gesehen, da gibt's nichts.

Das Feuer im Herd war erloschen. Was willst du jetzt? fragtest du den jungen Filippis.

Ich weiß selber nicht recht. Soll ich mit Kahlmann drüber reden? Oder vielleicht wär's am einfachsten, den Stummen zu stellen und ihm zu sagen, er soll diese Sache wieder in Ordnung bringen.

Es war wohl bald Zeit; um viertel nach eins mußten die andern wieder auf die Baustelle zurück, und du und der junge Filippis, ihr hattet als Küchenmannschaft nur eine Viertelstunde länger Mittag. Du schautest durch das runde Loch rampenaufwärts und hinüber, wo die Baracke abseits in den Bäumen stand. Aber die andern kamen noch nicht heraus, und die Barackentür war zu.

Man müßte zuerst sicher sein, sagtest du dann. Man müßte versuchen, zuerst herauszubringen, ob in diesem Paket wirklich der Kanister ist.

Zwei-, dreimal dranklopfen, und man wird es wissen.

Also, Filippis, sagtest du noch, und gerade in diesem Augenblick kam drüben der Stumme heraus. Dort kommt er, brummtest du, und ihr beide schautet durch das halbverdunkelte Fensterloch, das auf die Wasserstelle hinausging, dem Stummen zu, wie er dort auf den festgetrampelten und vom Regen immer wieder aufgeweichten Platz zwischen Baracke und Rampentreppe herauskam und stehenblieb, ohne Schutzhelm im Regen, und Filippis, der sich neben dir richtig hochrecken mußte, sagte: Kannst du dir das vorstellen, ich garantiere dir, mit dem – doch was er noch weiter sagte, das war selbst auf diese kurze Distanz nicht mehr zu verstehen, denn das Knattern, das ja direkt hier zum Fensterloch hereinkam, war jetzt stärker als alles andere, es schwoll immer noch mehr an, die Baracke erzitterte, und dann erst sah man, daß der Lärm nicht allein von der Segeltuchplane und vom Sturm her kam: zwischen euch und den Stummen schob sich der mächtige Leib von Samuels Frontlenker.

Er hielt. Hintendrauf saß der Bruder des jungen Filippis. Er stand jetzt auf und kam herunter, und vorne kamen Samuel und Muralt aus der Kabine. Samuel brüllte irgend etwas gegen die Baracke hinüber; jetzt lief er mit seinen großen Sprüngen über die Rampe hinunter; einen Moment lang sah man knapp nur noch seinen Kopf, er lief auf den Stummen zu, er wuchs hinter der Rampe wieder, er lief an dem Stummen vorüber, und als er keine drei Meter mehr von der Baracke entfernt war, ging dort die Tür wieder auf, und Kahlmann kam rasch heraus.

Da muß etwas passiert sein, schrie Filippis noch und eilte zur Küchentür hinter dir hinaus.

Gut, dachtest du, mag also auch noch etwas passiert sein, und langsam wandtest du dich vom Fenster ab und gingst zum Herd und zu deinem Schweigen und zu dieser Furcht zurück, zu dieser Traurigkeit, die irgendwo in dir gehockt hatte und die nun wach geworden war, geweckt von dem Knattern da draußen, das, wie du jetzt spürtest, eure sinnlose heimliche Wette gewann und das vielleicht sogar stärker sein würde als alles andere.

Eine Zeitlang blieb Loth noch vor der Barackentür stehen. Das wußte er jetzt, es war falsch gewesen, daß er geglaubt hatte, auch ohne das Reden dem Vater alles sagen zu können. Der Motorradschlüssel war sein Zeichen gewesen, aber, wie er nun wußte, ein Zeichen ohne Kraft; vielleicht, dachte er, sagten sogar überhaupt die Zeichen viel weniger, als er geglaubt hatte. Der Schlüssel wenigstens war nichts anderes mehr als ein Schlüssel für die NSU 400, die der Vater hatte, und er lag da drin im Vorraum in dem Segeltuchbeutel in der Reserve, wo der Vater die andern Schlüssel aufbewahrte. Er hat zwei neue machen lassen, dachte er, er hat vergessen, was geschehen ist mit diesem, mit dem alten Schlüssel. Er hatte ihn vergessen, und vielleicht dachte er überhaupt längst nicht mehr an das, was er, Loth, noch wußte.

Langsam stieg er die Rampe hinauf; er erinnerte sich jetzt, da er den Frontlenker vor sich hatte, daß Samuel und Muralt und Luigi Filippis und später auch Gino Filippis an ihm vorüber und vor die Tür gegangen waren, aber er wußte nicht mehr, ob das lange her war. Sehr lange konnte es zwar nicht her sein, denn wenn er nun auch fast ruhig geworden war, der Motor des Frontlenkers neben ihm strahlte noch immer seinen heißen Ölgeruch aus, und zudem wären die anderen schon alle heraufgekommen, denn es wäre Zeit. Als er die Rollbahn erreicht hatte, ging er auf den Brettern zwischen den Schienen aufwärts, und erst hier merkte er, daß er den Schutzhelm nicht bei sich hatte, und dabei ging der Regen in richtigen Schnüren nieder und lief ihm kühl über den Nacken in den Rükken hinab. Aber der Schutzhelm, der war jetzt nicht wichtig. Wichtig war, daß er kein Zeichen mehr hatte. Vielleicht müßte er etwas anderes finden. Er müßte etwas finden, das besser und jedenfalls stark genug war, um dem Vater alles zu sagen. Es wäre möglich, dachte er, einen Bleistift zu bekommen und ein Stück Papier. Er wußte, Heim könnte ihm das geben, und er hätte nichts anderes zu tun als aufschreiben, was er ihm sagen wollte; nichts anderes als ein Brief, der Vater könnte ihn lesen, er selber brauchte vielleicht nicht einmal dabei zu sein, und der Vater würde doch das Wichtigste wissen. Schreiben, dachte er, und das Stück Papier fiel ihm wieder ein, das er in dem kleinen Zimmer über der Garage damals hatte; er saß am Tisch fast im Dunkeln und schrieb seinen Brief, der so anfing: Lieber Onkel, ich danke Dir für alles. Ich bin jetzt groß genug und muß fortgehen. Es ist etwas Wichtiges –

Und während er auf der Baustelle wieder anlangte, sich umsah, zu Borers Raupentrax ging und sich auf das Trittbrett hockte, weil er hier vor dem Regen ein wenig geschützt war, und auf die andern wartete, sah er sich wieder mit dem Brief durch den dunklen Flur gehen zu Bennis Zimmer, Schritt für Schritt und auf den Zehenspitzen, denn er mußte aufpassen – durch den dunklen Flur gehen und anhalten und leise klopfen, warten, klopfen und warten, bis Benni aufwachte und laut zur Tür kam und öffnete. Er gab ihm den

Brief, und als Benni ihn zum Tisch hineinnehmen wollte unter die Lampe, da hielt er ihn am Arm zurück, schüttelte den Kopf und deutete auf das, was er außen auf das zusammengefaltete Papier geschrieben hatte: Onkel Paul. Da blickte Benni mit seinem alten Gesicht auf ihn herunter, und er schaute Benni an, dann ging er rückwärts von der Tür weg, ging weg und immer schneller durch den Flur zurück und wollte nicht, daß Benni die Tränen sehen könnte, die er auf einmal in die Augen bekam, dann war er unten, auf dem Hof und auf der Straße und auf dem Feldweg und zuletzt am Kanal; der Mond schien nicht, aber die Wolken schimmerten, und so sah er genug, als er dem Kanal entlang fortging. Das wenigstens war sicher, er wußte es: der Kanal kam aus dem Fluß, und der Fluß, der kam in Jammers vorbei; mochte es also auch noch so weit sein bis dorthin, wenn er sich an den Kanal und den Fluß hielt, konnte er keinesfalls fehlgehen.
Es war fast warm hier, und es war so still, daß man hören konnte, wie der Wind sich in den Büschen einnistete, um auf den Morgen zu warten. Aber der Morgen war noch weit weg, und das Rebhuhn, das da hoch über den Kanal wischte und gackerte, das war nur deshalb schon aufgeflogen, weil es seine, Loths, Schritte gehört hatte. Benni, dachte er, wird nichts sagen. Er wird bestimmt nicht den Onkel wecken, nicht vor dem Morgen. Und am Morgen werde ich schon weit fort sein. Noch nicht in Jammers, aber schon weit fort, und der Onkel wird nicht wissen, wo ich hingegangen bin. Benni, dachte er, wird es wahrscheinlich wissen, aber sagen wird er nichts. Still. Er mußte schneller gehen. Vielleicht.

Vielleicht war der Onkel schon aufgestanden, vielleicht stieß er schon das Tor der Garage auf, oder er telefonierte, und bald würden, wer weiß, sogar wieder die Soldaten anfahren in einer schweren Kolonne, Soldaten, die vielleicht Hunde mitgenommen hatten. Er mußte schneller gehen. Hunde, die seine Spur nahmen und hinterherkamen. Er schaute sich um. Aber er sah nichts als die flachen Felder, weit hinten ein paar Lichter. Es waren keine Scheinwerfer, es waren ruhige Straßenlampen, und hoch darüber milchig schimmernde Wolken. Kein Ton zu hören, nur immer noch dieser sanfte Wind in den Büschen, die da am Ufer nebeneinander hockten. Oder vielleicht war das, was man hörte, gar nicht der Wind, es waren nur einfach die Büsche selber, die im Schlaf sich ein wenig bewegten und ein- und ausatmeten. Und da war ja auch noch das Quarren da, ihm fiel erst jetzt ein, daß er es schon eine ganze Weile lang hörte, es kam von viel weiter unten her, von dem Stauwehr, und für einen Moment stellte Loth sich die Frösche vor, wie sie unter dem Bootssteg nebeneinander saßen und quarrten, so laut, daß man sie bis hier herauf hören konnte. Oder war das, was man hörte, doch Hundegebell?
Er blieb stehen. Nein. Nichts. Die riesigen Schatten, die über die abgeräumten Kornfelder fuhren. Wolkenschatten. Mondschein. Mondscheinwerfer, die sich näher tasteten. Silberbüsche und Kanalwasser, lautloses Silberkanalwasser, das vorüberzog. Am Boden das Gras, das hier anfing; sein zerknitterter Schatten darauf. Das Gras war feucht, man spürte es an den Knöcheln. Das gab Spuren. Spuren, und sie würden den Soldaten und dem Onkel und den Scheinwerfern

den Weg zeigen. Er bückte sich und wischte mit der Hand die eingedrückten Gräser hinter sich gegen den Strich auf. Es war möglich, daß sie sich wieder aufrecht hielten, und wenn er über eine Strecke von zehn oder zwanzig Büschen so weitermachte, konnte der Onkel mit den anderen ihm nicht mehr folgen. Rückwärts ging er eine Zeitlang weiter, einen Schritt um den andern rückwärts, und immer wieder fuhr er mit der Hand durch das feuchte, eingeknickte Gras, bis ihm in seinem Kopf, in dem er die Hitze zu spüren begann, wieder die Hunde einfielen, die Hunde, die auch durch das wiederaufgerichtete Gras seine Spur wittern würden; denn sie suchten nicht mit ihren Augen den Weg, den er nahm, sie schnupperten ihn mit ihren Schnauzen.

Da ging er schräg die Böschung hinunter bis ans Wasser; er zog die Schuhe aus, watete in das kühle, silbrig schwarze Kanalwasser hinein, und als er immer weiter watete, bis das Wasser über seine Knie herauf und bis an seine Hüfte reichte und ihn beinahe umdrückte, als er die Mooskissen und Algenbärte nicht mehr an den Füßen spürte und wieder den festen Boden unter sich hatte, als er hinauswatete und oben an der Böschung sich hinsetzte und die Schuhe wieder anzog, schlugen seine Zähne zwar vor Zittern aufeinander, aber er hatte jetzt keine Angst mehr. Auch die Hunde, dachte er, können mich hier nicht mehr finden. Er stand auf und begann zu laufen, den Kanal entlang im Mondlicht aufwärts weiter, und er wußte, daß er über eine Stunde weg durchhalten konnte. Es war Morgen, als er die Schlote der Zementfabrik erblickte, und bald darauf kam er an.

Das Tor war schon offen. Der Mann im Baubüro, der zu lachen anfing, als Loth ihm mit den Händen zeigen wollte, daß er arbeiten möchte, zu lachen, bis die Tür hinter Loth sich wieder schloß; später: der mächtige Hof der Färberei, wo niemand verstand, was er wollte und wo die Frau ins Gebäude zurückging und ihn stehenließ; der freundliche Mann vom Bezirksgefängnis – nicht der, den Loth von früher kannte –, der ihm erklärte, warum er keinen Hausburschen brauche; und die Reparaturwerkstätte endlich, wo sie ihn zur Probe nahmen und nach drei Wochen, als er den Lötkolben zerbrach, wieder fortschickten. Und die Abende dann im August, es wurde schon früher dunkel, aber es war warm in den Straßen, die Mädchen gingen in hellen und leichten Kleidern über den Platz vor der Brücke, oder sie kamen von drüben und lachten, wenn sie hinten auf die Mopeds aufsaßen und den Fahrer um die Schulter hielten und mit ihrem Flatterhaar davonfuhren; in den Restaurants am Fluß tranken die Männer Bier und spielten Karten, und in den Höfen standen ihre Motorräder und die kleinen Kastenwagen der Früchtehändler, und manchmal sah man sogar eine NSU im Dunkeln stehen, aber das waren meistens leichte, neuere Modelle; an die Hunde dachte er, an die kleinen gesprenkelten Bastardhunde, die von irgendeinem Verkehrsunfall her noch hinkten und zu dritt die lange Straße vom Gefängnis her, die schon im Dunkeln lag, stadtwärts an ihm vorüberliefen, stehenblieben und wieder hinter ihm hertrotteten, vielleicht deshalb, weil sie neugierig waren und sie hatten Hunger oder wollten nicht allein sein, und ihre Pfoten, die vom vielen Laufen auf dem nächtlichen Asphalt hart geworden waren, machten dieses unregelmäßige, trokken trappelnde Geräusch hinter ihm; oder jener Tag auf dem Arbeitsamt, er saß Stunde um Stunde da, in dem engen Raum vor dem Schalter: Männer in abgewetzten Jacken waren gekommen, junge Männer, nicht viel älter als er, und alte, sie waren gekommen und wieder gegangen, sie hatten vielleicht eine halbgerauchte Zigarette angezündet, bevor sie ohne etwas zu sagen wieder hinausgingen, oder sie hatten in den Zeitungen, die an den Wänden hingen, gelesen, und erst als der Mann am Schalter herauskam, zusperrte und sagte, es sei jetzt Mittag, stand er auf und hatte dann den Mittag unten am Fluß an seinem Platz zugebracht; später der gleiche Vorraum, der gleiche Mann und das gleiche Warten, bis wieder das Telefon ging und der Mann hinter dem Schalter ihm die Adresse der Baufirma in der Ringstraße gab; Tage später der Besuch des Onkels: der Onkel, der in seinem Opel Rekord, den er jetzt hatte, hereinfuhr, ausstieg und über das Baugelände herankam, mit dem Bauführer lange redete, ihn, Loth, dann zu sich rief und ihm am Schluß die Hand gab und sagte: Also, Loth, mach jetzt, daß du hier tüchtig wirst. Komm uns vielleicht an Allerseelen besuchen; und noch später, es war wieder Nacht, und es regnete: er ging über die Brücke, und als er drüben ankam, schaute er durchs Fenster, sah sie und ging hinein; sie erkannte ihn erst nicht, lachte dann, und für einen Augenblick setzte sie sich nahe neben ihn an den Tisch, auf den sie das Bier gestellt hatte, und ihre pfeffrige Haut schimmerte, und er spürte die Hitze unter sein Haar steigen; Hast du ihn gesehen?

fragte sie plötzlich leise und schaute ihn so merkwürdig ernst von der Seite her an, und als er den Kopf schüttelte, sagte sie weiter: Ich hörte, er ist wieder frei, und fuhr fort: weißt du, wo er ist? Wieder schüttelte er den Kopf und rückte ein wenig von ihr weg, denn das Pochen da drin kam ihm bis in die Kehle herauf. Er soll jetzt wieder beim Straßenbau sein. Willst du nicht schauen, daß du zu ihm kommst? Er schüttelte den Kopf, aber in seinem Kopf dachte er beides, dachte: ja, doch, und nein, – nein, nur nicht ihn wiedersehen, und sie dann: Auf irgend so einer Straßenbaustelle könntest du ihn bestimmt finden. Kaum hier direkt in der Stadt, eher in der Umgebung, beim Straßenbau, und als er sie anblickte, sagte sie schnell: Nein, er selber war nicht da; ich hörte, wie Gäste hier vorn von ihm redeten, Bauarbeiter, und das Geld, das er für das Bier zahlen wollte, nahm sie nicht und strich ihm mit der Hand so übers Haar, daß er zu zittern anfing und rasch, wenigstens so rasch er es konnte, hinausging, hinaus und durch die neblige Septemberstraße im Dunkeln zurück; und jetzt auch jener Nachmittag noch, die Einfahrt zur Bauleitung wieder deutlich vor ihm, dahinter das hohe Gebäude, Beton, er selber draußen neben der Einfahrt. Nachmittag also, noch immer dieser helle und kühle Nachmittag, Oktoberanfang, und seine Helligkeit war milchig weiß von dieser fernen Sonnennebellampe schräg über den Dächern. Keine Schatten mehr, nur diese Geräusche, die im Nebel versickerten, und er selber an der Einfahrt, wie er hineinschaute und wartete und wußte, daß man sich beim Bauführer hätte abmelden sollen, und wie er später über den Platz langsam hineinging, ohne in diesem Augenblick wirklich zu wissen, wohin er hier gehen wollte, bis er vor dem Mann im Baubüro der Bauleitung stand und bis dieser Mann sagte, ja, du kannst Arbeit haben. Reden brauchst du da nicht. Bei der Baugruppe III hab ich noch einen Platz für dich. Oben im Wald.

Noch immer kam keiner von den andern herauf. Loth ging zum Kompressor hinüber. Er wußte, wie man ihn anließ. Als der Motor aufknatterte, ging er weiter, nahm den Bohrer des Vaters auf und stieg die drei Meter über den Sprengschutt aufwärts bis zur neuen Bohrstelle, sie hatten sie zusammen eben noch vor dem Mittag freigelegt; der Bohrer war schwerer, als er ihn vom Vormittag her noch in Erinnerung hatte. Er setzte an. Als er auf die Halteklinken drückte und als der Bohrhammer vorn am Fels wild zu drehen begann, stemmte er die Hüfte dagegen und achtete darauf, daß der Bohrer diesmal nicht abwanderte. Langsam verschwand der Hammer im Fels. Und dann sah ich da unten die NSU, dachte er.
Die Baracke konnte man von hier aus nicht sehen. Sie lag schon zu weit hinten; sie hatten die Vorderfront, wo er hier bohrte, jetzt bis vielleicht zwölf Meter vor die Geröllhalde da draußen vorgetrieben, fast schon unter die Kuppe. Für einen Moment setzte er mit dem Bohren aus und schaute hinauf. Man konnte den Kuppenkopf durch die entlaubten Baumkronen eben noch erkennen. Er sah abwechselnd hellgrau und grau und dunkelgrau und schwarz aus, je nachdem, ob viel oder wenig Nebel davor hinstrich oder ob die Sicht für einen Augenblick klar war.

Die NSU stand da unten im Vorraum, dachte er, da, wo sie auch jetzt steht, und klickte wieder ein und spürte das Tackern des Bohrers bis in die Knöchel hinunter, und als ich mit Samuel heraufkam, dachte er, war *er* da. Da hinten. Er ist viel kleiner als früher, kleiner, als ich ihn mir immer vorgestellt habe. Er trinkt noch immer. Mehr als früher, wahrscheinlich mehr. Und jetzt, fiel ihm ein, hat er noch diesen Benzinkanister weggenommen. Ein Lump: das hatte der alte Muralt gesagt: wer hier oben einem etwas stiehlt, ist ein Lump, dachte er, und er hörte sogar wieder die Tante: Der Lump sitzt im Gefängnis, – hörte es und stemmte sich mit aller Kraft gegen den Preßluftbohrer, der nur langsam hineinging. Warum hatte der Vater das nur getan, warum hatte er diesen Kanister jetzt auch noch nicht in Ruhe gelassen, und was geschah, wenn die andern ihm auf die Spur kamen. Es wäre leicht, wenn er hätte reden können, mit dem Vater zu sprechen, und wahrscheinlich würde er ihn verstehen, und sie könnten später zusammen etwas Neues anfangen. Aber der Vater hatte nicht einmal den Schlüssel wiedererkannt, und jetzt, dachte er, gab es nichts mehr, was er hatte oder was er tun konnte. Schreiben: nein, schreiben war nicht gut genug, mit Buchstaben, die man auf ein Stück Papier schrieb, konnte man nur das Äußere sagen, aber nicht, was man mit der Stimme und dem Ton der Worte müßte sagen können, das Innere und das, was man nicht wissen, nur da drin spüren konnte. Nein, es müßte etwas anderes geben, etwas, das besser als Zeichen und Buchstaben war. Aber so sehr Loth jetzt, da er den Bohrer ausklinkte, um einen Augenblick verschnaufen zu können, in seinem Kopf auch nachdachte und so viel er sich auch anstrengte, nichts fiel ihm ein.

Aber ich werde dennoch etwas anderes finden, dachte er auf einmal; er suchte wieder neuen Stand, stemmte die Fäuste mit den Handgriffen auf Hüfthöhe an, klickte wieder ein und hielt nicht mehr inne, bis die Stange des Bohrhammers genau bis auf die Höhe der Sprengmarke in den rauchenden Stein verschwunden war. Was das sein würde, das wußte er noch nicht. Aber daß er es finden würde, das wußte er, und es war jetzt vielleicht am besten, darauf zu warten.

Er zog den Bohrer heraus und trug ihn zur zweiten Bohrstelle. Er schaute sich um. Da sah er weit unten, am untersten Ende der Rollbahn, hinter dem Regen einen Mann. Der Mann blieb stehen und winkte ihm mit der Hand. Das ist Filippis, dachte er und schaute hinunter; er legte den Bohrer nieder und ging Gino Filippis entgegen. Er sah, wie Filippis die hohle Hand an den Mund legte. Da blieb er wieder stehen, drehte seinen Kopf vom Wind ab, und jetzt hörte er, wie durch den Regen und durch das Johlen des Windes die langgezogene Stimme von Filippis zu ihm heraufdrang: Zurü – ück.

Dieser stürmische Donnerstag: Muralt neben dir in der Kabine, und hinten auf der Ladebrücke der lange Filippis. Du fuhrst langsam. Die Sicht war schlecht. Regen und Wolkenschleier, und es sah vor der Windschutzscheibe so aus, als würde heute nie Tag. Dabei war schon elf. Du fuhrst fast im Schritt, den Kopf leicht vorgeschoben, und die Baumstämme, aus den Winkeln der Augen knapp erkennbar, glitten in der nebligen Dämmerung rechts und links lautlos vorbei. Bald roch es wieder nach heißem Öl, nach Zündung und warmem Leder. Muralt sagte nichts. Nur einmal, als nach der ersten Ausweichstelle, nach den ersten zwölfhundert Metern, knapp vor dem Wagen ein Brocken auftauchte, ein Brocken von der Größe eines Kilometersteins, mitten auf der Piste, so daß du ihn bergwärts nur knapp umfahren konntest, murmelte er: Achtung. Dann wieder nichts mehr; der heiße Motorenlärm unter euch, das Zittern des Lenkrads, und der Gangschalthebel, der schepperte. Das waren die einzigen Geräusche, außer noch dem Keuchen des Scheibenwischers, und erst nach einer halben Stunde, kurz vor der ersten Serpentine, hattest du plötzlich den Erdschlipf vor dir: einen Schuttberg, gut so hoch, daß er zur Höhe der Windschutzscheibe heraufreichte, und seine Tiefe war überhaupt noch nicht abzuschätzen. Anhalten, aussteigen; im Nähergehen konnte es keinen Zweifel mehr geben. Der Schutt war noch frisch. Halbe Bäume schief darüber hinaus. Muralt und wenig später auch Luigi Filippis kamen ohne ein

Wort hinter dir her, als du hinaufstiegst. Die Abbruch-
stelle konnte man oben in der Flanke für einen Moment, als der Wind die Nebel wegzog, sehen, darunter
die breite Bahn, auf der dieses ganze Schlipfmaterial
herabgekommen war. Sie verbreitete sich nach Art
einer Lawinenbahn nach unten, und der Schuttberg,
das konnte man jetzt von da oben überblicken, war
gute zwölf Meter tief.

Muralt sagte: Abgeschnitten. Und du: Kommt, gehen
wir zurück.

Es dauerte fünfundzwanzig Minuten, bis du im Rückwärtsgang, von Luigi Filippis dirigiert, die Ausweichstelle erreicht und den Wagen gewendet hattest. Wieder war die selbe Stille da, die gleiche heiße, lärmige
Motorenstille, die Sicht war zwar ein wenig besser,
doch jetzt hattest du immer wieder das Bild dieser
verschütteten Strecke vor dir, und auf einmal kam dir
auch Kahlmann in den Sinn, und wie er nicht hatte
auf dich hören wollen.

Jetzt aber Schluß, sagtest du nach einer Weile, und
Muralt neben dir wandte das Gesicht herüber.

Schluß? fragte er.

Ich fahr keinen Meter mehr.

Muralt schaute dich noch immer von der Seite her an.

Ich glaube, wir sollten erst fertigmachen, sagte er.

Was willst du. Wir haben uns verpflichtet.

Macht, was ihr wollt. Ohne mich. Muralt hatte offen-
sichtlich keine Ahnung von Fahren, von Fahren auf
einer Strecke wie dieser; mochte er seine Pflicht tun,
bis ihm der Schlamm oder auch der Schnee an den
Hals stand. Aber ohne dich. Weder Kahlmann noch

die Bauleitung konnten dir zumuten, hier länger zu
fahren. Reiner Selbstmord. Die Baracke kam in Sicht.

Und dann, Samuel, folgte jenes komische Gespräch
mit Kahlmann. Du erinnerst dich? Kahlmann auf der
Türschwelle, du davor, und eure Gesichter, die so allmählich rot anliefen, und Kahlmann sagte rasch: Halt
jetzt den Mund. Borer legt mit sechs Leuten die Straße
frei. Spätestens morgen früh kannst du wieder starten. Fertig jetzt, und er wollte sich umdrehen und
hineingehen. Wie schlecht er dich kannte. Oder er versuchte ein letztesmal, den starken Mann, der er nicht
war, zu spielen und dich einzuschüchtern, hart und
rasch, damit deine Stimmung nicht auf die andern
übergriff? Kahlmann hatte sich jedenfalls dies eine
Mal in dir getäuscht. In dir und wahrscheinlich in sich
selber.
Kahlmann, schriest du, Kahlmann, nichts fertig jetzt!
Hierbleiben!
Kahlmann, schon halb abgewandt, blieb wie ange-
schossen auf der Schwelle stehen. Kahlmann, fuhrst du
dann fort, weniger laut und so kühl, als du es jetzt
noch vermochtest: Kahlmann, es ist gut, daß du mit
dem Raupentrax frei machst. Wir werden dann durchkommen. Aber willst du mir garantieren, daß nicht
diese Nacht schon drei neue Erdrutsche die Piste ver-
schütten? Wie ist's damit, willst du das? Verstehst du
also, was ich meine? Ich sag dir, keinen Meter mehr,
als ein letztesmal von hier nach Jammers hinunter
und direkt in die Garage. Schluß. Wir sind abgeschnitten. Hast du das kapiert, Kahlmann?

Du warst im Verlauf dieser langen, gegen Schluß hin ziemlich heiser vorgebrachten Rede immer näher an Kahlmann herangerückt; du hattest gewußt, es würde dir gelingen, dieses eine und wichtige Mal würde es dir gelingen, und Kahlmann müßte klein beigeben, ob er wollte oder ob er nicht wollte; nur hart bleiben, nur keinen Fehler mehr machen, und alles andere kam in Ordnung; das Recht, das hattest du auf deiner Seite. So sehr warst du in Eifer und gespannt jetzt auf das nächste Wort, das Kahlmann sagen würde, daß du den alten Ferro nicht bemerktest. Er war schon bald am Anfang hinter Kahlmann herausgekommen, mit Kahlmann war er dir ein paar Schritte entgegengegangen, und mit ihm hatte er sich wieder bis zur Schwelle zurückgezogen, unter den Regenschutz des knapp vorspringenden Dachs, zurückgezogen bis an die Wand neben der Tür, und dort stand er jetzt und schaute auf den aufgeweichten Vorplatz, stur geradeaus auf die Tümpel und die kleinen, versinkenden Berge aus Schotterzeug und gelblichbraun gefärbtem Lehm. Man konnte ihn leicht übersehen, gerade weil er so ruhig da stand, und du warfst nur ganz am Schluß, eben bevor du hinter Kahlmann in den Vorraum gingst, weil er dir noch immer die Antwort schuldig war, einen Blick auf ihn hinüber; aber erst einen Tag später fiel er dir plötzlich ein, er und sein merkwürdig flaches Gesicht, und daß du ihn so seltsam ruhig, ganz in sich versunken, hattest dort stehen sehen. Vielleicht sogar hättest du dir dann – etwa um neun Uhr des Tages darnach – vorstellen können, was mit dem alten Ferro an jenem Donnerstag los war. Wenigstens zu einem Teil. Aber im Augenblick also wußtest du es nicht, und Ferro war dir in diesem Moment auch nicht wichtig. Ob Ferro selber es wußte? Nein. Oder höchstens auch wieder nur zu einem kleinen Teil; was er wußte, oder was er wenigstens knapp unterhalb seines Bewußtseins als ein schon sicheres Gefühl in sich hatte, das war nur das eine: er ist's, er ist Loth er ist stumm er hat mich gefunden er kennt mich er ist einer von mir Lothar Ferro. Lothar Adrian Ferro. Nicht Beth, die Kleine, was ist mit ihr. Loth. Er ist's ganz bestimmt. Und der Schlüssel. Und haargenau dieser Blick in den Augen. Lene. Lene ihr Junge und mein Junge, und wenn er wegschaut, hat er haargenau diesen Blick. Stumm. Hab davon nie was gehört. Warum nicht. Er ist's, Loth – nichts anderes, immer wieder langsam und deutlich in ihm drin diese wenigen Worte, und wenn er auch, wie er so an die Wand gelehnt dastand, darüber hinauszukommen versuchte, er kam doch immer neu wieder in diese wenigen Wörter hinein, diese Worte, die eine Art Kette bildeten, ein Glied hinter dem anderen; und diese runde Kette oder dieser Kreis oder was das sein mochte, ließ ihn erst mal nicht los. Sie, oder er, war rings um ihn her, und er kam selbst dann nicht heraus, als das zweite Gefühl, dieses andere, das er allerdings kannte, in ihn eindrang. Es war das alte NSU-Gefühl, und es drang in dem Augenblick in ihn ein, da er von weit weg her dich, Samuel, hörte, wie du von der verschütteten Piste redetest, von den drei neuen Erdschlipfen dieser Nacht, und wie du ABGESCHNITTEN sagtest. Was dabei in ihm passierte, das war etwas Ähnliches, wie es dann geschieht, wenn so lange Regen fällt, bis die Barakkenfenster nicht mehr dicht genug halten. Sie halten

nicht mehr dicht, in schwarzen Striemen sickert das
Wasser herein, vom Sims über die Wand hinunter, es
läuft in eine geblähte Lache zusammen, es breitet sich
aus von den gezackten Rändern her, und wenn einmal
genug von dem Wasser drin ist und da ist, schwemmt
es den alten Staub auf, Papierfetzen und alte Splitter
von Holz: das NSU-Gefühl sickerte herein, es bildete
eine Lache in ihm und schwemmte die alten Bildfet-
zen auf, das Türschloß ohne Falle, die sehr leere Zel-
lenwand, diese graublau gestrichene abwaschbare
Wand; das Fenster, das zu hoch lag und Gitter hatte;
die Augen des Wärters am Guckloch; Lene; der Junge
am Gittertor des Hofes, der hereinstarrt und plötzlich
sich umwendet, davonrennt und einen an Loth erinnert; wieder die Zelle und wieder die NSU: diese zwar
keineswegs neue, aber noch immer schnelle und ziemlich schwere Maschine; auf dem Sattel zu sitzen, Handgas aufzudrehen und rasch zu fahren, leicht übersetzt
im Tempo, und sicher zu sein, daß man auf alle Fälle
genügend Benzin dahatte; genug, um zu jeder Zeit
und auch nachts weit fort fahren zu können, auf irgendeine irrsinnig lange, schnurgerade Straße einzu-
biegen und aus allem hinauszufahren, leicht übersetzt
noch in der Kurve, nach irgendwohin, wo niemand
von einem wüßte, wo man nie in der Gefahr wäre, abgeschnitten zu sein, wo alles neu wäre und bereit: nach
irgendwohin, oder auch nach nirgendwohin; – das
NSU-Gefühl, das er kannte. Es vermischte sich in ihm
mit dem Gedanken an den Benzinkanister immer mehr,
an diesen Kanister, den er da drin irgendwo unter
dem leeren Khakifeldbett verborgen hatte, ohne überhaupt recht zu wissen, was damit anfangen; es ver-

mischte sich damit und stieg höher in ihm, etwa so, .wie das einsickernde Regenwasser also im Vorraum steigen könnte, keineswegs rasch, während etwa zwei Meter daneben du, Samuel, mit Kahlmann dein komisches Gespräch hattest und ihm eben jetzt in den Vorraum hinein folgtest, und für einen Augenblick überflutete es in ihm alles, überflutete alles, setzte selbst sein Denken außer Kraft, und er stand nur immer noch weiter und nach außenhin ruhig da, bis die Flut unvermittelt abzusickern begann, zurück in die untersten Schichten seiner Erinnerung, und bis er wieder Worte zu denken vermochte, einfache Worte wie: er ist's. Loth. Er ist stumm.

Aber das, Samuel, nur nebenbei. Das spielte im Augenblick für dich keine Rolle, obgleich es, wie man heute weiß, auch für dich schon wenige Stunden später eine verdammt wichtige Sache wurde.
Doch für dich war also das andere jetzt wichtig, die Strecke und der Regen, die Pneuspuren, Steinschlag, Erdschlipfe und Kahlmann. Er blieb stehen, als er da drin die andern sah, wie sie sich unter der Innentür angesammelt hatten und einer dem andern über die Schulter schauten, weil sie wissen wollten, was da draußen im Vorraum los war. Er drehte halb seinen Kopf nach dir hin. Noch etwas? fragte er.
Ja, Kahlmann. Du redetest wirklich ruhig: ich muß wissen, ob du das kapiert hast. Wir müssen zurück. Wir müssen aufpacken.
Hinter dir tauchte der junge Filippis auf. Du hörtest an seinem Keuchen, daß er gelaufen sein mußte. Was gibt's? fragte er. Samuel, was ist los?

Aber auch der junge Filippis war in diesem Moment nicht wichtig. Nach seiner Frage, die alle gehört hatten, wurde es vielleicht noch um eine Spur ruhiger. Kahlmann fixierte dich eine Weile lang mit seinem Blick, man hörte sogar, wie's da draußen wieder brüllte, er schaute die andern an, die direkt vor ihm beieinanderstanden, und dann sagte er, und weiß Gott, jeder von euch erinnert sich noch daran, wie heiser er das sagte: Also. Packen wir auf.

DIE ZEHNTE NACHT

Als Loth mit dem jungen Filippis von der Baustelle zurückkam, war die ganze Gruppe in der Baracke beisammen. Auch der Vater war da. Aber Loth wollte jetzt nicht nahe bei ihm sein. Er ging, ohne den Vater am Tisch, wo er neben Kahlmann und Luigi Filippis und Grimm in der hinteren Reihe saß, anzusehen, langsam zwischen den andern durch und die Khakifeldbetten entlang nach hinten. Er setzte sich auf seinen Platz neben Heim an die Wand. Erst jetzt fiel ihm auf, wie hier alles durcheinander redete. Daß etwas los war, hatte er schon gemerkt, als niemand zur Baustelle hinauf nachgekommen war, und auch am Rufen von Gino Filippis hatte er es gemerkt, und er erinnerte sich jetzt, daß Samuel angefahren und gleich darauf in großen Sprüngen über die Rampe heruntergekommen war und nach Kahlmann gerufen hatte.
Ruhe! rief da vorn einer. Es war Grimm. Aber niemand schien auf ihn hören zu wollen. Loth beugte sich ein wenig vor, und an Heim vorbei konnte er Kahlmann am Tisch sehen. Kahlmann hatte ein leeres Gesicht, und es machte ihm, wie man sah, nichts aus, daß Breitenstein gegenüber auf den Tisch schlug und lachte und rief: Kehrer, wo bleibt das Bier. Ich will eins trinken. Jetzt will ich ein Bier, auf Sami eins trinken, – bis Grimm am oberen Tischende aufstand und ihn anbrüllte, endlich nun ruhig zu sein. Auch Breitenstein stand auf. Er scherte sich nicht um Grimm, vielmehr stellte er einen Fuß auf die Bank, schaute um sich, noch immer lachend, und dann sagte er mit seiner lär-

migen Stimme in das Gerede hinein: Ruhe muß sein. Und wer jetzt nicht die Klappe hält, den schicken wir gleich noch mit ein bißchen Sprengmaterial zur Kuppe hinauf. Nicht, Kahlmann? Er schaute Kahlmann an. Nicht, den schicken wir da hinauf, und er soll den verdammten Turm umlegen. Und wir bleiben unten und schauen zu und trinken eins! Oder nein, etwas anderes, rief er: Wir schicken ihn, und der soll dem Borer seine Benzinkanne suchen gehen.

Da lachten fast alle, auch Grimm und Borer lachten, niemand merkte, daß Loth in seinem Kopf die Glut aufsteigen spürte, und dann hörte man Kehrer, er stand hinter Breitenstein und beugte sich an ihm vorbei über den Tisch herein vor: Sollen wir also zwei Kisten holen, Kahlmann, wie ist's?

Man sah, wie an der Schläfe von Kahlmann die Ader aufschwoll. Für einen Augenblick sah's so aus, als würde Kahlmann nun gleich aufspringen und Lärm schlagen. Aber er riß sich zusammen. Moment, sagte er.

Ruhe! brüllte Grimm oben, und als es einigermaßen soweit war, fuhr Kahlmann fort: Moment jetzt. Ihr habt's gehört. Morgen früh gehen wir zurück. Zur Arbeit von heute: Erstens muß die Straße freigelegt werden. Borer übernimmt das mit fünf Mann. Du, Grimm, und ihr da, Muralt, Heim, Filippis und Samuel, geht mit. Ich komm nach. Kehrer, du bringst zusammen mit Gino das Küchenmaterial in Ordnung. Das Rollmaterial bleibt da. Alles andere, was noch auf der Baustelle ist, wird da oben auf der Rampe zum Verladen bereitgestellt. Ferro, du gehst mit Breitenstein und dem Stummen hinauf. Im übrigen: du notierst die

Materialverluste. Wer etwas vermißt, meldet das bei Ferro. Die Baracke räumen wir morgen früh. Und mit Saufen könnt ihr warten, bis wir fertig sind. Etwas unklar? und ohne eine Antwort abzuwarten, stand Kahlmann auf und ging zur Tür.

Zu Befehl, sagte Breitenstein; er sagte es halblaut. Kahlmann blieb vor der Tür stehen. Langsam fragte er: Breitenstein, etwas nicht klar?
Niemand sagte etwas. Da ging er hinaus.
Grimm: Der ist aber schön eingeschnappt.
Und Breitenstein: Tut's etwas? Vergessen wir nicht: Morgen ist Zahltag in Jammers. Er lachte.

Loth wußte jetzt, was los war, aber er wußte noch nicht, ob er darüber froh sein sollte wie Breitenstein und die andern. Das Paket. Warum hat er es nur gemacht. Warum gibt es mit ihm, dachte er und schaute einen Moment zum Vater hinüber, diese Geschichten? Wie, wenn sie den Benzinkanister jetzt fanden? Das Material, das verloren war, mußte gemeldet werden. Ihm gemeldet werden. Nein, so gern er von hier oben auch wegkam, froh konnte er darüber nicht sein. Der Aufbruch, das war vielleicht nur eine Falle, in der der Vater sich verfangen würde. Wenn ich hier ein wenig zurückbleibe, fiel ihm ein, – er könnte versuchen, das Paket hervorzuholen und es irgendwo da unten zu vergraben, da unten, wo sie einmal diesen Schäferhund vergraben hatten.

Noch schien keiner so recht Lust zu haben, mit der Arbeit zu beginnen. Borer und Samuel und Grimm redeten laut unter der Tür über das Freilegen der Rampe. Breitenstein machte seine Späße, und nur ganz oben war's ruhig, dort beim Vater, und der saß noch immer mit seinen halb geschlossenen Augen am Tisch. Er sah aus, als hätte er sich endgültig dorthin gesetzt und als würde er nie mehr aufstehen und fortgehen wollen. Aber er sah nicht nach Ruhe aus. Er sah aus, als müßte er über etwas Schwieriges nachdenken und in seinem Kopf zu lösen versuchen, und als wüßte er jetzt schon, daß er es nie lösen würde.

Wenn ich also zurückbleibe, dachte Loth weiter. Ich muß versuchen, so lange zu warten, und wenn alle draußen sind, kann ich ihn holen. Aber hatte das überhaupt einen Sinn, hatte es für ihn einen Sinn, wo der Vater ihn nicht einmal kannte. Er kennt mich nicht einmal, er –

Heim neben ihm beugte sich herüber. Dir wird's auch recht sein, daß wir heimkommen, nicht wahr, Stummer?

Loth fuhr zusammen. Warum, dachte er, warum frägt er mich das. Was weiß er von mir, doch als er einen Blick auf Heims Gesicht warf, sah er, daß Heims Frage keine Falle war, und er versuchte, mit seinem Gesicht auszudrücken, daß es auch ihm recht war, heimzukommen.

Vor ihm blieb einer stehen. Im Aufschauen sah er, es war Gino Filippis; Gino Filippis murmelte: Stummer, ich möcht dich was fragen. Komm. Er machte mit dem Kopf eine Bewegung nach hinten. Loth stand auf und ging hinter ihm her bis zur Rückwand. Gino Filippis sagte und drehte sich halb ihm zu: Es ist wegen dem

Feldbett da. Loth wußte, ohne in die Richtung, in die Filippis mit einer Bewegung des Kinns deutete, zu schauen, daß er das leere Khakifeldbett meinte. Er nickte. Diese Kleider und diese Pappschachtel, die auf dem Feldbett liegen, gehören dem alten Ferro, nicht? Loth nickte.

Und du, fragte Filippis, du hast deine Sachen doch unter dem Bett am Boden, nicht, Stummer?

Ja, nickte Loth. Er schaute dabei von Filippis weg auf die Holzwand. Das Paket.

Filippis: Weißt du, ich möchte wissen, was du in dem braunen Paket hast. Kann ich es einmal anschauen?, und in diesem Augenblick, Loth spürte es, sprang ihm der Blick von Filippis ins Gesicht.

In diesem Moment aber auch brüllte eine Stimme von vorne herein: Was ist los? Kommt ihr endlich oder wollt ihr dableiben. Heraus jetzt, aber rasch!

Nein! Loth schüttelte hastig den Kopf. Und als er von Gino Filippis weg nach vorn ging, als er mechanisch im Vorraum seinen Schutzhelm vom Haken nahm und hinaufging, hinter dem alten Ferro und Breitenstein her hinauf gegen die Baustelle, vom Wind und vom niedergehenden Regen geradezu vorwärtsgetrieben, kam der Zorn über ihn, ein Zorn, der ihn fast blind machte, so daß er mehrmals über Schienen und Holzschwellen stolperte und nicht mehr wußte, was ihn zorniger machte, Filippis oder die Klammern da hinten oder der Vater. Er, der daran schuld war, daß er nicht reden konnte, und daß er nicht wie Heim und die andern nach Hause gehen konnte, morgen nach Hause, weil es für ihn keinen Sinn hatte, irgendwohin nach Hause zu gehn. Er war schuld an allem, der

Vater da vorn war schuld, der eben jetzt mit Breitenstein zusammen den Preßluftmotor zurückzuschieben begann, herwärts. Nicht einmal zu ihr würde er morgen gehen können, nicht einmal zu Martha, weil sie ihn fortgeschickt hatte und weil vielleicht sogar der Vater zu ihr ging, dachte er, und sekundenlang setzte der Sturm in seinem Gehör aus, und er sah sie vor sich mit ihrem Gesicht aus Pfefferhaut und schimmernden Zähnen und Lachen; sie sah er und dann aber war plötzlich, in dieser einen Sekunde, da er auf den Bohrermotor zukam und der Sturm noch immer wartete, die Mutter da: dieses große Gesicht, auf ihn gerichtet; der Mund mit diesem ernsten Lächeln darauf, diese Dunkelheit, mit der sie verhaftet war: sie selber war da und mit ihr wieder der alte Geruch von frischer Wäsche und heißem Bügeleisen, Einmachgläsern, schwersüßem Holundersirup und von offenem Fenster an Abenden im August; sogar ihre Stimme, wie sie im Dunkeln über ihm von all diesen fernen Dingen murmelte, von den Schutzengeln, von Wölfen und von Nüssen, von Feldern, von der Muttergottes, von Erbsen, den Wolken und Mäusen und von der Eisenbahn, – war da, war gegenwärtig, für einen Moment mit den Ohren, der Nase, dem Mund und seinen Händen und Augen wahrnehmbar, nichts sonst, – dann setzte das Lärmen des Sturms in seinen Ohren wieder ein.

Kommst du endlich, sagte Breitenstein. Er hatte, wie man sah, seine gute Laune verloren, und er stemmte sich mit der Schulter gegen den Kompressor. Neben ihm der Vater.

Komm, Stummer, mach dich nützlich, sagte er. Loth

nahm vorne die eiserne Deichsel auf, begann zu ziehen. Langsam kamen die kleinen, mit Hartgummi bereiften Räder wieder in Gang, und nach ungefähr einer Stunde hatten sie so ziemlich alles beieinander, den Kompressor, die vier Bohrer selber, die Hacken und Schaufeln, soweit die andern sie nicht mitgenommen hatten, alles stand und lag auf der Höhe der Baracke am Rampenrand zum Verladen bereit, und zuletzt brachten sie das Sprengmaterial in den Vorraum zurück.

Hier, sagte Breitenstein, als sie die Sprengkiste unter dem Vorraumfenster zu Boden stellten. Geh zu Kehrer und hol uns ein paar Flaschen. Auch Loths Zunge war trocken.

Er ging wieder hinaus. Als er die Rampenstufen hinaufstieg, dachte er, daß Filippis jetzt in der Küchenbaracke war. Er blieb nicht stehen, aber er ging langsamer weiter. Kann ich das Paket einmal anschauen. Was wollte Gino Filippis damit, was hatte Filippis gemerkt, wußte er nicht, daß nicht er, Loth, das Paket unter das Feldbett zu seinen Sachen gestellt hatte? Er denkt, ich bin es gewesen, dachte er und ging immer langsamer, er denkt, ich, und er will, daß ich es ihm zeige, ich selber, weil er mich erwischen will. Dabei hab ich nichts damit zu tun, überhaupt nichts, und vielleicht mußte man Filippis zeigen, wer damit zu tun hatte. Er dachte das rasch, – mit der Hand auf den Vater zeigen, wenn Filippis noch einmal fragte, – und immer noch langsamer ging er weiter, auf die Küchenbaracke und auf das Knattern des Segeltuchstücks zu, und als er die Wasserstelle erreicht hatte, ging er unter das Segeltuchdach und blieb stehen.

Er hatte keine Ahnung, was zu genau der gleichen Zeit oben im Vorraum der Wohnbaracke vorging. Als er zur Tür hinausgegangen war, hatte der Vater ihm einen Moment lang nachgeschaut und gedacht: Jetzt aber schnell. Eine Weile kontrollierte er zusammen mit Breitenstein noch das Sprengmaterial; er wiederholte mechanisch, was Breitenstein herausgezählt hatte: Zwanzig Schedditpatronen. Fünfzehn Sprengkapselkistchen. Zwei Steinhämmer. Zwei Meißel; er wiederholte sogar die letzten Worte, als Breitenstein die Zündschnurstücke herauszog und sagte: Weit hätten die da auch nicht gereicht, sechs Meter, wenn's hoch kommt, und murmelte: ja, sechs Meter, wenn's hoch kommt, doch das war für ihn jetzt nicht wichtig. Er hatte noch eine Möglichkeit, es war seine letzte, er wußte es. Was war er für ein Idiot gewesen, diesen Kanister da oben auf der Rampe abzuhängen, ihn herunterzubringen und ihn hier im Vorraum, wo sie jetzt waren, in Packpapier einzuwickeln. Es war Nacht gewesen. Er mußte ein paar Schluck zuviel hinter sich gehabt haben, anders konnte er es sich im Augenblick gar nicht mehr vorstellen. Drin hatte schon alles geschlafen. Nur undeutlich erinnerte er sich noch an die Rampe, er war schwankend hinaufgegangen, und mit einem Mal war er vor dem Trax gewesen und hatte den Kanister gesehen, hinten links unter dem Führersitz, verschlauft und festgemacht; da hatte er ihn aus den Schlaufen herausgerissen, hatte ihn durch den Regen zurückgebracht, und nachher hatte er drin das Paket unter das Khakifeldbett geschoben. Jetzt wäre es günstig. Loth war noch weg, und wenn er Breitenstein nun auch noch für ein paar Augenblicke loswerden konnte, war es bestimmt eine Kleinigkeit, den Kanister zu holen und ihn vielleicht sogar da unten im Wald irgendwo ins Dickicht zu versenken. Das mußte natürlich rasch gehen. Vielleicht kamen schon bald Kehrer und der junge Filippis herüber, und sogar Loth kam zurück, oder schon Kahlmann.

Er stand auf. Nimmt mich wunder, wo der mit dem Bier bleibt.

Breitenstein kauerte noch immer vor der Sprengkiste. Er legte alles in die Fächer zurück. Du glaubst nicht, was für einen Durst ich habe, gab er zurück. Er stand auch auf.

Man sollte nachschauen, wo der wieder stecken bleibt, sagte Ferro.

Breitenstein: Einen Durst, sag ich dir, und er ging zur Tür, die nur angelehnt war, und hinaus. Er konnte nicht den Blick des alten Ferro im Nacken spüren, und er wußte sicher auch nicht, daß Ferro, während er ihm nachschaute, langsam auf die Innentür zuging. Als der Alte sah, wie Breitenstein oben auf der Rampe im dämmrigen Regen stehen blieb, mit dem Rücken gegen ihn, ging er hinein und ziemlich rasch nach hinten. Es war niemand da. Er bückte sich und zog den Kanister hervor. Loths Sachen. Das war ja genau der alte Koffer. Kein Zweifel. Rasch.

Er spürte, wie in seinem Brustkasten das Hämmern anfing. Horch. Ein Pfiff. Da oben von der Rampe her, das war wahrscheinlich Breitenstein. Rasch –

Aber wenngleich Loth also von alldem nichts wußte, so hörte er immerhin die Stimmen hinter der Holzwand in der Küche. Man hörte sie nur undeutlich, eine

Art Gemurmel. Das Knattern über seinem Kopf zerschlug es immer wieder, und auch das Poltern von Kisten, die da drin umhergetragen und übereinander gestapelt wurden, kam manchmal dazwischen, doch plötzlich waren sie wieder zu hören: das war Filippis, das war Kehrer, und jetzt hörte man deutlich: Er schüttelte bloß den Kopf. Kannst du dir das vorstellen.

Filippis. Gino Filippis. Loth wußte, wen er meinte. Filippis meinte ihn. Er bewegte sich nicht. Höchstens, daß er den Kopf, das Gesicht abgewendet, noch eine Spur näher an die Barackenwand heranschob. Was Kehrer darauf erwiderte, war nicht zu hören. Aber jetzt wieder Filippis:

– hättest du sehen sollen. Ein solches Gesicht. Richtig erschrocken.

So ein Schafskopf. Das war Kehrer, man hörte es deutlich. Wenn er es wenigstens noch schlau gemacht hätte!

Loth hatte den Mund offen, aber er konnte dennoch nicht hören, was Kehrer noch weiter sagte.

Schlau? Filippis: Natürlich hat er's schlau gemacht. Wer wäre da schon draufgekommen. Kannst du dir das –

Wieder das Knattern. Wenn nur wenigstens dieser Lärm. Ich nicht. Gewiß nicht. Der Vater. Nicht ich. Wenn nur dieser Lärm nicht wäre, man hätte wirklich alles gehört. Er, Loth, hätte sogar Borers Raupentrax fern von der Strecke herauf rattern hören.

– Kahlmann melden. 's gibt nichts anderes. Schon allein fürs nächste Mal, daß er im Bild ist über Klauen, nicht. Filippis.

Und dann der Pfiff. Loth fuhr herum. Oben, wo der Weg gegen die Baracke hinunter abbog, stand Breitenstein auf der Rampe. Er fuchtelte mit dem Arm in der Luft, und er sah aus, als rufe er etwas.

Aber ich kann doch nicht hinein, dachte Loth, jetzt doch nicht, und er ging nur sehr langsam um die Wasserstelle herum auf die obere Seite. Die Tür stand offen, und davor waren schon drei Kisten aufgestapelt, daneben die Bierharassen. Den Blick fest auf die Tür gerichtet, ging Loth noch näher heran, und als er nahe genug war, packte er die oberste Harasse und trug sie rasch von der Türe weg. Er spürte ihr Gewicht überhaupt nicht, als er rampeaufwärts ging. Breitenstein war nicht mehr da, wahrscheinlich hatte er gesehen, daß Loth nicht mehr zögerte, und daß er das Bier gleich bringen würde, und Loth war froh, daß er gleich achtzehn Flaschen mitbrachte.

Wo du wieder herumgestrichen bist! Komm, bring die Batterie da herein. Breitenstein ging voraus durch die Innentür. Der Vater saß schon am Tisch. Loth stellte die Harasse mit den Flaschen auf die Bank. Drei Flaschen nahm er heraus.

Prost, Alter, sagte Breitenstein.

Loth war froh, daß sie jetzt zu trinken anfingen, und ohne Breitenstein oder den Vater anzuschauen, ging er wieder hinaus und hängte den Schutzhelm und auch das Zeltstück, das vor Regen triefte, an seinen Haken. Prost, Stummer, hörte er drin den Vater laut sagen. Da konnte er nicht mehr ausweichen. Er ging wieder hinein und nahm die Flasche auf. Das Bier schäumte über, als der Verschluß aufsprang. Es war kühl.

Von Schnee, Muralt, konnte noch keine Rede sein.
Im Verlauf des Nachmittags war es nur wenig kühler geworden. Das hatte man da unten auf der Strecke
zwar kaum gemerkt; man war in diesen drei Stunden,
in denen pausenlos hatte geschaufelt werden müssen,
sogar heiß gelaufen unter dem Zeltüberwurf, und erst
als die Strecke wieder offen und man auf der Ladebrücke mit Samuel zurückgefahren war, hatte man
plötzlich die Kühle zu spüren begonnen, man war
enger zusammengerückt und mit steifen, mit halb-
gefrorenen Gliedern war man heruntergestiegen und
zurückgekommen; die eisige Nässe hatte noch während
dieses ganzen letzten Nachtessens auf der Haut ge-
bissen. Immerhin, die heiße Brotsuppe und die Brat-
würste und die Kartoffeln hatten langsam wieder auf-
geheizt. Aber dennoch taute die Stimmung am Tisch
noch kaum auf, und es sah schon ganz so aus, als
würde auch dieser letzte Barackenabend genau so
müde, genau so ereignislos und dumpf vergehen wie
alle die Abende vorher. Alles saß auf den Plätzen um
den Tisch, das miese Gefühl, das euch in den letzten
Wochen in dieser trägen Erwartung, in einer Art von
unterirdischer Spannung gehalten hatte, schien ge-
wichen zu sein, jeder war irgendwie erleichtert, daß
diese Geschichte da oben nun zu Ende ging, und so
hatte keiner mehr Lust, noch etwas Neues heute zu
beginnen. Allein noch Breitenstein neben dir schien
allmählich wieder in große Form aufzulaufen; er redete bereits ziemlich laut daher, und wahrscheinlich

hatte er, während eurer Zusatzbeschäftigung da unten, schon einige rechte Quantitäten Bier hinter sich gebracht. Übrigens hatte, wie man sah, auch Ferro schon ein paar Flaschen überstanden; er hockte mit seinem finsteren Gesicht dir schräg gegenüber, und seine feuchten Augen waren noch röter unterlaufen als sonst.

Aber um auf den Schnee zurückzukommen, den Schnee, den mochtest du nicht. Vielleicht hing das damit zusammen, daß er dich an die Paßwanggeschichte erinnerte, an diesen Traxführer, den ihr damals hattet, beim Tunnelbau, einen richtigen Welschen, und er hatte unten in Ramiswil irgend so ein Mädchen aufgetrieben, manchmal blieb er die ganze Nacht über fort, bis also der Schnee ihn erwischte. Nein, wenn's Schnee gab, da konnte man zur Not in Jammers ein paar Rinnsteine einpflastern, aber Straßenbaustellen im Schnee, das war nicht nach deinem Geschmack.

Nicht einmal geschneit hat's, rief Breitenstein neben dir, und stieß dich mit dem Ellbogen an. Und dabei, Muralt, sagte er, hast du uns den Schnee doch versprochen!

Was willst du, gabst du zurück, und man sah den Gesichtern an, daß eine mittellustige Laune doch noch im Begriff war aufzukommen, Pech gehabt.

Grimm beugte sich vor: Muralt, du hast mir doch vor ein paar Tagen die Geschichte vom Paßwang erzählt. Komm, die wollen die hier bestimmt auch noch hören.

Los, Muralt, drängte Breitenstein, und er brüllte: Ruhe! Muralt erzählt die Paßwanggeschichte.

Ob sie die wirklich hören wollten.

Natürlich wollten sie sie hören – obgleich jeder sie

im übrigen längst kannte –, und so fingst du also an, und wie du zur Stelle kamst, wo die Ramiswilerburschen deinen Traxführer hinter der Kirche zusammenhauen, wo du erzähltest, wie er sich losreißen und durch den Wald hinauf abschwirren konnte, da wurde es still, nur das Prasseln vom Ofen her hörte man noch, vor den Fenstern gurgelte leise das Wasser, und bisweilen knatterte das Küchensegeltuchstück herauf, und deine Stimme: – keucht er da durch den Wald hinauf; hört eine Zeitlang noch die Brüder hinter sich mit Knütteln, ob ihr's wahr haben wollt oder nicht, 's ist alles bei der Verhandlung ausgekommen, solche Büffel sind das da drüben. Stockdunkle Nacht. Sieht nicht seine Hand vor den Augen. Gestrüpp und Wald vor sich, und wenn er einen Moment verschnaufen will, hört er sie unter sich rufen und näherkommen. Plötzlich hat er etwas Kühles, etwas feuchtes Kühles auf der Wange; er weiß nicht, ist's der Schweiß, ist es Blut, das in der Nachtluft kühl geronnen ist, und dabei ist es Schnee. Hätte sich natürlich viel gescheiter im Unterholz versteckt, nicht; eine halbe Stunde später, und weit und breit wäre kein Mensch mehr herumgewesen, er hätte in aller Seelenruhe heraufkommen können. Wenn ich nur dem seinen Namen noch wüßte. Ein Welscher war's, einer von da hinten, aus Moutier. Aber wie er also merkt, es ist Schnee, beginnt er nur noch wilder loszuziehen, alles diese waldige Flanke hinauf, kommt auf die ersten Weiden heraus, läuft weiter, wieder in den Wald hinein, zwischen den Tannenstämmen herauf weiter, hat den Schnee vor den Augen, auf dem Haar, im Nacken. Denkt auf einmal nicht mehr an die

Ramiswiler Burschen. Denkt nur noch an den Schnee, der ihn eingeholt hat, der ihn einschneit. Denkt: der macht mich fertig. Wenn ich nicht Glück hab und noch in die Baracke komme, macht er mich hier draußen bestimmt noch fertig. Er spürt schon, wie seine Schuhe stapfen müssen, er keucht herauf, erreicht noch die Rampe, die wir gebaut haben, erreicht noch den Tunneleingang. Aber die Baracke, wo wir schliefen, die erreicht er nicht mehr. Kennt sie einer? Ich glaube, sie steht heut noch drüben, rund hundert Meter links vom Stollen im Wald. Sein Herz machte schlapp, er ging in die Knie und blieb liegen. Wie ich als Erster am Morgen herauskam, lag er vor dem Tunneleingang, schon halb verschneit.

Und weiter, fragte Breitenstein.

Nichts und weiter. Schluß war's mit ihm. Aus.

Weiß ich doch! Aber wir wollen hören, was ihr machtet, ob ihr's denen in Ramiswil gegeben habt. Das Haar hing Breitenstein ins Gesicht hinunter, und er wartete, man sah es ihm direkt an, nur darauf zu hören, wie dann eine Keilerei in Gang gekommen war.

Da gab's nichts mehr zu geben. Waren die denn schuld? fragtest du zurück. Konnten die etwas dafür, daß dem sein Herz nicht mehr weitermachte.

Und Breitenstein: Schön, aber wer dann? 's muß doch einen gegeben haben zum Zusammenhauen, nicht? Er schaute euch mit seinen komisch gläsernen Augen so an, der Reihe nach jeden an, und plötzlich lachte er und schlug dir seinen linken Huf auf die Schulter: Muralt, du bist ein verdammter Lügenschinder. Du machst uns doch diese ganze faule Geschichte nur vor:

– denkt nur noch an den Schnee, hast du nicht das gesagt? Denkt, der macht mich fertig und so weiter – und wir sollen dir das glauben? Was weißt denn du davon, was dein Welscher noch dachte? Hast du etwa mit ihm noch ein paar Worte geflüstert, wie er schon steif vor eurem Tunnel lag? Hör mir auf, Muralt, du bist ein verdammter Lügenhund, ich hab dich geschnappt, da gibt's nichts.

Sie lachten. Und Grimm: Muralt, so dumm, wie er ausschaut, ist er auch wieder nicht. Er zwinkerte dir zu und deutete mit dem Kopf auf Breitenstein.

Bier, rief der, jetzt wird's nochmal lustig. Haben wir den letzten Abend oder haben wir ihn nicht! Kahlmann, haben wir ihn oder nicht, sag, wie's damit ist.

Kahlmann lachte auf. Meinst du, mir sei's so nicht auch recht?

Kehrer brachte aus dem Vorraum fünf Flaschen. Die letzten, sagte er. Breitenstein stand auf. Keine dummen Witze, Kehrerlein. Mach das Bier auf den Tisch.

Im Ernst, sagte Kehrer, das ist der Rest.

Einen Augenblick war es ruhig. Du meinst, brummte Breitenstein dann, besann sich, und plötzlich sagte Ferro: Kehrer, los, bring den Schnaps.

Und so also ging es noch eine Zeitlang weiter, Breitenstein sang Schnaps auf Bier, dann kannst du mir, aber noch immer wollte keiner außer ihm so recht in Fahrt kommen, und dann wandte Breitenstein sich wieder an dich und sagte: Komm, Muralt, erzähl noch ein bißchen. Wie war das denn, wie ging das zu bei der Verhandlung? Kamt ihr da richtig vor Gericht?

Du merktest, wie für einen Augenblick nicht nur in

deinem Kopf etwas an Ferro dachte, an Ferro, der in diesem Punkt eine ganz andere Erfahrung hatte. Wenigstens hatte man darüber flüstern hören, war es Samuel, der es erzählt hatte, irgend so eine Geschichte mit Gefängnis, sie mußte mit seiner Frau zu tun haben, Genaues wußte man nicht, und eigentlich war das ja auch nicht wichtig. Du sagtest: Was willst du, eine Untersuchung wurde natürlich eingeleitet. Ein Inspektor kam herauf. Und eine Menge Schroters, in Uniformen und andere. Spuren wurden nachgemessen, wir wurden ausgefragt, richtiges Verhör, jeder einzeln; dann fuhren sie wieder ab, und wir hörten später nur, auch in Ramiswil hatte bei dieser ganzen Fragerei nichts Neues herausgeschaut. Zehn Tage später packten wir auf und gingen zurück. Kann dir sagen, das waren die schlimmsten, diese zehn letzten Tage im Schnee.

Da müßte man mal dabei sein. So eine richtige Verhandlung. Das müßte man erlebt haben, nickte Breitenstein, und er kam jetzt, wie man ihm ansah, bereits in die nachdenkliche Tour hinein und wurde, wenigstens für den Augenblick, stiller. Eine gute halbe Stunde schlief die Stimmung dann immer mehr ein, es wurde ruhig, gemütlich ruhig beim Fauchen und Knastern vom Ofen her, der schon glühte; die Karbidlampe schien einem auf einmal nun viel ferner weg zu sein vor lauter Rauch; der Rauch umkreiste sie lautlos in dichten Fetzen, und der Schnaps kam herein. In der bauchigen Korbflasche stellte ihn Kehrer auf den Tisch, und Heim, der ganz unten neben dem Stummen saß, kicherte vor sich hin, schaute Kahlmann an, kicherte weiter, bis Grimm auf einmal fragte: Was ist denn mit dem los? Heim, was gibt's bei dir Lustiges?

Und Heim darauf, immer kichernd, und er sah dabei wie ein Maulwurf aus: Ich denk doch an Chavaz. Warum ist er davongelaufen? Ich sage mir, das wäre doch jetzt nicht nötig gewesen, Kahlmann hat ja nun keinen hinaufgeschickt, –

Was heißt hinaufgeschickt, fragte Kahlmann, obgleich er bestimmt so genau wie jeder von euch wußte, daß Heim den Kuppenkopf anvisierte.

Richtig, Heim, auch mit der Kuppe haben wir Glück gehabt, meinte der lange Filippis später, und da war Breitenstein neben dir auf einmal wieder hellwach. Er hieb auf den Tisch und rief: Trinken wir eins, auf den verdammten Turm davorn. Er faßte dich unter, zog dich hoch, bald stand die ganze Gruppe im Kreis am Tisch; mit den Biergläsern, in denen der Schnaps bis zur Hälfte heraufglitzerte, wurde angeprostet, irgendeiner stimmte die Petite Gilberte an, beim Kehrreim schwanktet ihr hin und her, und Breitenstein schlug mit dem leeren Glas auf dem Tisch den Takt. Wie war das doch, Muralt: weggeblasen war die Müdigkeit, richtig weg auf einmal diese langweilige Barackenabendstimmung; man merkte jetzt, morgen war Abmarsch, morgen ging's heim, und nach der dritten Strophe blitzten der Schweiß und der Schnaps auf allen Gesichtern. Du hörtest zwar, wie Grimm zu Kahlmann meinte, eigentlich sei es ja schade und ihm wär's lieber, ihr hättet die Kuppe bereits umgelegt und müßtet jetzt nicht dran denken, im Frühling als erstes diese Sprengung da oben durchzuführen, aber Kahlmann winkte ab und sagte: Laß das, wie's ist, und als dann die beiden Filippis zusammen aufstanden und das Colombalied sangen, da spürte auch der Letzte von euch, jetzt war dieser ganze Zauber vorbei.

Breitenstein neben dir war verschwunden. Du merktest es erst, als von der Tür her sein Gebrüll kam: Ruhe im Saal!

Das Gelächter dröhnte, und als man sich umschaute, da stand er bei Gott unter der Tür, einen Arm erhoben, mit diesem halbbetrunkenen Gesicht, einen Zeltregenschutz umgehängt, und auf dem Schädel trug er seinen schwarzen Hut. Aber er hatte ihn verkehrtherum auf, und die Krempen standen anstatt von unten vom oberen Rand ab. Unglaublich, wie komisch der aussah, und er rief: Ratet dreimal, wer jetzt da steht.

Borer schrie: Der Sankt Nikolaus, aber das war natürlich ein Unsinn, und jeder mußte sehen, das war doch irgend so ein gelehrtes Haus, ein Advokat vielleicht.

Der Richter! warf Heim mit seiner hohen Stimme dazwischen.

Breitenstein nickte. Richtig. Er fuhr fort, und es tönte, als redete er in ein leeres Teerfaß hinein.: Es liegt eine Klage vor. Klage gegen Unbekannt. Für einen Augenblick konnte er vor unterdrücktem Gelächter kaum weitersprechen. Dann sagte er wieder todernst: Das Gericht trete zusammen. Ferro! rief er, Muralt, daher!

Bist verrückt geworden, Mensch, sagte Ferro mit schon ziemlich schwerer Zunge. Ich doch nicht.

Nur los, riefen ein paar am Tisch, los, die zwei Ältesten!

Du standest also auf. Warum auch nicht. Wenn auch noch keiner von euch wußte, was nun eigentlich gespielt werden sollte, wenn auch selbst Breitenstein wahrscheinlich keine Ahnung hatte, die Hauptsache, es passierte etwas, und man durfte fast sicher sein, daß dieser letzte Abend noch kurz vor seinem Ende einen der lustigsten abgeben würde. Du standest neben Breitenstein. Auch Ferro kam nun heran, und als ihr euch richtig aufgestellt hattet, links Ferro, rechts du, und Breitenstein mit seinem Wunderhut in der Mitte, gab er bekannt: Das Gericht hat Durst. Schafft Schnaps her!

Samuel brachte die Gläser herüber, das Gelächter am Tisch wollte kein Ende nehmen, und Kahlmann hinten war einer der lautesten. Er rief:

Moment da! Es wurde ruhiger, und er sagte: Da sind noch Vorfragen zu klären. Hat dieser Gerichtshof unser Vertrauen oder hat er es nicht? Er schaute den Tisch hinauf und hinunter.

Hat er! rief Grimm, und auch die anderen: Natürlich hat er. Weitermachen!

Und Kahlmann: Hat dieser Gerichtshof auch Strafen zu verhängen?

Nichts anderes, Strafe muß sein, gröhlte Samuel, er stand unten bei Heim und schwankte. Sie stimmten ihm bei.

Du, Muralt, fragtest: Was für Strafen, aber Breitenstein hatte bereits wieder eingesetzt, er verlangte mit seiner riesig lauten Stimme Ruhe, dann: Eine Klage liegt vor. Wo ist Borer. Warum erscheint Borer nicht vor Gericht! Daher!

Jetzt dämmerte in dir die Ahnung, worauf Breitenstein hinaus wollte. Breitenstein hatte doch mit Borer noch seine alte Rechnung auszugleichen, und es war klar, daß er ihn jetzt auf die Rolle schieben wollte. Begleitet von Samuel, der stillschweigend sozusagen den Posten des Gerichtsdieners, eines zwar schon reichlich blauen Gerichtsdieners, übernommen hatte und Borer auf die Schulter klopfte, trat Borer vor. Allerdings hockte in seinem Gesicht das Mißtrauen, und als er vor euch stand, sagte er: Was ist los, Breitenstein.

Nichts Breitenstein! Das Gericht. Es hat ein paar Sachen klarzustellen. Hier ist der Kläger, wandte er sich wieder an die Leute am Tisch. Der Kläger hat Klage erhoben, behauptet, er sei bestohlen worden. Stimmt's?

Natürlich stimmt's, lachte Borer zurück, aber es war ihm anzusehen, daß ihm bei dieser ganzen Sache nicht recht geheuer war.

Mit andern Worten, rief Breitenstein: Borer behauptet, einer von uns ist ein Dieb. Nicht?

Borer: 's kommt wohl drauf heraus.

Und Breitenstein: Richtig. Wir alle also, rief er mit seiner um eine Spur wieder schwereren Zunge, stehen unter Verdacht. Da braucht's also eine Klarstellung, nicht?

Samuel und Grimm und der lange Filippis lachten. Auch Kahlmann konnte kaum mehr an sich halten, und in der hinteren Reihe waren sie aufgestanden. Weiter, wurde geschrien.

Entweder, setzte Breitenstein seine denkwürdige Ansprache fort, hat Borer recht, und unter uns ist ein

Lumpenhund. Oder er hat nicht recht, dann aber muß Borer dranglauben!

Es ging eine ganze Weile vorbei, ehe ihr euch von dem Lachen wieder erholt hattet. Jawohl, hieß es von allen Seiten, richtig, und auch Breitenstein nickte, hob dann die Hand und fuhr fort: Dem Borer da wurde ein Benzinkanister geklaut. Kläger, wann war das.

Borer mußte wohl oder übel weiterspielen. Samuel brachte ihm Schnaps. Vor zwei Wochen.

Hat der Kläger Vermutungen.

Borer zögerte. Er schaute sich einen Moment lang um, und es gab einem einen leichten Druck auf die Nerven, bis er endlich sein nein, nicht, hervorgebracht hatte.

Gib ihm eine Chance, warf da Ferro langsam ein. Er soll seine verdammte Klage zurückziehen, wenn er loskommen will.

Nichts da, rief Breitenstein, die Klage –, doch von Grimm und bald von allen Seiten her wurde er unterbrochen: Gib ihm die Chance, er selber soll wählen. Borer selber.

Und Breitenstein: Gut. Mir auch recht. Borer, wie steht's damit: willst du also schlapp machen, oder sollen wir den Hund herauskriegen?

Borer nickte. Der kam weg, brummte er, da kann mir keiner nichts vormachen.

Applaus für Borer. Der hat's dir gegeben! Das war der lange Filippis.

In diesem Augenblick fiel zufällig dein Blick auf Kehrer. Kehrer saß links außen, neben ihm der junge Filippis, und sie schauten beide ernst drein, sie wech-

selten halblaute Worte zusammen, und Kehrer, du
sahst es genau, langte mit dem Arm hinter Grimm
vorbei zu Kahlmann hinüber, der gleich nach Grimm
kam, und stieß ihn an. Kahlmann richtete sich auf.
Hinter Grimms Kopf vorbei murmelte Kehrer ihm
etwas zu, deutete auf den jungen Filippis neben sich,
nickte, doch Kahlmann verzog nur sein Gesicht, anscheinend zum Zeichen, daß er nicht verstanden hatte, winkte mit der Hand ab, lachte und widmete sich
wieder dem Gericht. Und da ging's auch schon wieder weiter, weil Grimm herüberrief: Und die Strafe?
Du mußt ihm natürlich noch sagen, was er zu ge-
wärtigen hat, wenn er verliert.
Die Strafe, erklärte Breitenstein, wird vom Fußvolk
bestimmt. Ich persönlich, sagte er, bin für Aufknüp-
fen, und er schaute die Dachbalken an.
Klar, gehängt muß sein! brüllte Samuel begeistert,
wollte weiterfahren, aber der lange Filippis meinte
ruhig: Ist doch Unsinn. Jeder gibt ihm ein paar um
die Löffel, das tut's auch.

Doch du, Muralt, hattest da eine ganz andere Idee.
Der Schnaps war dir zwar schon schwer ins Genick
gestiegen, aber soviel wußtest du noch immer, daß
man das Spiel mit dem Nützlichen verbinden konnte.
Ich meine, wenn schon die Kuppe gesprengt werden
muß, warum soll nicht Borer oder eben der andere,
den wir finden wollen, die Sprengung übernehmen?
Ist doch das einfachste, nicht?

Du hattest nicht mit Borer gerechnet, mit Borer, der
jetzt spürte, daß die Sache ziemlich gefährlich lief. Er

blieb für zwei, drei Sekunden ruhig, merkwürdig ruhig, es hatte an diese Möglichkeit, wie man sah, keiner bisher gedacht, aber fast zur gleichen Zeit, da Grimm sein: Großartig, Muralt! ausbrachte, quasselte Borer los: Halt! schrie er, und in seinem Gesicht stand seine ganze Wut, seid ihr allesamt eigentlich verrückt, kommt doch gar nicht in Frage. Ich nicht. Bin ich denn –, weiter kam er nicht. Er kam genau noch bis hierher, und alles andere ging, wenn er's überhaupt noch hervorstieß, im Gelächter Breitensteins unter. Erinnerst du dich, Muralt, wie das ausschaute: Breitenstein mit diesem schon nicht mehr ganz geheueren Gelächter, wie er da neben dir stand, sich dir jetzt zudrehte, das Glas in der Hand, schon schwankend, und sein riesiger Mund weit geöffnet, das Gesicht schweißüberströmt; dieser mächtig gebaute Kerl da vor dir, nicht mehr der gutmütig lachende Breitenstein, vielmehr ein hochaufgerichteter, betrunkener Brocken von Mensch, geschüttelt und längst übermannt von den Wogen aus Gelächter, die aus seiner Tiefe hervorkamen. Es war ausgeschlossen, daß Borer auch nur noch eine Spur von Chance hatte. Was er vorgebracht hatte oder was immer er noch vorzubringen versuchte, es wurde geradezu weggespült von dieser sonderbaren Heiterkeit des Richters mit seinem umgestülpten Hut auf dem Schädel und dem Zeltregenschutz, in dem er dastand. Nur ab und zu waren Worte aus seinem Schwall zu verstehen: Genau das Richtige, genau – oder: Muralt, Bruder, du hast – oder etwa: Großartig, wird der Augen machen! – klar war nur, daß dein Vorschlag – er war dir, wie du so die Gesichter vor dir angeschaut hattest, rein aus

Zufall eingefallen – dein Vorschlag also mächtig nach seinem Herzen war. Er hatte wohl selbst nicht geahnt, wie überaus lustig das Zufallsspiel, das da ins Rollen gekommen war, sich zu entwickeln begann. Übrigens wohl auch die andern hatten es nicht geahnt, und um so heißer zündete Breitensteins Scherz jetzt in ihren schon schnapsgeheizten Köpfen.

Nun, die Verhandlung, – du weißt zweifellos noch haargenau die Einzelheiten, – nahm ihren Gang. Es waren allerdings gute drei Minuten vergangen, bis wenigstens einigermaßen nun wieder Ruhe herrschte. Eine noch immer lärmige Ruhe, und Borer wandte sich, nachdem er euch alle entgeistert angeschaut hatte, seinem Platz zu und versuchte, sich wieder zu setzen. Was aber vereitelt wurde, weil Samuel und der lange Filippis ihn mit vor Lachen noch immer dunkelroten Gesichtern wieder packten und ihn vor euch heranschleppten. Nach längerem Widerstreben gab er anscheinend klein bei und stand wieder da, bewacht von den beiden. Wieder verlangte Breitenstein Ruhe im Saal, wandte sich an den Kläger und verkündete stammelnd: Borer, nur die Ruhe. Das Urteil ist längst nicht gefällt. Alles wird untersucht, keine Frage, alles! Nur keine Angst. Hat einer die Kanne abgehängt, so wird das Gericht ihn finden. Überhaupt keine Frage. Wir wollen Gerechtigkeit.
Du selbst gabst Borer allerdings keinen großen Kredit mehr. Borer war im Grunde genommen ein nicht ungerader Kollege, aber diese Kanistergeschichte, – er wollte wahrscheinlich auch vor sich selber jetzt nicht mehr zugeben, daß ihm sowas hatte passieren können.

Wenn er nun hier ein bißchen in die Kur genommen wurde und wenn er dann morgen früh diese Sprengung da oben durchführen mußte, – eine Sprengung, die andernfalls im Frühling ohnehin fällig wurde, und dann eben irgend einem andern unter euch zufiel, – was konnte ihm das schon schaden. Gewiß, wenn es jetzt auch noch zu schneien anfinge über Nacht, könnte diese so schon nicht eben gemütliche Arbeit bestimmt recht unangenehm werden, das war dir noch so einen Moment lang klar. Doch dann ging plötzlich alles wieder ziemlich rasch weiter.

Zwei, oder sagen wir: drei Dinge jedoch spielten sich zur gleichen Zeit ohne dein Wissen in deiner nächsten Nähe ab. Dinge, die ganz direkt mit euerem Spiel zu tun hatten. Da war einmal der alte Ferro: Er stand auf der andern Seite von Breitenstein, und seine Hand tastete sich hinter ihm an den Türpfosten. Sie klammerte sich daran fest. Zum zweiten war dies Zittern in der Hand des Stummen, der verstohlen sein viertes Glas zum Mund führte und der seine Augen, vor denen längst alles schwankte, durch das Schwanken hindurch unverwandt auf das Gesicht des alten Ferro gerichtet hielt. Und da war noch, drittens, das hohle Rufen des Sturms da draußen, des Sturms, der ans dunkle Vorraumfenster und über das Dach der Baracke hinweg den Regen und die ersten breiigen Fetzen Schnees trieb. ·

Es war zu spät. Der Lärm nahm zu, und Loth schaute den langen Filippis an, diese schwankende Gestalt, die an ihm vorüber und nach hinten ging, in einem merkwürdigen tanzenden Schritt sich um sich selber drehte, das Glas in der Hand, und auf dem Gesicht ein Rauschmännerlächeln: ein einsamer Tänzer, der den Kopf zurückgelegt hatte und langsam und betrunken durch die Qualmschwaden kreiste, und er sang mit seiner fremden Singsangstimme: Das Gericht findet ihn, das Gericht findet ihn, – eintönig, sanft und abseits, immer das gleiche. Loth hatte sich halb zu ihm umgedreht, und über die Schulter schaute er zu.

Gerechtigkeit, hörte er neben sich die Stimme flüstern, neben sich auf der rechten Seite, und als er sich umdrehte, da hatte er dicht vor sich Heims Gesicht. Es war das Fiebergesicht eines kleinen, geduckten Mausmannes, eines betrunkenen Brillenmausmannes, er starrte es an, er sah das Flackern in den geöffneten Pupillen und er hörte Heims Flüsterstimme, die leise und verzückt immer wiederholte: Wir wollen Gerechtigkeit. Wir wollen GERECHTIGKEIT –

Er wandte sich ab. Es war zu spät. Zu spät zum Nachdenken oder zum Hinausgehen oder zum Sichhinlegen und Sicheinhüllen in die dichten Wolldecken; es war wirklich zu spät, und er konnte nur noch da sitzen und auf die schweißigen, vom Gelächter und vom Kichern und wieder vom Auflachen immer neu sich verändernden Gesichter um sich her schauen und trinken. Aber auch der Schnaps konnte ihm nicht helfen, er spürte es: irgendwo in ihm drin war etwas, das sich gegen das Betrunkenwerden zur Wehr setzte, ein starres, ein entsetztes Gefühl dadrin, das sich aufrecht hielt und nur dann ein wenig zuckte, wenn sein Blick auf die ernsten Augen von Gino Filippis fiel oder auf das betrunkene, aufgerissene Gesicht des Vaters neben dem Türpfosten, neben Breitenstein.

Erst als Breitenstein jetzt zum dritten Mal: Aufstehen! rief und: Jeder vor seinen Schragen! Jeder mit dem Glas in der Hand! verstand er, daß dieser Befehl auch ihm galt. Und zwischen dem Singen und dem Gelächter stand er auf und ging mit seinem Glas nach hinten. Breitensteins Lachen kugelte hinter ihm her.

Borer, hörte er Breitenstein rufen, du stehst auf die Bank. Du überwachst jede Bewegung. Du bist der Aufpasser. Ist er nicht ein prima Aufpasser? Und du, Muralt, gehst nach hinten, Ferro bewacht hier vorne die Tür. Rascher. Alles bereit?

Es war nach vielleicht drei Minuten alles bereit. Filippis, dachte Loth, Himmel, was hat Gino Filippis vor, und für einen Moment hörte er wieder, wie Filippis hinter der Küchenbarackenwand sagte: Schlau? Natürlich schlau! – Damit er im Bild ist über Klauen –, aber Filippis hatte, soviel er, als er sich in der Reihe jetzt vorbeugte, sehen konnte, überhaupt nichts vor; er stand wie die andern vor seinem Khakifeldbett, lachte, trank Borer zu, auch er schon angetrunken, und wie nun Breitenstein mit seinem schrecklichen komischen Hut auf dem Kopf ein paar Schritt näher kam und laut rief: Alles klar? Die Untersuchung be- beginnt, da sah Loth, wie Filippis die Hand hob. Halt!

rief er Breitenstein zu. Seine Stimme war scharf genug, um den Lärm zu durchschneiden, und momentlang war's ruhig.

Breitenstein schaute ihn an. Was ist?

Vielleicht hat einer, sagte Filippis, noch etwas zu sagen.

Großartiger Spaß! hörte man vorne Samuel rufen.

Breitenstein drauf: Keine Ahnung, was du willst. Das Gericht –

Aber Filippis fiel ein: Nein, ich mein' doch Aussagen. Vielleicht weiß einer Bescheid und will dem Gericht noch gestehen. Kann ja sein, nicht? Kannst ja, wenn einer sich jetzt noch freiwillig stellt, die Strafe heruntersetzen, nicht, Breitenstein?

Breitenstein schaute Muralt an, dann auf die andere Seite zum Vater hinüber, der die Türe bewachte: Wie denkt das Gericht darüber?

Aber bevor Muralt oder der Vater noch etwas erwidern konnten, meinte Filippis: Kann ja sein, daß einer etwas weiß, er möcht' es vielleicht sogar sagen – Filippis drehte langsam den Kopf zu Loth herüber, schaute ihn an und sagte: – und er kann nur nicht. Loth sah Filippis' Augen. Halb lag noch Spaß darin, halb Drohung. Er wußte, was Filippis dachte. Er wußte es haargenau. Er fühlte die ungeheure Enge in seiner Kehle, alle schauten sie jetzt her, und dabei hatte er nichts mit alldem zu tun, nichts mit diesem Paket dahinten, wo er seine Sachen aufbewahrte, er nicht; warum kam Breitenstein mit seinem grauenhaften Hut und diesem gefälschten Lachen auf den Lippen nun auf ihn zu, warum war's plötzlich so ruhig, daß man nur noch das Rauschen in den Ohren hörte, und warum war der Vater dort vorne, warum kam er nicht, jetzt, jetzt doch; und heftig schüttelte Loth den Kopf, deutete auf sich mit der Hand und sagte mit dem Kopf nein, nicht ich.

Halt! Samuel. Das war Samuels Stimme. Und gleich nun auch Borer von oben, von seinem Bankplatz aus: Halt, es fehlt ja einer. Ferro ist verschwunden. Das Gericht –. Was er außerdem noch rief, ging im neuen Lärm unter. Schon strömten sie vorne zur Tür. Samuels Stimme kam schon vom Vorraum her: Ferro! Ferro!, und nur dadurch, daß Breitenstein mit seiner lautesten Stimme sich Platz verschaffte, zur Tür vordrang und Grimm und Kehrer und auch Kahlmann, der sich vor Gelächter kaum mehr auf den Beinen halten konnte, zurücktrieb und die Tür zuwarf, konnte er verhindern, daß die Jagd nach Ferro losging. Nichts da! rief er. Zurück ihr, los. Jeder an seinen Platz. Jeder legt sein Gepäck auf dem Bett aus. Säcke und Koffer geöffnet! Um Ferro werd' ich mich kümmern. Wird wohl, setzte er hinzu, zum Kotzen gegangen sein. Weiter jetzt!
Von draußen hörte man Samuel und auch Kehrer. Die Tür wurde aufgerissen, und Loth sah den Vater. Der Vater torkelte, von Samuel gestoßen, gegen das obere Tischende. Dort blieb er stehen. Er war schon naß vom Regen. Sein Kopf hing vornüber, die Hände stützten sich auf dem Tisch auf. Breitenstein stand neben ihm. Er schien ihm zuzureden, aber man konnte nichts verstehen, denn Samuel rief immer wieder: Weiter, weitermachen! Wo ist der Schnaps?
Und Grimm: Haben wir den letzten Abend oder ha-

ben wir ihn nicht. Kahlmann, wie steht's damit; er hatte die Korbflasche vom Tisch genommen und schenkte den Schnaps in die Gläser ein, die Samuel und Kahlmann und Borer ihm hinhielten.

Komm, Stummer, rasch! hörte Loth plötzlich Filippis neben sich sagen. Bist ein Schafskopf. Du hast ihn doch, komm. Filippis beugte sich nahe zu ihm her, und man konnte den Schnaps aus seinem Mund riechen. Komm, gib ihn mir, und wir legen ihn da drüben unter das leere Bett von Chavaz. Die sind ja alle besoffen. Und morgen, beim Abmarsch, sag ich's ihnen, dann spielt das doch keine Rolle mehr und sie sind wieder nüchtern. Aber schnell jetzt, er zwinkerte mit den Augen, und Loth sah ihm zu, wie er an ihm rasch vorüber und zum leeren Feldbett ging, niederkauerte, umhertastete, sich umwandte, Loth zu sich herwinkte, rascher wieder weitersuchte, plötzlich innehielt.
Wo hast du ihn, fragte er scharf, und von vorn kam schon wieder Breitensteins Ruf: Kommt endlich, ihr Säufer. Jeder seine Sachen aufs Bett. Aber Loth verstand nicht, er kauerte sich neben Gino Filippis auf den Boden und versuchte, im dämmrigen Licht da unten das Paket zu erkennen. Sein Koffer, der Sack, Schuhe. Das Paket war fort. Er schaute Filippis an. Er schüttelte den Kopf, mehrere Male, und deutete dabei auf sich. Filippis zog den Koffer hervor, Loth dann den Sack.

Muralt über ihnen: Ihr zwei, könnt ihr nicht fertig machen? Jeder sein Gepäck auf die Wolldecken. Er lachte, und Loth sah im Aufschauen, wie seine Augen einen irren Glanz hatten. Sie standen beide auf, stellten das Gepäck nebenan auf Loths Bett, und Filippis ging wieder weg. Er ist fort, dachte Loth, der Kanister ist fort, der Vater hat ihn fortgetan, und für einen Augenblick ließ dieses starre Gefühl in ihm ein wenig locker, und es gelang ihm sogar zu lachen, als Breitenstein mit Muralt nun vor ihm stand und rief: Das Gericht will Auskunft. Ist das alles, was du hast? Dabei deutete Breitenstein mit der Hand auf Loths Sachen, die hinter ihm auf dem Bett lagen. Aufmachen. Muralt half ihm den Koffer öffnen. Breitenstein sagte: Nichts. Der Nächste.

Es war jetzt ein wenig ruhiger geworden, und bei Luigi Filippis drüben stellte Breitenstein die selben Fragen, und alle lachten. Die Untersuchung ging weiter. Muralt kam noch einmal zurück und durchstöberte das Gepäck des Vaters, das da auf dem leeren Khakifeldbett lag: zwei Koffer, den Rucksack, dann kam er wieder an Loth vorüber. Dabei stieß er ihn mit dem Ellbogen leicht an, deutete auf Breitensteins verkehrten Richterhut und klopfte mit dem Zeigefinger an seine Stirn. Das Zeichen für Verrückt.

Loth zog sein zerdrücktes Zigarettenpaket heraus. Er steckte sich eine an, und während er zusah, wie Gino Filippis eben an die Reihe kam, ließ er den Rauch aus Nase und Mund gleichzeitig ausströmen; denn das konnte er jetzt ebensogut wie Samuel und die anderen, und er gab sich Mühe, so ruhig auszusehen, wie etwa der ältere der beiden Filippis, der da neben ihm an seinem Platz stand und auf das Ende der Untersuchung wartete. Alles sah jetzt schon ganz danach aus, als hätte er Glück gehabt und als würden allmählich die andern müde bei diesem schwierigen Spiel, und wahrscheinlich wäre auch gleich nun das Ganze zu Ende gewesen, sie hätten alle ein letztes Glas noch zusammen getrunken und wären dann schlafen gegangen, hätte nicht Kehrer dem jungen Filippis in eben diesem Augenblick davorn halblaut,etwas zugerufen und hätte nicht Filippis noch einmal herübergeschaut, die Schulter gezuckt und laut zu Breitenstein gesagt: Ich hab eine Aussage zu machen.

Eine Aussage? rief Breitenstein, und man konnte ihm ansehen, wie sehr er sich darüber, daß Filippis so eifrig mitspielte, freute. Ruhe! Filippis macht eine Aussage.

Hab ich's nicht gesagt!, und Borer kam von der Bank herunter. Einer muß etwas wissen, und wenn's nicht Filippis ist –

Breitenstein schob ihn zur Seite. Nichts, sagte er. Filippis ist jetzt dran. Was gibt's.

Und wenn Loth jetzt auch nur einzelne Worte verstand – Paket, ja, der Stumme, heut Mittag noch da, genau so groß, vorstellen, Kehrer gesagt, – er wußte, was Filippis da vorn aussagte, er stand da, das Rauschen kehrte in seinen Kopf zurück, er wußte es haargenau, und als Breitenstein ihn rief, ging er, den Blick auf den Boden gesenkt, langsam nach vorn und auf die andern zu. Alle hatten sich um Breitenstein und Filippis wieder angesammelt. Borer stand wieder auf der Bank, Samuel in der Tür. Nur der Vater saß jetzt wieder da oben auf der hinteren Bank am Tisch. Loth wußte es, ohne aufzuschauen, und als Breitenstein sagte: Stummer, blieb er stehen. Es war ruhig.

Stummer, fuhr Breitenstein fort, wie ist das. Du hast's ge- gehört. Klar? Gehört, und das Gericht will das wissen. Das Gericht will wissen, wo du dieses Kanisterpaket versteckt hast. Los, zeigen.
Loth schaute auf. Er schaute Breitenstein an, er schaute alle die andern an, diese vom Schnaps erhitzten, gespannten Gesichter links und rechts von Breitenstein, er hörte, wie Filippis sagte: Du weißt, ich wollte dir eine Chance geben. Aber du hast eben vorhin gelogen, du hast es abgestritten, – hörte ihn, hörte sogar den Sturm draußen, das Knattern von der Küchenbaracke herüber, hörte, so sehr war jeder Sinn in ihm angespannt, jedes noch so heimliche Ausatmen, jedes noch so verstohlene Knistern im Ofen oder oben im Gebälk, alles außer dem breiigen, stummen Aufsetzen der Schneefetzen auf dem Dach und auf der Außenbank des Westfensters im Vorraum; sogar das leise Keuchen vom oberen Tischende her hörte er jetzt, er ließ um eine winzige Spur seine Augen von Breitensteins Brustkasten weitergehen, und dann begegnete sein Blick zwischen dem linken Arm von Breitenstein und dem Rechten Muralts den Augen des Vaters. Aufgerissene Augen. Schnapsglut darin. Das alte Gesicht, von den beiden Fäusten abgestützt und in die Breite verzogen. Halbgeöffneter Mund. Keuchen. Hächeln eines Hundes, eines vom Schrecken und vom Grauen angeschossenen Hundes. Karbidlichtschlagschatten auf der linken Hälfte, und mit einem Schlag wußte Loth wieder, ein einziges Wort würde genügen,

nur eines, und diese riesige Entfernung zwischen ihm und dem Mann dort, seinem Vater, würde nicht mehr sein, sie könnten zusammensein, und zusammen könnten sie alles aushalten. Aber seine Zunge kam aus ihren Klammern dahinten nicht los, so sehr sie sich spannte und hinter seinen Zähnen sich aufwölbte: nichts, außer diesem Lallgeräusch, das keiner vernahm. Nein, und er schüttelte den Kopf. Er schüttelte ihn und kam wieder zu Breitenstein und den andern zurück, und Filippis sagte scharf: Stummer, du lügst. Du weißt es. Wo ist er!

Und Breitenstein: Komm, Stummer, zeig ihn uns, du hast ihn versteckt.

Loth schüttelte den Kopf. Er wußte nicht, wo der Kanister war. Er wußte es wirklich nicht. Er wußte höchstens, daß niemand außer dem Vater ihn fortgenommen haben konnte.

Gut, meinte Breitenstein. Er blickte um sich. Alles wird durchsucht. Die ganze Baracke. Er lachte. Samuel, Luigi Filippis und du da, Gino, ihr übernehmt den Vorraum.

Da wußte Loth noch etwas anderes: daß es für ihn und daß es für den Vater zu spät war. Sie waren jetzt beide allein. Jeder für sich. Und es war ihm, als sei nun nicht mehr nur diese Sache mit dem Benzinkanister wichtig.

Du fandest ihn. Er stand im Dunkeln hinter Ferros
NSU, in der hinteren Ecke des Vorraums. Drinnen hatten sie wieder zu singen angefangen, es klang ziemlich
übel, und man hörte Grimm und Kehrer und Kahlmann und sogar Heim. Du nahmst das Paket an der
Schnur auf, und du wußtest gleich, das war der Benzinkanister. Samuel und dein Bruder kamen heran.
Da, sagtest du. Keine Frage. Während Samuel das
Paket hielt, rissest du einen Fetzen Papier auf.
Ja, sagte Gino. Ich wußte es. Genau dieses Paket hab
ich gesehen. Kommt.

Ihr gingt hinein. Dein Blick fiel gleich beim Eintreten
auf den Stummen. Er saß unten auf der hinteren Bank,
zusammengesackt, und war eben daran, einen tiefen
Schluck zu tun, als er euch eintreten sah. Er hielt mit
Trinken inne. Aber er bewegte sich nicht.
Paß auf den Stummen auf, sagte Gino neben dir.
Ein raffinierter Hund, stammelte Samuel da hinten,
und dann waren die andern da, sie umringten euch,
Borer lachte begeistert, und Breitenstein, der anscheinend in der Zwischenzeit weitergetrunken hatte, besann sich nun plötzlich wieder auf seine Rolle, um-
armte dich mitsamt dem Kanister, drehte sich der
Allgemeinheit zu und begann wieder nach Ordnung zu
brüllen. Es dauerte lange; endlich aber saßen sie alle
wieder auf ihren Plätzen am Tisch, du warst ziemlich
weit unten, und der Angeklagte stand zuunterst, von
Samuel bewacht. Und oben stand das Gericht. Das

heißt, Breitenstein und Muralt standen dort, Ferro nicht. Ferro hockte links von Breitenstein noch immer auf der hinteren Bank, ganz oben in der Reihe, und Grimm sagte eben: Laß ihn. Der ist fertig.

Grimm hatte recht. Wenn man Ferro betrachtete, wie er dort, mit dem Kopf auf den übergeschlagenen Armen, halb auf der Tischplatte lag – bisweilen lief ein Zittern über seinen Nacken und durch seine Schultern –, wußte man, daß Ferro fertig war. Trunkenes Elend, jedenfalls schwer besoffen. Schade um Ferro. Nun gut, es war der letzte Abend. Laß ihn, morgen wird's ihm besser gehen, sagte Muralt, als Breitenstein ihn jetzt am Kragen packen und auf die Beine stellen wollte. Breitenstein rief: Aber das Gericht muß vollzählig sein. Heim spielt den Ersatzmann, nicht? Niemand schien dagegen zu sein. Heim kam schwankend und mit seinem wenig klugen Lächeln auf dem Gesicht von unten heran und stellte sich links neben Breitenstein ans obere Tischende. Merkwürdigerweise kam euch diese ganze unwahrscheinlich stumpfsinnige Szene keineswegs mehr komisch vor; es hatte sich sogar so etwas wie eine düstere Feierlichkeit über euch gelegt; jeder war irgendwie betroffen von der Tatsache, daß es diesen idiotischen Benzinkanister, an den längst keiner mehr geglaubt hatte, gab, und daß er jetzt, mit Benzin bis obenhin gefüllt, da vor euch, vor Breitenstein, auf dem Tisch stand; jeder konnte ihn sehen, jeder ihn, wenn er wollte, anfassen, und jeder war gespannt, was dieses Gericht in der jetzt mit einemmal so veränderten Lage weiter tun würde. Natürlich war auch der Schnaps nicht unschuldig an diesem Stimmungswechsel. Nachdem jeder doch seine Prozent Alkohol im Blut hatte, war es nur logisch, wenn eure Gefühle von heiter jetzt auf gemütvoll umkippten. Dies Kippen wurde beschleunigt durch den Anblick, den der Stumme in diesem Augenblick bot: er stand so vollkommen allein, so traurig da unten, mit einem so erbarmungswürdig hilflosen Ausdruck auf seinem breiten Gesicht, daß er einem richtig leid tun konnte; wenigstens dir, Luigi Filippis, ging's so, und einen Moment lang war dir, als müßtest du aufspringen, den guten Jungen hinausschicken und den andern allen Bescheid sagen. Aber das Gericht hatte sich, soviel man sah, bereits zur Beratung zurückgezogen: Breitenstein stand mit dem Rücken zu euch, links und rechts vor sich hatte er Muralt und Heim; sie redeten halblaut miteinander, alles saß da und wartete, und nur Borer schlug immer wieder mit der Faust auf die Tischplatte und lärmte daher, wie sicher er das gewußt habe und wie toll er Breitenstein jetzt hereinlege, Breitenstein, der geglaubt hatte, ihn, Borer, auf die Rolle nehmen zu können. Seltsam, Filippis, daß du das Gefühl hattest, so eindeutig, wie die Sache jetzt aussah, sei sie gar nicht, und vielleicht müßte man dem Stummen immerhin noch die Möglichkeit geben, sich zu verteidigen: erinnerst du dich, Filippis? Dieses Gefühl wurde um so stärker, je länger du nun wieder auf den Stummen hinüberschautest, und als Breitenstein sich umdrehte und mit seiner düsteren Stimme erklärte:

Die Untersuchung ist abgeschlossen. Der Kanister wurde gefunden. Er wurde heut mittag von einem Zeugen entdeckt. Er war zum Abtransport verpackt, und

er lag bei den Sachen von dem dort, dem Stummen,
– und als Borer dazwischenschrie: Gut, Gino Filippis!

Und als Muralt dann Ruhe! rief und Breitenstein eben
fortfahren wollte, da hieltest du's nicht länger aus, du
standest auf und sagtest laut: So verdammt klar ist
das denn doch nicht. Der Schein spricht zwar gegen
ihn. Aber ich meine, gleichwohl könnte ein anderer –
Doch Borer und Grimm und noch so ein paar von euch
fielen dir ins Wort: Nichts da. Klar genug! Schau ihn
dir an, Gerechtigkeit muß sein, und du hattest keine
Chance, gegen den Lärm, der da wieder losgebrochen
war, anzukommen, erst recht nicht, wie nun Breitenstein mit seiner dröhnenden Stimme sich wieder ein-
schaltete und rief: Stimmt! Filippis hat recht. Ruhe
endlich. Das Gericht, – ich sage, das Gericht hat sich
diese Frage auch gestellt. Der Stumme soll Gelegenheit haben, ja oder nein zu sagen. Gibt er's zu, ist der
Fall erledigt, und das Urteil wird gefällt. Gibt er's
nicht zu, so geht die Untersuchung weiter.
Stummer, fuhr er fort und erhob seine Stimme: hast
du diesen Kanister gestohlen? Ja oder nein.

Alles war verstummt. Wahrscheinlich war sogar das
Feuer im Ofen ausgegangen; jedenfalls fror dich. Der
Stumme hob den Kopf. Es sah aus, als würde er hor-
chen. Ja oder nein. Ohne den Kopf zu bewegen, ließ
er seine Augen von Breitenstein zu dir, von dir zu
Kahlmann hinüber, von Kahlmann zu Borer und von
dem zu Ferro gehen. Zu Ferro, der den Kopf von den
Armen hob und irgend etwas Besoffenes vor sich hin-
murmelte und unter dem Blick des Stummen wieder

innehielt. Mag sein, Filippis: man könnte hinterher jetzt mutmaßen, was in dem Stummen in diesem Augenblick vorging, man könnte Möglichkeiten erörtern, und wahrscheinlich ließe sich sogar mit einiger Sicherheit auch herausbringen, was der alte, schwerbetrunkene Ferro in diesem unruhig gespannten Moment zwischen der Frage Breitensteins und einer Antwort fühlte und dachte und was sich zwischen ihm und dem Jungen da drüben ereignete. Jeder von euch, die ihr dabei wart, besitzt seine eigene Auffassung darüber, mit letzter Sicherheit jedoch wird keiner alles zu wissen behaupten, und es wird deshalb vermutlich am besten sein, sich an das zu halten, was hundertprozentig sicher von euch allen festgestellt werden konnte.

Und das war dies:
Wie der Stumme langsam mit den Augen vom Alten abließ, wie er auf den Kanister da oben schaute, auf die Schnapsflasche mitten auf dem Tisch, auf sein Glas, seine Hände nieder, den Kopf immer tiefer senkte. Und wie er dann nickte.

Also, sagte Borer. Dann blieb's still. So verflucht still blieb's, daß von draußen her wieder das lärmige Keuchen des Sturms und dieses Knattern hereintönte. Dann sagte Breitenstein, und dabei lachte er sogar wieder ein wenig: Stummer, in dem Fall ist nichts weiter zu sagen. Du hast ihn also geklaut. Hast eigentlich Glück gehabt, daß wir die Sache hier untereinander abmachen. Nicht, Kahlmann, eigentlich müßten wir den der Bauleitung anzeigen, und, da kannst du Gift draufnehmen, die würden dich rauswerfen. Du weißt, was du jetzt zu tun hast. Wo die Kuppe steht, weißt du auch. Gehst am besten morgen früh vor dem Abmarsch hinauf. Du weißt wohl, wo der Schnitt liegen soll. Am besten, du gehst früh los. Er lachte wieder. Mit so zwei Stunden mußt du, mein ich, rechnen. Prost. Und er hob sein Glas auf, nahm mit der Linken seinen Hut vom Kopf und stülpte ihn über den Kanister vor sich, dann trank er.

Auch der Stumme, der die ganze Zeit über sehr ruhig dagestanden hatte, ergriff jetzt sein Glas, in dem der Schnaps vielleicht noch einen Zentimeter hoch stand und im Karbidlicht glitzerte, führte es hastig zum Mund und kippte es über. Aber du selber, Filippis, du hattest jetzt eigentlich nicht mehr Lust, noch weiter zu trinken, du hattest dazu um so weniger Lust, als dir Ferro wieder in den Blick kam. Was für ein merkwürdiger Mann das war! Während einer nach dem anderen um dich her aufstand, sich reckte, ein wenig unsicher das Gleichgewicht suchte und in Richtung Khakifeldbett abging, saß der noch immer dort drüben neben dem Ofen, aus dessen Türluke nur noch ein blasser Glutschimmer auf den Fußboden herausfiel, saß dort, weit an die Wand zurückgelehnt, den Hinterkopf am Fensterglas, das Kinn fast auf die Brust hinunter eingezogen; aber wenn auch seine Augen geschlossen waren, er schlief nicht. Vielmehr bewegte er jetzt plötzlich die Lippen, öffnete den Mund, als setze er zu irgendeiner längeren Erklärung an, gab jedoch nur ein kaum hörbares Stöhnen von sich, hob den Zeigefinger, und man bekam den Eindruck, als redete er mit einem wichtigen Zuhörer und als käme es dabei auf jedes Wort an. Er fuhr mit dem Finger hin und her, ließ die Hand wieder sinken, schüttelte den Kopf und nahm aufs neue sein Gespräch mit dem leeren Raum vor sich auf. Merkwürdiger Mann. Betrunken, da gab's keinen Zweifel, sogar mehr als betrunken. Fast schon gespenstig, wie da noch die Rauchschwaden an ihm vorbeidrehten. Etwas Gewalttätiges ging von ihm aus. Irgend so ein uraltes, gefährliches Tier, das nicht zu Fall zu bringen war, – wie so etwas kam er dir vor, wie etwa ein abgekämpfter schwerer Jagdhund, der hundert Jahreszeiten überlebt hat, und jetzt ist er verwundet, und keiner kann wissen, ob er noch hochkommt. Du schobst dich ein wenig näher hinauf, bis du ihm direkt gegenübersaßest. Und da konntest du sehen, daß Ferro die Augen gar nicht geschlossen hatte, das hatte von da drüben her nur so ausgesehen, als hätte er sie zu. Nein, er hatte einen sehr feinen Strich weit die Lider offengelassen, und daraus hervor glühte sein Blick dich an. Direkt dich an. Ob er dich allerdings sah, war nicht zu sagen. Du merktest, wie du mit einemmal wieder nüchtern denken konntest. Du beugtest dich vor.

Ferro, sagtest du halblaut zu ihm. Ferro, bist du wach oder bist du besoffen.

Unverwandt blickte er dich so an.

Herrgott, Ferro, mach nicht solch eine Schauermiene. Du lachtest ein wenig und nicht ohne die Hoffnung, auch Ferro würde eine Spur heiterer werden. Doch Ferro zog nur, sehr langsam, seine Lider etwas in die Höhe, eine Weile lang starrte er dich noch so an, dann kam auf einmal Leben in ihn, er stützte die eine Hand neben sich auf, die andere auf die Tischplatte, und so, gegen den Ofen zu abgedreht, versuchte er sich hochzustemmen. Zwei-, dreimal sank er zurück. Dann endlich kam er hoch, kam auf die Beine, ging, den Blick unverwandt auf dich gerichtet, wobei er den Kopf immer mehr bis auf deine Höhe umdrehte, starr an dir vorüber, bekam den Türpfosten zu fassen, wankte hinaus. Im Halbschatten da draußen konnte man ihn nach links hinten verschwinden sehen. Du mußtest doch noch einen Schluck nehmen, und du hörtest dabei, wie er draußen die Kiste rückte und vor sich hin bramasselte. Und als du hinauskamst, da ließ er sich eben auf die Kiste nieder und hockte nun wieder so da, wie er diese ganze lange Zeit, alle diese Wochen hindurch abends gesessen hatte, breit und vornüber auf seinem alten Platz vor dem Motorrad.

Du gingst nicht zu ihm. Auf der Türschwelle bliebst du stehen, während hinter dir die andern ohne noch viel zu reden zu Bett gingen; ein komisches Gefühl von Neugier und heimlichem Schrecken hatte von dir Besitz ergriffen, immer tauchte das Gesicht des Stummen vor dir auf, du warst auf einmal längst nicht mehr so gut gelaunt wie noch vor einer halben Stunde, der Schnaps hatte dich eben noch so sehr erhitzt, daß du nun hier draußen frorst, und dennoch also bliebst du unter der Vorraumtür stehen und schautest dem Alten zu. Er sah dich nicht. Er saß in sich zusammengesackt auf der Kiste, er zog nicht einmal die Sackleinenstücke von seiner NSU weg, er tat überhaupt nichts anderes als sie anstarren, manchmal verschwamm er vor deinem Blick mit dem dämmerigen Schattengemisch hier draußen, nichts war zu hören, sogar hinter dir in der Baracke war's fast totenstill geworden, und nur manchmal, wenn der alte Ferro die Hand mit dem Zeigefinger hob, langsam im Leeren damit hin und her fuhr, hörte man, daß er sein einsames Säufergespräch weiterführte. Man hörte es an den brummigen Lauten, die dabei zu dir herüber drangen. Du gingst zwei Schritt näher. Was wollte er eigentlich noch hier draußen. Wenn dir selber auch nicht einmal besonders darnach zumute war, – schlafen war wohl auch für ihn sicher weitaus das Gescheiteste, das man jetzt noch tun konnte.

Komm, Alter, sagtest du zu ihm. Komm, machen wir Schluß.

Er hob den Kopf und drehte dir sein Gesicht zu. Nur undeutlich war es im Dunkeln da hinten zu sehen, und dann sagte er: Loth.

Wie? fragtest du.

Du bist's. Loth.

Jetzt hat's ihm ausgehängt, dachtest du. Herrgott, so schwer angeschlagen ist er noch nie gewesen. Was er nur mit seinem Loth meinte?

Klar, Ferro, sagtest du, nichts anderes. Aber komm jetzt. Gehn wir schlafen.

Ferro blickte dich mit seinem Gesicht, mit seinen Flakkeraugen an. Du bist's, sagte er. Du bist's, – jetzt weiß ich's sicher. Loth.

Natürlich bin ich's, gabst du zurück. Wenn er nur endlich kam; Ferro holte sich mit seinem Loth in dieser ekligen Kälte hier draußen noch die Lungenentzündung. Keine Frage, fuhrst du fort. Spielt im Moment aber gar keine Rolle. Du lachtest ein wenig. Weißt du, angeschlagen sind wir alle. Komm, mach Schluß jetzt.

Da, sagte Ferro darauf: da, setzen.

Nun ja, es war also nichts zu machen. Du schlugst ihm leicht auf die Schulter, während er noch immer wieder mit der Hand vor sich hinwies und sagte: Da. Setzen!

Du lachtest ihm zu, meintest: Ja, Alter, weißt du, da hat's nämlich gar keinen Stuhl, wenigstens für mich ist da keiner, da ist nichts als deine Kurvenschneidmaschine, und außerdem ist es zu spät geworden, mach auch bald Schluß, du, dann gingst du auf die Außentür zu, und als du sie öffnetest, da war's grau da draußen. Grauer, breiiger Schnee. Und diese Luft. Sie tönte hohl. Das war so ziemlich genau das, was diesem Abend noch gefehlt hatte. Du wußtest nicht, wie's kam, aber jedenfalls fiel dir da plötzlich wieder der Stumme ein. Sein breites Gesicht. Armer Hund.

Als du zurückkamst, saß der Alte noch genau so wie eben da. Wieder blickte er auf, wieder schaute er dir entgegen, sagte etwas, es hatte irgendwie mit diesem Loth zu tun, aber du wolltest es jetzt nicht noch einmal auf ein so komisches Gespräch ankommen lassen und gingst hinein.

DIE LETZTE NACHT

Geredet wurde am Morgen beim Aufstehen fast nichts, und das miese Katergefühl wich auch bei diesem letzten heißen Kakao hier oben, – man trank ihn im Stehen – nicht von der Gruppe. Vor den Fenstern ging wieder ein dünner Regen nieder, und der Vater war nicht da. Loth sah ihn erst beim Hinausgehen, der Vater saß hinten im Vorraum vor der NSU, er sah grau im Gesicht aus und so, als hätte er diese ganze Nacht über kein Auge zugetan. Loth getraute sich gar nicht lange hinzusehen, er zog die Sprengkiste vor das Vorraumfenster, und als er sie öffnete und die Sprengfrösche vorzubereiten begann, kam der lange Filippis heraus, kauerte sich neben ihm nieder, und sie machten wortlos die Sprengpatronen zusammen bereit.

Kahlmann, fragte Filippis, als auch Kahlmann mit Borer und noch zwei anderen herauskam, genügen sieben Frösche?
Kahlmann blieb stehen, Loth sah's an seinen Schuhen, die vor dem ausgekippten Deckel der Kiste halt machten. Seine Stimme: Fünf tun's auch. Seine Schuhe gingen weg. Hinaus.

Sie machten noch eine Weile lang weiter, Breitenstein kam auch noch dazu, er schimpfte in einem fort auf diese zwei Zentimeter Naßschnee da draußen und auf den Regen, und dann legte Filippis noch den Steinhammer heraus und die zwei schweren Meißel.
Überlegen, sagte er: Die Frösche. Der Hammer. Die

beiden Meißel. Hier noch als Ersatz die zwei letzten Zündschnurstücke. Das Isolierband. Ein Messer hast du. Hast du auch Streichhölzer?

Loth nickte.

Und den Sack? fragte Filippis.

Daran hatte Loth nicht gedacht. Er ging hinein. Hier drin waren sie schon daran, ihr Gepäck bereitzustellen, und als er seinen Rucksack wieder leermachte und seine Sachen aufs Khakifeldbett herauslegte, kam Samuel vorn unter die Tür und sagte, alle müssen zum Aufladen herauskommen. Die andern gingen, er hörte es, hinter ihm hinaus. Für einen Moment war er hier wieder der Letzte; er dachte, ich werde noch genug Zeit haben nachher, denn er hatte jetzt lange genug, fast eine halbe Nacht lang, an die Sprengung gedacht und er wußte, wie er's da oben machen würde, und er dachte, ich werde bald damit fertig sein und nachher Zeit genug haben. Bevor er wieder hinausging, sah er zwar auch noch dem Vater seine Sachen, sie lagen unverpackt auf dem Bett und warteten, aber er durfte nicht länger bleiben, er mußte sich jetzt an das Wichtigste halten, er wollte an nichts anderes denken, das war am besten, und was nachher dann sein würde, dafür hatte er, wenn alles einmal vorbei war, sicher genug Zeit.

Also, sagte Breitenstein, als er herauskam. Er und Filippis halfen ihm. Dann war alles im Rucksack verstaut, er nahm den Schutzhelm, hängte das Zeltstück um, und als er auch seinen Rucksack umgehängt hatte, blieb er vor der Außentür stehen. Aber er ging nicht davon weg. Er dachte: Was ist jetzt mit ihm, warum sitzt er noch immer da hinten und rührt sich nicht. Vielleicht müßte man noch einmal zu ihm gehen? Ihm irgendso ein Zeichen machen, daß er wenigstens wüßte, daß man da nur deshalb hinaufging, weil das besser war und einfacher, wo der Vater schon so viel getrunken hatte und eigentlich ein alter Mann war, aber dann sagte Breitenstein neben ihm:

Also, Stummer. Aber wenn du meinst, es ist besser, wir machen das erst im Frühjahr in Ordnung, – und er ging hinaus. Als er neben dem Verladeplatz vorüber kam, schauten sie nicht auf, so schwer waren sie schon mit Aufladen beschäftigt, und Loth sah, daß Kahlmann nicht dabei war. Er blieb stehen. Da hielt Muralt oben auf der Ladebrücke inne und sagte zu ihm herunter: Wenn du Kahlmann meinst, Kahlmann ist zur Küche gegangen, dort drüben steht er, er wäscht sich die Hände, – aber Loth brauchte, er wußte es, nicht auf ihn zu warten, denn es war klar, daß man den Kuppenkopf genau dort lossprengen mußte, wo der Überhang anfing.

Hast du ein Seil? fragte Muralt.

Nein, Loth hatte keins.

Also, du brauchst doch ein Seil oder wenigstens vielleicht, sagte Muralt. Ein Seil, rief er, alle hörten auf mit Verladen, begannen zu suchen, Kisten aufzudecken, schauten einander an, und Loth bekam auf einmal das Gefühl, als seien sie froh, ein Seil suchen zu können. Endlich brachte Samuel eines aus der Frontlenkerkabine. Es war ein gutes, ein fast noch neues Seil, ein anderes und viel kürzeres, als Loth es von seiner ersten Fahrt hier herauf her in Erinnerung hatte. Er hängte es sich über die linke Schulter. Und er hörte den langgezogenen Pfiff von da unten aus dem Wald herauf. Aber wahrscheinlich war dieser Pfiff nichts Besonderes, er kam sicher von diesem Jungen mit der Kapuze, und während Loth dann gegen die Baustelle hinaufging, dachte er: Hoffentlich sagen sie es ihm diesmal, damit er wenigstens weiß, es hat keinen Sinn mehr, diesen Hund zu suchen; aber auch das ging ihm nur noch kurz durch seinen Kopf, er durfte ja jetzt an nichts anderes mehr als an die Kuppe denken, und als er die Baustelle und den Sprengschutt von gestern vormittag erreicht hatte, begann er darüber hinaufzuklettern. Der Schnee war schon wieder fast ganz weggetaut. Nur auf den flachen Stellen haftete er noch und hockte grau vom Regen und mit kleinen, dunklen Vertiefungen in den Löchern und an der Windseite der Steinbrocken, überall sonst war er weg. Genau über das Sprengloch, das er gestern noch gebohrt hatte, kletterte er die Frontseite aufwärts, und er sah erst jetzt richtig, wie nahe unter die Kuppe heran sie die Rampe schon vorgetrieben hatten. Er hielt steil links hinauf, und nach etwa zwanzig Metern hatte er den Fuß der Kuppe erreicht. Er stieg ein.

Der Fels war naß. Und er war kalt, an den Händen spürte er es; immerhin waren gute Griffe da, Bänder, grauschwarz gesprenkelte Wülste, und wenn auch ab und zu ein Brocken unter seinem Griff oder unter dem Schuh nachgab und polterte, wenn er wegsackte, Loth kam rasch voran. Vor seinem Gesicht stiegen die Dampfwolken aus dem Mund und der Nase in die Kälte auf. Der Sturm, wo war eigentlich der Sturm hingekommen. Über die Schulter schaute er talwärts gegen den Wald hinab.

Noch immer bewegten dort die Tannen ihre Wipfel und die Äste schwer in der Luft, und auch das Rauschen war noch immer zu hören, und da vorn, diese drei Meter rechts von Loth an der Vorderkante der Kuppe, pfiff's mehrstimmig vorbei. Nur da in dem Kamingraben zwischen der Flanke, die steil von links herkam, und der Westseite der Kuppe, die hier oben scharf nach außen von der Flanke weg vorsprang, in diesem fast rechtwinkligen und fast senkrechten Graben, in dem er kletterte, war es windstill, obgleich er dem Wind zu ausgesetzt war. Das mußte daran liegen, daß die Strömung sich hier staute und ein richtiges Kissen bildete; mochte der Sturm also noch so sehr dagegen drücken, das Luftkissen ließ ihn nicht ganz bis herein. Loth stieg langsamer. Hier ungefähr mußte er sich jetzt einmal umschauen. Denn wahrscheinlich kam er von da aus bereits an den Überhang heran. Ja. Wenn er noch zwei Meter auf diesem Band nach außen hielt, kam er mit dem Meißel heran. Er suchte gut Stand, und vorsichtig nahm er das Seil von der Schulter, hängte es über einen der Brocken, die da links von ihm vorsprangen, zog dann langsam den Rucksack vom Rücken, bekam ihn oben zu fassen und ließ ihn vorerst am linken Ellbogengelenk hängen. Mit der Rechten holte er den einen Meißel heraus, den Steinhammer, und schlug den Meißel richtig ein. Jetzt hatte er wenigstens bereits einen Platz für den Rucksack. Er hängte ihn über den Meißel. Das nächste war das Rechnen. Er mußte zwei Dinge ausrechnen, er wußte es: er mußte wissen, wo er die Ladungen anbringen wollte, und er mußte den Platz kennen, wo er seine Deckung hatte. Die Zündschnüre waren alle ziemlich genau auf einen Meter vorgeschnitten. Das machte eine Minute Zündzeit. Er hatte also eine Minute, um von da vorne weg in Deckung zu kommen. Im Aufschauen sah er, daß der Graben bis oben zur Kante noch gute zehn Meter lang war. Bis hinauf also würde er keinesfalls kommen. Halblinks war's besser. Drei Meter, hinter diese Vertiefung. Wenn er versuchte, bis dorthin wegzukommen und sich dicht an den Fels zu halten, hatte er wohl genügend Deckung. Er nahm das Seil mit und kletterte hinauf, halblinks hinauf. Er merkte sich die Griffe. Da oben fand er den kleinen Felsvorsprung, und daran machte er das Seil fest. Es hielt. Vorsichtig kletterte er wieder zurück, den Rücken immer vom Fels weg, er sah die winzigen Wassergerinsel, die sich den Ritzen nach gegen unten schlängelten, auf ihrer Bahn rasch über die kleinen, vielleicht erbsgroßen Vorsprünge hinuntertropften, er spürte die Kälte an den Fingern, sie biß ihn, er keuchte jetzt ein wenig, als er wieder beim Rucksack anlangte, und eben als er mit dem zweiten Meißel im rechten Hosensack, mit zwei Fröschen im linken und dem Steinhammer und dem Seilende vorne im Gürtel auswärts in Richtung Überhang zu klettern anfing, sah er auf einmal unter sich die Wand. Den Steilhang darunter. Wenig rechts davon den Sprengschutt von gestern. Noch weiter rechts die kahlen Buchenäste und die paar Tannenwipfel, die bis fast auf seine Höhe heraufreichten, und zwischen ihnen durch die Baustelle. Filippis stand unten, Luigi Filippis, mit Heim und Borer. Sie blickten herauf. Er fühlte, wie die Leere in seinem Magen sich zusammenzog. Die andern dort unten, die Bäume, der Steilhang, die Wand und die Kuppe da vorn, alles begann sich leicht nach rechts schräg zu stellen, immer mehr nach außen, drehte sich talwärts, er spürte das Zittern in seinen Fingern, in den Oberarmen, über die Knie herauf, – rasch schloß er die Augen, senkte den Kopf vornüber, bis er mit dem Helmrand am Stein ankam, hielt fest, klammerte sich dichter an, wartete, bis der Sturz anfangen würde, und in seinen Schläfen und hinten in der Gurgel war das Hämmern zu spüren, dann ließ das Drehen nach, rasch, war vorbei.

Langsam und mit dem Blick fest auf dem Fels dicht vor sich kletterte er auf dem Band hinaus. Er machte das Seil auch hier außen fest. Dann begann er zu arbeiten, begann in den Riß unterhalb des Überhangs, knapp über seinem Kopf, mit dem Meißel das erste Loch freizuschlagen, das zweite dann, das dritte, jedes etwa dreißig Zentimeter tief. Nichts anderes. Die Frösche einzusetzen, sie mit Moos und Steinen und wenig von dieser nassen, schwarzen Erde, die er aus den Ritzen herauskratzen konnte, zu verdämmen, einen nach dem anderen, so rasch er konnte und ohne noch einmal vor oder neben sich hinunterzuschauen, und nach ungefähr einer Stunde lief ihm der Schweiß und der Regen zwar in die Augen, salzig in den Mund, doch die Ladungen waren richtig drin, diese fünf Schedditfrösche, die sicher genügen würden, und die Zündschnüre hingen heraus, und alles war bereit. Alles bis auf den Rucksack, den er vorher noch mit dem Material in die Deckung hinaufbringen und dort mit dem zweiten Meißel wieder festmachen mußte. Als er sich wieder auf dem Band ganz hinaus bis zur vordersten Ladung vorgeschoben hatte, löste er dort das Seil und knüpfte es um seine Hüfte. Er mußte jetzt nur sehen, daß die

Streichhölzer nicht naß wurden. Die Zündschnurenden kerbte er mit dem Messer bis auf die Pulverseele ein. Er schaute sich nicht um. Er nahm nur die Finger in den Mund und pfiff dreimal. Sie würden es da unten hören, er wußte es, und sie gingen bestimmt in Dekkung.

Er sah nicht, als er sich hart an die Wand hielt und die Streichhölzer herausnahm, was unten vorging. Er sah nicht, daß sie mit dem Verladen fast fertig waren. Und konnte nicht wissen, daß Muralt noch einmal hineingegangen war. Dort hatte der alte Ferro noch genau so wie vor einer Stunde und immer vor seiner zugedeckten N S U gesessen, und erst als Muralt ihm sagte, Filippis habe gemeldet, es werde da oben gleich losgehen, war er merkwürdig langsam und fast wie einer, der träumt, aufgestanden und an Muralt vorüber hinausgegangen.

Wo ist er, hatte er plötzlich gefragt und war auf einmal so rasch über die Rampe den Schienen entlang hinaufgegangen, daß Muralt ihm kaum hatte folgen können und gedacht hatte, der ist ja noch immer betrunken. Auf die Antwort hatte Ferro nicht gewartet. Als Muralt hinter ihm bis auf etwa zwanzig Meter an die Gruppe der andern, die da schon alle auf dem gestrigen Sprengschutt beieinander standen und hinaufschauten, herangekommen war, hatte man von oben die drei Pfiffe gehört. Los, in Deckung, hatte Breitenstein laut gesagt. Muralt hatte nach links hinüber abgeschwenkt, und auch die andern waren über den Sprengschutt herunter und auf Muralt zu in die obere Rampenflanke in Deckung gekommen, und Muralt hatte nicht weiter auf Ferro acht gegeben.

Was will jetzt der noch da vorn! hatte Breitenstein plötzlich gerufen, und da erst sah man Ferro wieder. Er kletterte eben über den Sprengschutt hinauf. Er kletterte rasch. Alle waren im ersten Moment verwundert, und Kahlmann sagte, Muralt hörte ihn hinter sich: Los, holt ihn.
Aber es ging noch eine ganze Weile, bis endlich Breitenstein startete.

Davon also hatte er nichts gewußt, und die Zündschnüre brannten rasch an, eine hinter der andern. Loth wußte, wie wenig Zeit ihm fürs Anzünden blieb. Und als er mit der letzten fertig war, schob er sich so rasch er konnte wieder zum Graben zurück und kletterte halblinks hinauf. Jetzt, dachte er. Er drehte sich oben mit dem Rücken flach gegen die Wand. Vor sich hatte er den Himmel. Mit der Linken bekam er den Meißel zu fassen, die rechte Hand tastete für einen Augenblick noch den Fels ab, bis sie weit drüben einen Griff bekam. Den Kopf hielt er ein wenig nach links abgedreht. Der Schutzhelm mit dem straff unterm Kinn durch angezogenen Sturmband stand hinten am Fels an, und die leicht vorspringende Felspartie gab ihm nach links zu den Ladungen hinüber eben noch soviel Deckung, daß er den Kuppenkopf von hier aus nicht mehr sehen konnte. Wenn nur durch die Erschütterung nicht noch diese ganze Flanke, in der er stand, abstürzte. Jetzt. Jetzt gleich, höchstens noch vier oder fünf Sekunden. Er öffnete schmal die Augen und spähte, ohne den Kopf zu bewegen, nach unten.

Breitenstein. Breitenstein, den einen Arm erhoben, zwei oder drei Meter vor der Baustellenkante, schon im Steilhang draußen.

Breitenstein schrie etwas. Und fast zur gleichen Zeit, da Loth noch wahrnahm, wie Breitenstein sich plötzlich umdrehte und mit zwei Sprüngen in die Deckung verschwand, sah er auch den anderen Mann: den Vater. Er kam genau unter der Kuppe den Steilhang herauf. Er stieg rasch, er hob den Kopf, und Loth sah durch den Regen sein Gesicht.

Das war das Letzte. Der gewaltige Schlag aus Feuer, aus Luftdruck, aus Krachen. Die Stille, der hohe Summton im Gehör. Vor den Augen die Schwärze. Nichts sonst. Nichts. Loth starrte mit seinen weitaufgerissenen Augen hinein. Der ferne Donner der niedergehenden Brocken, Nebel, darin weit unten jetzt das Gesicht. Er spürte nichts, er hörte nichts, spürte nicht einmal den Schrei aus seiner Kehle, hörte ihn nicht, wie er aus seinem weit geöffneten Mund hinausging in diesen leeren Himmel: das Wort, das aus seiner Tiefe hervorkam, in der Sprache, in der er vor all dieser Zeit seinen Vater gerufen hatte: Vattr! Laut, zwei-, dreimal, laut: Vattr!

Es dauerte lange, bis er sich rühren konnte. Er drehte sich um, wieder dem Fels zu, der Vater war tot, er begann, ohne noch seinen Rucksack oder das Seil mitzunehmen, Griff um Griff aufwärts davonzuklettern, rechts hinauf in den Graben, der Überhang war weg, immer weiter hinauf, er wagte nicht, noch einmal hinunterzublicken, und als er die oberste Kante erreicht hatte und langsam aufstand, als er die Wand und diese von dem neuen Schutt überlagerte Geröllhalde mit dem Vater und die Baustelle mit den andern hinter sich gelassen hatte und ein paar Schritt in das dornige Buschwerk hier oben hineingegangen war, ging er in die Knie, ließ sich vornüber ins Gestrüpp fallen, die Arme auf den nassen Laubboden übereinander, und legte den Kopf in dieses Dunkle hinein. Er blieb liegen.

Nach ungefähr einer halben Stunde fanden sie unten den alten Ferro. Außer mit der einen Wunde an der Lende, rechts, sah er unverletzt aus. Aber es gab keinen Zweifel, er war tot. Sie berieten sich, und dann kam einer von ihnen auf die Idee, sie könnten Ferro zum Rücktransport in die Segeltuchplane von Kehrers Küchenbaracke einschlagen. Zwei von ihnen gingen zurück, rissen sie herunter, und als wieder eine Stunde vorbei war, da war alles verladen, auch Ferros Sachen waren verladen und seine NSU 400 und er selber, und nur der Stumme war noch immer nicht zurückgekommen. Da gingen drei von ihnen über den Steilhang nach vorn bis zum Fahrispaß vor, von dort in großem Bogen bis hinauf. Sie fanden die Stelle, wo der Stumme aus der Wand herausgekommen sein mußte. Sie fanden auch ein paar seiner Spuren und einen Platz, auf dem das nasse Laub von einem liegenden Körper zerdrückt war, und einen Schutzhelm; aber den Stummen fanden sie nicht mehr, und sie konnten noch so laut nach ihm rufen, er blieb fort.
Da gingen sie zurück; einer sagte, als sie wieder beim

Frontlenker beieinanderstanden, er habe knapp nach der Detonation den Stummen rufen hören; sie sagten nichts darauf, und ein wenig später wußten sie, daß das Warten jetzt keinen Sinn mehr hatte und der Stumme den Weg wahrscheinlich irgendwann auch so finden würde. Sie ließen seine Sachen in der Baracke, die Tür blieb offen, dann saßen sie auf. Zuerst fuhr der Raupentrax weg, dann startete der Frontlenker, und auf der Ladebrücke hatten sie die Segeltuchplane mit Ferro darin zwischen sich. In Jammers trafen sie kurz nach Mittag ein.

*Es bliebe nachzutragen: Am 27. Dezember des
gleichen Jahres meldete sich auf der Polizeiwache
von Fahris [Morneck] ein Mann. Seine Kleider
waren zerrissen, und anscheinend hatte er seit
Wochen kaum mehr gegessen. Es handelte sich um
einen noch jungen Mann; er sagte aus, er habe
am 21. Oktober auf einer Straßenbaustelle vor dem
Paß nach Fahris seinen Vater getötet.*

Otto F. Walter

Kritikerpreis 1980

Das Staunen der Schlafwandler am Ende der Nacht

Roman
256 Seiten. Gebunden

Wie wird Beton zu Gras

Fast eine Liebesgeschichte
rororo Band 5060

Die ersten Unruhen

Ein Konzept
204 Seiten. Gebunden und als rororo Band 4452

Die Verwilderung

Roman
282 Seiten. Gebunden und als rororo Band 4871

Herr Tourel

Roman
rororo Band 1847

Rowohlt

Die Jubiläumsbibliothek

Wichtige Texte in preiswerten gebundenen Ausgaben

Nicolas Born
Gedichte

Albert Camus
Der Fall

Ernest Hemingway
Fiesta

Rolf Hochhuth
*Eine Liebe
in Deutschland*

Robert Musil
*Die Verwirrungen des
Zöglings Törleß*

Vladimir Nabokov
*Ada oder
Das Verlangen*
Aus den Annalen
einer Familie

Jean-Paul Sartre
Die Wörter

Italo Svevo
*Die Geschichte vom
guten alten Herrn und
vom schönen Mädchen*

Kurt Tucholsky
Gedichte

Otto F. Walter
Der Stumme

Die Erzählerbibliothek

James Baldwin
Sonnys Blues
Gesammelte Erzählungen

Gottfried Benn
Der Ptolemäer
Sämtliche Erzählungen

Albert Camus
Jonas oder
Der Künstler bei der Arbeit
Gesammelte Erzählungen

John Collier
Blüten der Nacht
Gesammelte Erzählungen

Roald Dahl
Georgy Porgy
Gesammelte Erzählungen

Ernest Hemingway
Die Stories

Kurt Kusenberg
Mal was andres
Phantastische Erzählungen

D. H. Lawrence
Verliebt
Gesammelte Erzählungen

Sinclair Lewis
Spielen wir König
Gesammelte Erzählungen

Henry Miller
Der Engel ist mein
Wasserzeichen
Sämtliche Erzählungen

Robert Musil
Frühe Prosa und Aus dem
Nachlaß zu Lebzeiten

Vladimir Nabokov
Der schwere Rauch
Gesammelte Erzählungen

Jean-Paul Sartre
Die Kindheit eines Chefs
Gesammelte Erzählungen

James Thurber
Was ist daran so komisch?
Gesammelte Erzählungen

John Updike
Werben um die eigene Frau
Gesammelte Erzählungen

Thomas Wolfe
Tod, der stolze Bruder
Sämtliche Erzählungen

Rowohlt